http://www.bbulmedia.com

타이탄 로드

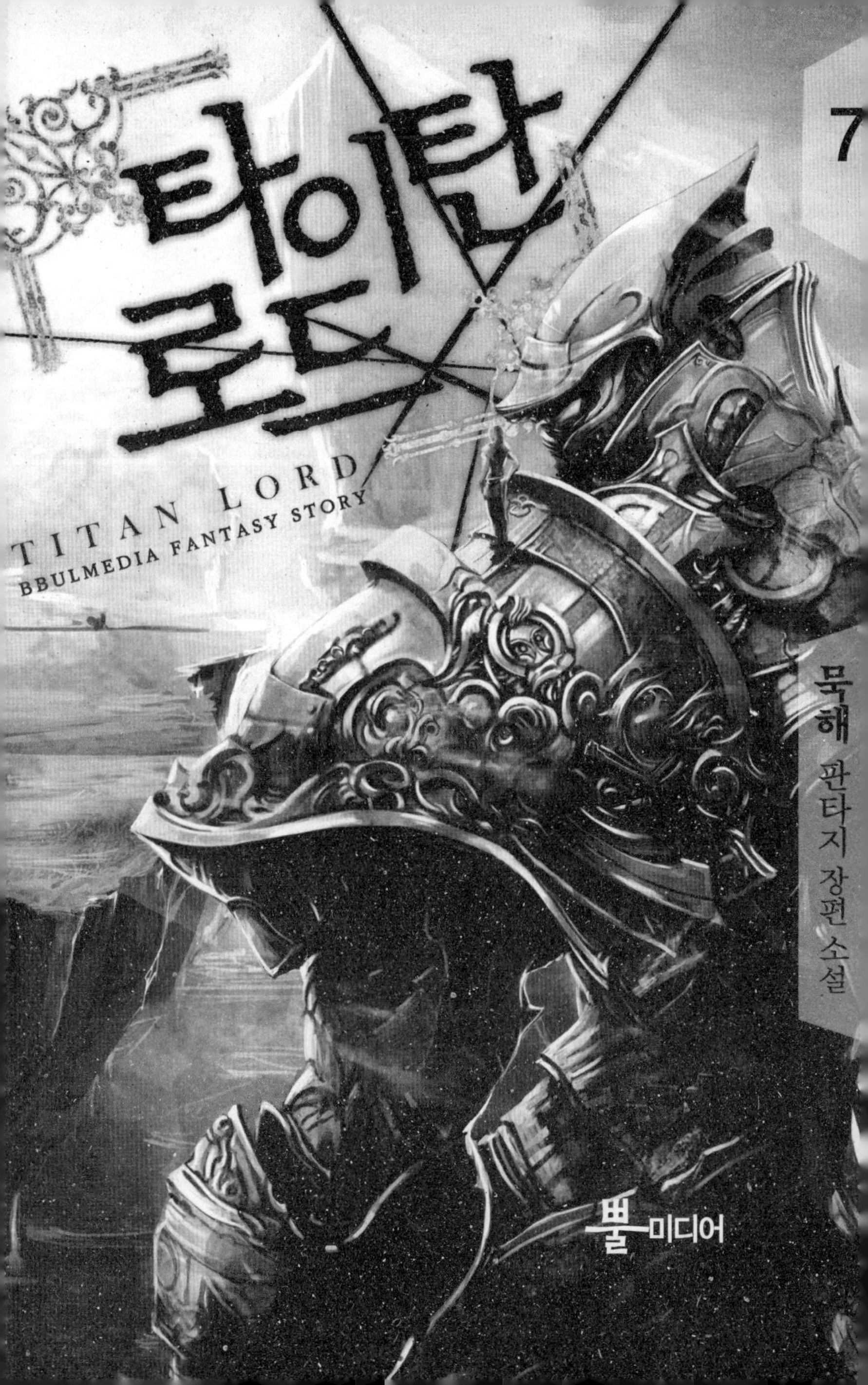
타이탄 로드
7
TITAN LORD
BBULMEDIA FANTASY STORY
묵해 판타지 장편 소설
뿔미디어

contents

TITAN LORD

chapter 1

속임수

TITAN LORD

한밤중의 숲은 위험한 장소다. 언제 어디에서 위기가 닥쳐올지 모른다.

어둠 속에서 이루어지는 몬스터의 습격만이 무서운 것은 아니다. 바닥에 솟아오른 작은 돌부리 하나도 위험 요소가 될 수 있는 것이 밤의 숲이다.

그 밤이 그믐의 밤이라 별빛만이 유일한 광원이고, 숲은 커다란 나무가 울창하게 자라 별빛 정도는 가볍게 가려진다면 위험은 더욱 커진다.

"윽!"

호프는 자신도 모르게 작은 신음성을 내뱉었다. 아무것도 보이지 않는 한밤중의 숲을 걷다 튀어나온 돌부리에 발이 부딪힌 것이 원인이었다.

호프는 멜테른의 농노로, 이번 브란델과의 전쟁에 징집되었다. 숫자를 채우기 위한 징집병인 탓에 보급은 극히 빈약했다.

지급받은 병기는 허름한 창과 방패가 끝이었다. 갑옷조차 지급받지 못해 영지에서 입고 왔던 옷을 그대로 입고 있는 처지였다.

당연히 신발도 보급받지 못했다.

전쟁이 일어난 지 어느덧 반년에 접어들었다.

호프가 신고 있는 신은 평소 영지에서 일할 때 신던 신 그대로였다. 질 낮은 가죽으로 대충 만든 것이었다. 그 내구도가 뛰어날 리 없었다.

전투하는 시간보다 행군하는 시간이 더 긴 병사의 특성상 육 개월이라는 시간은 호프의 신발이 해어지기에 충분했다.

응급처치로 끈을 묶어 겨우 신고는 있었지만, 이미 곳곳에 구멍이 나 있는 상태였다. 특히 앞부분은 완전히 뚫려버려 발가락이 훤히 보이는 상태였다.

한밤중에 아무런 대비도 없이 걷다가 발가락과 돌이 그대로 충돌한 것이다.

돌이 눈에 보였다면 최소한 대비는 할 수 있었을 것이다. 그것만으로 통증은 상당히 줄어든다.

하지만 발가락과 돌의 충돌은 전혀 대비하지 못했던 일이었기에 호프는 고스란히 통증을 느껴야 했다. 그리고 작은 신음 소리도 냈다.

호프가 혼자 걷고 있었다면 작은 신음 소리 정도는 아무런 문제가 되지 않았을 것이다. 문제가 되기는커녕 크게 '악' 하고 소리쳤어도 아무런 문제가 없었을 것이다.

하지만 현재 호프는 병사였고, 그가 속한 부대는 몰래 이동하는 중이었다.

한밤중에 몰래 이동하며 소리를 내지 않는 것은 당연한 일이다. 그런데 호프가 소리를 냈다.

호프가 속한 13십인대의 십인장 클라크가 호프를 향해 무섭게 눈을 부라렸다. 그러면서 작은 목소리로 호프를 탓했다.

"죽고 싶은 거냐? 호프. 조용히 이동하라고 했지!"

클라크의 목소리는 작았다. 하지만 호프의 신음 소리와 별다를 바 없는 성량이다.

호프는 억울했다. 하지만 따질 수는 없었다. 클라크는 호프의 상관. 호프는 클라크의 명령에 따라야 했다.

호프가 작은 목소리로 말했다.

"주의하겠습니다."

"지켜보겠다."

호프는 속으로 클라크를 욕했다.

'개새끼, 아까 백인장한테 욕먹어 놓고 괜히 나한테 시비야. 어차피 크게 말해도 아무 상관없을 텐데.'

호프가 클라크의 호통에 억울해하는 건 단순히 신음 소리 때문만은 아니었다.

호프가 움직이는 주변은 상당히 시끄러웠다. 그럴 수밖에 없는 것이 부대 전체가 이동하고 있었기 때문이다.

게다가 나이트암과 마나 캐논, 실드 제너레이터마저 이동시키고 있는 상황이었다.

나이트암의 쿵쿵거리는 걸음걸이와, 마나 캐논과 실드 제너레이터를 실은 마차의 이동하는 소음은 상당히 컸다.

최대한 천천히 이동하며 소리를 죽이고 있었지만, 애초에 그런 거대한 기물들이 이동하는데 소리를 완전히 없애는 건 불가능했다.

그 와중에 작은 신음 소리 정도 내는 건 아무런 문제도 되지 않았다.

클라크가 호프를 탓한 건 호프의 생각대로 단순한 화풀이에 지나지 않았던 것이다.

휘익.

속으로 클라크를 마구 씹어 대던 호프가 갑자기 고개를 돌려 한 곳을 바라보았다. 갑작스레 바람이 불어오며 무언가가 움직이는 듯한 느낌을 받았다.

멜테른군은 숲 한가운데를 지나고 있었다. 이 숲에는 나무가 빽빽하게 자라 있었고, 그 때문에 평소에도 바람이 약했다.

지금은 바람 한 점 불지 않는 상황이었다. 그럴 때 갑작스레 공기의 유동을 느낀 것이다.

단순히 그것만이라면 이상할 리 없지만, 무언가가 지나가는 느낌도 받은 것이 문제였다.

멜테른군은 현재 한밤중에 이동 중이었다. 정상적이라면 한밤중에 이런 숲 한가운데를 지날 리 없다.

그들은 이그랄 요새의 기습을 위해 몰래 움직이고 있는 상황이었다.

클라크가 소리를 냈다고 호프에게 화를 낸 것도 이런 은밀한 움직임에 어느 정도 근거를 두고 있었다.

당연히 적군인 브란델군에게 지금의 움직임을 들키지 말아야 했다.

행렬의 최외곽에서 걷고 있는 호프는 당연히 자신이 위치한 방위의 경계 임무를 맡고 있었다.

수상한 움직임이 느껴진다면 충분히 경계해야 할 일이다. 호프는 주의 깊게 바깥쪽을 살폈다.

클라크가 그런 호프의 기색을 느끼고는 작은 목소리로 물었다.

"무슨 일이냐?"

호프가 진지한 목소리로 답했다.

"유령을 본 것 같습니다."

빡!

클라크의 손바닥이 호프의 뒤통수에 작렬했다.

"헛소리 그만하고 경계나 잘 서!"

십인장은 호프가 바라보던 방향을 더 이상 신경 쓰지 않았다.

'잘못 봤겠지?'

호프도 크게 신경 쓰지 않았다.

'들킬 뻔했군.'

아라사는 속으로 안도의 한숨을 내쉬었다. 은밀하게 움직이다가 한순간의 실수로 기척을 흘렸는데, 그걸 한 병사가 눈치챈 듯했기 때문이다.

다행히 그 병사와 병사의 상급자는 착각으로 여기고는 크게 신경 쓰지 않는 듯했다.

아라사는 다시 움직였다. 그런 아라사의 움직임에서는 어떠한 소리도, 기척도 느껴지지 않았다.

페더 런(Feather Run).

흩날리는 깃털을 밟고 허공을 달릴 수 있다고 하여 붙은 이름이다.

페더 런은 훈볼트 족에게 전해져 내려오는 독특한 주법 중의 한 가지였다. 매우 빠른 속도로 이동할 수 있으면서도 아무런 소리도 내지 않는 주법이었다.

다만 마나의 소모가 일반적인 주법보다 심하기에 평소에

는 사용하지 않았다. 하지만 지금처럼 은밀하게 움직여야 할 때에는 더없이 적합한 주법이었다.

아라사는 마스터.

마스터는 무의 극에 다다른 자이며, 무엇이든 자를 수 있는 오러라는 최강의 기술을 사용할 수 있다.

하지만 그건 마스터의 경지에 오르지 못한 자들의 인식이다.

실제 마스터의 경지에 오른 자에게 오러란 그저 수많은 기술 중의 하나일 뿐이다.

분명 강철도 순식간에 잘라 버릴 수 있는 오러라는 기술은 강력하다. 하지만 그 강력함에는 막대한 마나 소모라는 대가가 따른다.

때문에 실제 전투에서 오러를 사용하는 마스터는 그리 많지 않다. 마스터의 상징이라고 여겨지는 오러가 정작 마스터들에게는 꺼려지는 것이다.

게다가 무의 극에 다다랐다는 말 역시 마스터들은 동의하지 않는다.

마스터가 되지 않은 자들은 마스터라는 경지가 무의 끝으로 보일 테지만, 마스터에게는 또 다른 시작일 따름이다. 무한히 계속되는 계단에서 남들보다 고작 한 계단 위에 올라 있을 뿐이다.

계단이 계속된다는 말은 그 계단을 더 올라갈 수 있다는 말이고. 그건 즉, 더욱 발전할 수 있다는 말이다. 또한 같은 마스터라고 해도 실력의 차이가 있다는 말이기도 했다.

페더 런은 분명 깃털을 밟고 허공을 달릴 수 있는 초상승의 주법이기는 했다. 하지만 그리하려면 경지가 매우 높아야 했다.

반년 전 마스터의 경지에 오른 아라사의 수준으로는 극에 달한 페더 런을 구사할 수 없었다. 약간의 실수로 병사에게 기척을 들킨 것에는 이러한 이유도 있었다.

그렇다고 해서 아라사의 실력이 아주 부족한 것은 아니었다. 깃털을 밟고 허공을 달릴 정도는 아니었지만, 풀잎을 밟고 달릴 정도는 되었다.

숲의 땅에는 낙엽과 잔가지들이 상당히 깔려 있었다. 단순히 땅을 밟고 움직인다면, 소리가 나는 것을 피할 수 없었다.

아라사는 소리가 나는 일을 피하기 위해 페더 런의 수법으로 풀잎을 밟고 달렸다. 놀랍게도 아라사가 밟은 풀잎은 전혀 꺾이지 않았다.

루인이 보았다면 초상비라고 외쳤을지도 모를 움직임을 구사하고 있는 것이었다.

한 번의 실수를 교훈으로 아라사는 더 이상 실수하지 않았다. 그렇게 조심스럽게 움직인 덕분에 멜테른군의 동정을 살피며 걸리지 않을 수 있었다.

하지만 무사히 자신의 일을 마친 아라사의 표정은 결코 밝지 않았다.

'많다.'

움직이는 멜테른군의 숫자는 매우 많았다. 나이트암과 마나 캐논, 실드 제너레이터가 움직이는 것을 보며 어느 정도 짐작할 수 있지만, 현재의 움직임은 단순한 야간 기습 공격이 아니라 전면전을 치르기 위해 움직이는 규모였다.

야습이란 양날의 검이 될 수 있다.

어둠은 공격받는 자에게도 치명적인 약점이지만, 공격하는 자에게도 치명적인 장애가 된다. 때문에 야습은 소규모로 행하며, 실질적인 타격보다는 혼란을 일으키는 것이 주목적이다.

그런데 현재 멜테른군의 움직임은 혼란이 아니라 아예 작정하고 전면전을 일으킬 기세였다.

'루인의 걱정이 사실이었어.'

루인은 인삼이 있는 곳을 향하며 아라사에게 부탁했다.

"문제를 일으킨 자의 목적이 심상치 않아요. 단순히 개인적인 일이라면 괜찮겠지만……."

뒷골목에 등장한 끔찍한 사념의 결정체. 루인은 그것을 만드는 것이 인삼의 목적이 아니라고 생각했다. 주목적이라고 보기에는 너무 허술했다.

만약 사념체로 문제를 일으킬 생각이었다면, 사람의 발길이 한적한 뒷골목보다는 수많은 사람이 오가는 대로변이 더욱 적절했으리라. 그랬다면 인명 피해는 수십 명에서 수백 명까지 발생했으리라.

하지만 사념체가 발생한 곳은 사람들의 발걸음이 뜸한 뒷골목이었고, 피해는 피를 빨려 죽은 12명과 나중에 사념체에 의해 죽임당한 한 명으로 끝이었다.

사실은 인삼에게 12명이 죽고, 사념체에 죽은 건 한 명뿐이었지만, 루인은 그렇게 착각했다.

루인은 사념체의 등장이 원래의 목적을 위해 거쳐 가는 하나의 수단에 불과할 것이란 불길한 예감을 받았다.

사념체만으로도 끔찍한데, 본래의 목적은 얼마나 큰 혼란을 가져올 것인가?

그러다 문득 사람들의 시선이 온통 자신과 사념체가 있는 골목에 쏠린 것을 눈치챘다.

만약 더 큰 혼란이 발생한다면, 요새 전체의 시선이 그 혼란에 집중될 수 있지 않을까?

한 달 전의 이그랄 요새라면 그런 일은 없었을 것이다. 한창 전쟁 중인 이그랄 요새였고, 비록 허술하다고는 하나 어느 정도 체계적인 방어 태세가 갖추어져 있었다.

게다가 위험도가 낮긴 하지만 매일매일 전투가 벌어지기도 했다.

하지만 한 달 전의 전투 이후로 상황이 바뀌었다. 마나 실드가 깨어지며 이그랄 요새는 치명적인 피해를 입었고, 멜테른군은 더욱 괴멸적인 피해를 입었다.

멜테른군은 이그랄 요새에 대한 더 이상의 공격을 포기하고 퇴각했다.

그 후 이그랄 요새는 적의 공격을 받지 않고, 요새 보수에 집중할 수 있었다.

요새 보수는 거의 완료되었지만, 아직 완료된 것은 아니었다. 그에 따른 방어 체계 역시 허술한 부분이 존재했다.

게다가 한 달 동안이나 전투가 벌어지지 않은 탓에 말단 병사부터 장교들까지 모두 긴장이 풀린 상태였다.

사념체의 존재는 분명 끔찍했지만, 겉으로 드러난 것은 사람 한 명의 사망뿐이었다. 피가 모조리 빨린 후 골목 구석에 방치된 12명과 사념체의 존재는 사람들에게 알려지지 않았다. 그럼에도 사람들은 관심을 가지고 신경을 쏟았다.

갑작스레 발생한 한 달간의 평화 덕분이었다.

"만약 한눈에 보기에도 끔찍하고 자극적인 일이 벌어진다면, 요새의 모든 시선이 그 일로 모일 거예요. 그때 공격이 가해진다면, 식은 스프 먹기처럼 쉽게 이그랄 요새를 점령할 수 있겠죠."

이때까지도 아라사는 그리 심각하게 생각하지 않았다.

"설마 그런 우연이 벌어지겠어?"

"우연이라면 몰라도, 사람이 만든 필연이라면 가능할지도 모르죠."

"……설마?"

"기우라면 좋겠지만, 어쩐지 이번 일, 멜테른에서 사주한 일일지도 모른다는 생각이 들어요. 만약 그렇다면 이그랄 요새가 위험해요. 아라사, 요새 주변의 정찰을 부탁해요. 아라사의 속도라면 충분히 빠른 시간에 살펴볼 수 있을 거예요."

아라사는 루인의 말에 따르고 싶지 않았다.

"네가 위험한 곳에 가는 걸 뻔히 아는데, 나보고 다른 곳에 가라는 거야? 싫다. 조금 전에도 넌 위험했어. 내가 제때 도착하지 않았다면 손을 잃었을지도 몰라. 이번에는 어쩌면 목숨일지도 모르지. 그런데 널 두고 떠날 수는 없어."

"이그랄 요새가 위험해지는 건 막아야 해요. 요새가 위험해지면, 경비대원들도 위험해질 테니까요. 전 경비대원들을 구하기 위해 무리할 테고, 오히려 더욱 위험해질 수도 있어요."

아라사는 고개를 저었다.

"그건 그때 가서 해결할 문제야. 어쨌든 지금 위험한 곳에 너 혼자 보낼 수는 없어."

아라사의 눈빛은 확고했다. 하지만 그 이상으로 루인의 의지도 확고했다.

"아라사의 움직임이라면, 요새 주변을 정찰하는 데 그리 오랜 시간이 걸리지는 않을 테죠. 30분 정도면 충분하지 않아요?"

무식할 정도로 먼 곳까지 나가지 않는다면, 30분 정도의 시간으로 충분히 돌아볼 수 있다. 아라사는 월등한 신체 능력을 가진 훈볼트 족이었으며, 또한 그 신체의 한계를 뛰어넘는 마스터이기도 했으니까.

적당한 거리를 둘러본다면 30분이 아니라 10분 정도로 충분하다.

"하지만……."

"아라사가 오기 전까지는 위험해도 나서지 않을게요. 약속해요. 그러니 부탁해요, 아라사."

루인은 아라사의 눈을 마주 보며 간절한 목소리로 말했다. 아라사는 그 눈빛을 도저히 거부할 수 없었다.

"약속…… 지켜야 해."

정찰을 마친 아라사는 빠르게 몸을 날렸다. 정찰을 했으니, 그 결과를 가르쳐 줘야 한다.

순식간에 이그랄 요새로 달려온 아라사는 성문을 통해 들어오는 대신, 아예 성벽을 뛰어넘어 버렸다.

닫힌 성문이 열리는 시간마저 줄이기 위해서였다. 덕분에 난리가 났지만, 아라사는 신경 쓰지 않았다.

어차피 비상을 걸어야 하는데, 오히려 잘되었다는 생각마저 들었다.

아라사는 질풍처럼 달렸다. 목표는 이그랄 요새 사령관인 마이든 랭스 백작의 집무실이었다.

요새 보수를 하며 생긴 어수선함과 한 달간의 평화는 요새의 경계 태세를 매우 허술하게 만들어 놓았다.

아라사가 마스터의 경지에 오른 훈볼트 족이라는 것을 감안하더라도 이렇게 쉽게 뚫리는 건 경계 태세가 그만큼 허술하다는 증거였다.

마이든 랭스 백작의 집무실은 내성에서도 높은 곳에 위치하고 있었다. 날개가 달리지 않은 이상 내성의 계단을 달려 올라가야 하고, 그렇게 되면 아무리 아라사라고 해도 기사들에게 길이 막힐 수밖에 없다.

하지만 아라사는 그런 실랑이를 벌이는 대신, 놀라운 방법을 사용했다. 마치 땅 위를 달리듯 수직의 벽을 달린 것이다.

아라사는 그렇게 벽을 달려 올라가 마이든 랭스 백작의 집무실 창문을 깨고는 그대로 안에 들어갔다.

마이든 랭스 백작은 놀란 목소리로 소리쳤다.

"누구냐!"

갑작스레 등장한 침입자, 그것도 문이 아니라 창문으로 들어온 침입자의 등장에 몹시 놀랐다. 그리고 그 정체가 아라사란 걸 확인하고는 당혹감과 공포를 동시에 느꼈다.

"당신이 왜 이곳에…… 어째서?"

마이든 랜스 백작은 나이트 상급의 실력자다. 인간으로서는 매우 강한 실력이라고 할 수 있다. 하지만 그 상대가 훈볼트 족이라면 마이든 랜스 백작도 한 수 접어 둘 수밖에 없다.

게다가 마이든 랜스 백작은 아라사가 자신보다 강하다는 것을 본능적으로 느끼고 있었다.

마스터에 오른 것은 몰랐지만, 대신 나이트 최상급이라 짐작했다.

그런 존재의 갑작스런 등장에 마이든 랜스 백작은 생명의 위기를 느꼈다.

"북동쪽 5킬로밀. 멜테른군이 진격해 오고 있다."

마이든 랜스 백작은 아라사가 자신의 목숨을 노린 것이 아니란 것을 알 수 있었다. 하지만 안심할 수는 없었다. 5킬로밀이라면 멜테른군이 지적까지 다가왔다는 말이었다.

마이든 랜스 백작은 커다란 목소리로 외쳤다.

"비상이다! 제1급 태세에 들어간다!"

마이든 랜스 백작이 그렇게 소리치며 문을 열고 나갈 때, 아라사는 들어왔던 창문을 향해 뛰어내렸다.

그렇게 뛰어내린 아라사는 루인이 향했던 방향을 향해 달리기 시작했다. 루인에게 아무 일이 없기를 바라며.

"제발…… 약속 지켜야 해."

'약속했는데…… 아라사에게 혼나겠네.'

루인은 웬만하면 나서지 않을 생각이었다. 그래서 몰래 숨은 채 알버트와 페일의 이야기를 가만히 엿들었다.

그러다 알버트에게 위기가 왔고, 자신도 모르게 나서고 말았다. 그래도 루인에게는 한 가지 믿는 카드가 있었다. 그건 바로 월포스.

인강시인 인삼에게라면 몰라도 강시술사인 페일에게는 충분히 먹힐 거라 생각했다. 루인이 그렇게 생각할 정도로 월포스의 위력은 강했고, 실제로도 그러했다.

인강시의 능력이 루인의 생각보다 더욱 빠르고 더욱 지능적이지 않았다면, 그래서 월포스를 건 단검이 페일에게 제대로 적중되었다면 루인에게는 아무런 문제가 없었을 것이다.

하지만 인삼은 루인이 아는 평범한 인강시가 아니라 마흔 지체였던 쓰라간의 시신으로 만들어진 인강시였다. 때문에 루인의 예상보다 월등히 강하고 빠르며 지능적이었고, 월포스가 걸린 단검을 아슬아슬하게나마 막아 낼 수 있었다.

비록 팔 하나를 날리긴 했지만, 페일의 생명에 지장은 없었다.

페일은 강시술사. 자신의 몸으로 싸우는 자가 아니라 강시를 부리는 자다. 의식만 남아 있다면 얼마든지 강시에게 명령을 내릴 수 있다. 팔 하나 잘린 것으로는 아무런 전력의 피해가 없다. 도리어 화만 돋운 꼴이었다.

그리고 그렇게 분노한 페일의 명령에 따라 인삼은 루인을 공격했다.

블러드 레이의 공격이 아니라 인강시의 육신을 이용한 본격적인 공격. 나이트암이 아니라면 인간의 힘으로는 막을 수 없다는 인강시의 공격이 루인의 심장을 노리고 가해져 왔다.

'죽는다!'

심장을 향하는 인삼의 손을 보며 루인은 생각했다.

윌포스를 건 단검의 공격이 실패로 돌아가며 허탈함을 느꼈고, 그러면서 순간적으로 인삼에 대한 경계가 약해진 것이 치명적인 결과로 돌아온 것이었다.

빠르며 강하고, 정확한 공격이었다.

루인의 뇌는 루인 자신의 죽음을 예측했다.

하지만 루인의 몸은 달랐다.

루인은 고물상에서 이그랄 요새로 오며 아라사와 대결했다. 비록 비무라고는 하나 실전을 방불케 할 정도로 치열하게 싸웠다.

경비대원들이 실력 향상을 위해 신체를 혹사한 것 이상으로 루인의 신체는 혹사되었다. 의지를 이용한 치료 능력이 없었다면 루인은 제대로 움직이지도 못했을 것이다.

요새에 도착해서도 수련을 거르지는 않았다.

그렇게 수천수만 번 아라사의 공격을 받았다.

인삼의 공격은 매우 빠르고, 강하고, 정확했다. 하지만 아라사의 공격은 그보다 더욱 빠르고, 강하고, 정확했다.

루인의 몸은 수천수만 번 행했던 방어를 본능적으로 행했다.

루인의 오른손이 부드러운 곡선을 그리며 움직였다. 그 곡선의 궤적에는 인삼의 공격하는 팔이 포함되어 있었다.

인삼의 공격 방향이 루인의 손의 움직임을 따라 변화했다.

퍽!

"크윽."

루인의 심장을 향했던 인삼의 공격은 루인의 왼쪽 어깨만 스치고는 끝이 났다. 뒤늦게 움직임을 취한 걸 생각하면 놀라운 방어라 할 수 있었다.

하지만 안심할 수 없었다.

살짝 스쳤을 뿐임에도 루인은 왼쪽 어깨에 극심한 통증을 느꼈다. 동시에 왼팔의 힘이 쭉 빠졌다. 인삼의 손은 무시무시한 위력을 가지고 있었다.

더욱이 그 무시무시한 위력의 공격은 연달아 계속되었다.

휘휙.

인삼의 손이 바람 소리를 내며 루인의 몸을 향해 휘둘러졌다. 아무렇게나 휘두르는 것 같은 모습이었지만, 실상 인삼의 손이 노리는 곳은 모두 루인의 급소였다.

루인은 재빨리 뒤로 물러났다.

휘청.

급하게 몸을 움직이느라 몸의 균형이 흐트러졌다. 루인도 익히 예상했던 일이었다. 물러나는 대신 좀 전의 곡선을 그리는 방어를 했다면, 더 안정적으로 인삼의 공격을 막아낼 수도 있었을 것이다. 그럼에도 루인은 뒤로 피하는 것을 선택했다.

단순히 스치는 것만으로 왼팔을 마비시킬 정도의 공격이었다. 공격에 담긴 힘의 대부분을 흘린다고 해도 직접 맞닿는 손에 전해져 오는 충격은 결코 적지 않을 것이다.

지릿.

단 한 번 방어를 했을 뿐인데도 루인의 오른손에 저릿한 감각이 느껴졌다. 같은 방어를 몇 번 더 했다가는 왼팔뿐 아니라 오른팔까지 마비될 기세였다.

루인은 마나를 신체의 한 부분에 모아 그 부분을 매우 강하게 바꿀 수 있었다. 실제로 그 방법을 사용해 맨손으로 검을 부순 적도 있었다.

하지만 지금은 그 방법을 사용할 수 없었다.

그렇게 만든 강하고 빠른 손은 좀 전의 부드러운 동작을 해내기에는 어려움이 있었다.

결국 맨손으로 인삼의 공격을 방어해야 한다는 결론이

나오는데, 그랬다가는 몇 번 방어한 후 더 이상의 방어가 불가능해져 버리는 문제가 발생한다.

그래서 루인은 방어하는 대신 뒤로 물러나며 공격을 피했다. 동시에 오른손으로는 허리춤에 걸린 검을 잡았다.

루인은 윌포스로 페일을 공격하기 위해 오른손에 들고 있던 검을 검집에 넣고, 대신 대거를 들었었다.

지금 잡은 검이 바로 그 검집에 넣었던 검이었다.

휙휙휙.

인삼의 공격은 계속되었다. 빠르게 움직이는 팔의 움직임에 따라 매서운 바람 소리가 들려왔다.

루인은 아슬아슬하게 그 공격을 피해 냈다. 오른손은 여전히 검의 손잡이를 잡은 채였다.

왼팔이 멀쩡했다면, 왼손으로 검집을 잡고 빠른 속도로 발검할 수 있었을 것이다. 하지만 현재 루인의 왼팔은 마비된 상태였다.

허리춤에 걸린 채 덜렁거리는 검집에서 검을 뽑으려면 약간의 시간이 필요하게 된다. 인삼의 쉼 없는 공격이 가해지는 지금, 그 정도의 시간은 치명적인 틈이 될 수 있었다.

그래서 루인은 검을 뽑는 대신 피하는 데 집중할 수밖에 없었다.

루인의 귓가로 비웃음을 담은 음성이 들려왔다.

"크크크. 제법 미꾸라지 같은 놈이구나. 하지만 언제까지 그렇게 피할 수 있을 거라 생각하는 거냐?"

페일이었다. 그는 루인의 패배를 예감이라도 하듯 득의 양양한 표정을 하고 있었다.

실제로 루인은 매우 위험했다.

'이대로 가다가는 당하고 만다.'

마스터를 상대하기 위해 만들어진 것이 마혼지체로 만들어진 인강시였다. 마스터 중에서도 웬만큼 강하지 않다면 인삼을 상대할 수 없었다. 그러기는커녕 오히려 인삼에게 당할 수도 있었다.

그만큼이나 강한 인삼의 공격을 루인이 몇 번이나 피해 냈다는 건 정녕 놀라운 일이었다.

아라사와의 수없는 대련이 없었다면, 결코 불가능한 일이었다.

하지만 지금처럼 피하는 것도 더 이상은 힘들었다.

루인이 약해진 것이 아니라 인삼의 공격이 처음에 비해 몇 배나 강해졌기 때문이다.

호랑이는 토끼를 잡을 때도 최선을 다한다지만, 그건 토끼를 한 마리만 상대할 때의 일이다. 상대할 토끼가 더 있다면 여력을 남겨 둘 수밖에 없다.

인삼의 목표는 루인이 아니었다. 실드 제너레이터를 파괴하고, 그 과정에서 사람들의 목숨을 취하며 소란의 일으키는 것이 본래의 목적이었다.

실드 제너레이터는 요새 방어의 핵심 중의 핵심이다. 그 중 요성은 말할 것도 없고, 방비 태세가 삼엄할 것은 당연하다.

루인의 경지는 나이트 턱걸이다. 검을 다루는 기교와 마나 컨트롤 능력으로 나이트 중급에 달하는 전투력을 발휘한다고는 하지만, 마나량만 따지면 나이트 턱걸이에 불과하다.

마스터를 상대하기 위해 만들어진 인삼에게 루인은 그저 가볍게 공격해도 충분히 해치울 수 있는 존재라 할 수 있었다.

페일의 팔이 날아간 것 때문에 필요 이상의 과한 힘으로 공격하기는 했지만, 전력을 기울이지는 않았다.

인삼을 움직이는 힘은 혈기이고, 힘을 쓸 때마다 그 혈기가 소모된다. 앞으로 만날 강한 적을 대비해 함부로 혈기를 소모시킬 수 없었기에, 힘에 제한을 두고 루인을 공격한 것이었다.

그런데 루인의 경지로는 절대 어찌할 수 없는 공격을 루인은 피해 냈다.

비록 루인이 필사적으로 움직여 아슬아슬하게 피해 낸 것이라고는 하나, 어쨌든 피해 낸 건 피해 낸 거다.

페일이 인삼에게 내린 것은 루인의 죽음.

이런 상황에서 인삼이 할 판단은 한 가지뿐이다. 혈기를 조금 더 소모하더라도 제대로 공격을 성공시키는 것.

인삼의 공격은 점점 강해지고, 빨라졌다.

팡 팡 팡.

이제는 단순한 바람 소리가 아니라 공기 터지는 소리가 인삼의 손에서 들려왔다.

루인은 정말 필사적으로 인삼의 공격을 피했다. 하지만 그것도 한계에 다다랐다.

찌이익.

인삼의 손끝에 루인의 옷이 걸리며 길게 찢어졌다.

운이 좋아 옷이 찢어진 것이었다. 공격이 조금만 깊게 들어왔다면, 인삼의 손톱에 루인의 살이 깊게 파여질 공격이었다.

그런 위력적인 공격이 다시 루인을 향해 행해졌다.

인삼의 공격이 행해지는 찰나의 순간, 루인은 판단했다.

'피하지 못한다.'

어차피 피하지 못할 거라면 최대한 피해를 줄여야 한다. 무턱 대고 물러나다가는 오히려 더욱 큰 피해를 입을 수 있다.

루인은 성큼 앞으로 다가섰다.

가까워진 루인의 몸을 향해 인삼의 손이 날아들었다.

퍽!

인삼의 손이 가격한 왼쪽 어깨에서 지독한 통증이 느껴졌다. 하지만 그 고통은 공격이 정확하게 행해졌을 때보다는 작았다.

인삼이 단순히 마구잡이로 공격하는 것이었다면, 루인은 결코 인삼에게 다가서지 않았을 것이다. 하지만 인삼의 공격은 상승의 무리를 정확하게 따르고 있었다.

그러다 보니 인삼의 공격에 담긴 위력은 타격의 순간에 정확하게 집중되는 것이었다.

루인이 앞으로 나서며 공격을 받다 보니 타격의 순간과 힘이 집중되는 순간이 일치하지 않았고, 덕분에 공격의 위력이 줄어든 것이었다.

그렇다고 해도 결코 무시할 수는 없는 위력이었다. 하지만 루인이 목적했던 일을 하기에는 충분했다.

그 일이란 왼손으로 검집을 고정시키는 것.

아무리 완벽한 무인이라고 해도 공격이 적중한 순간에는 빈틈이 드러나게 된다. 동귀어진의 수법이 무서운 게 이런 점 때문이다.

평소라면 결코 공격을 성공시킬 수 없는 무인이라도 공격을 받을 각오를 하고, 그때 드러난 빈틈을 노리게 되면 위험하기 때문이다.

루인이 한 것은 엄밀히 말하면 동귀어진이라고까지 할 수는 없었다. 하지만 몸으로 인삼의 공격을 받고, 빈틈을 노린 것 자체는 성공이었다.

그 드러난 빈틈을 향해 루인의 검이 뽑혔다.

번개 같은 발검.

검집에 의한 저항으로 힘이 축적된 검은 단순히 휘두를 때보다 배 이상 빠르고, 강력한 위력을 가진다.

그렇게 강해진 루인의 검이 인삼을 향해 뻗어 나갔다. 노리는 곳은 인삼의 오른쪽 겨드랑이 아래.

루인의 어깨를 공격하느라 팔이 들린 상태. 게다가 그렇게 들린 팔에 가려 겨드랑이를 노리는 루인의 공격을 발견하기 어렵다.

완벽한 사각의 틈으로 강한 힘을 담은 루인의 검이 정확하게 날아들었다.

깡!

'깡?'

루인의 검과 인삼의 몸이 충돌하며 들린 것은 '서걱' 하는 살을 베는 소리가 아니라, 금속끼리 부딪히는 소리였다.

강시는 기본적으로 단단한 몸뚱이를 가진다. 그건 강시에 대한 지식을 가지고 있는 루인도 알고 있는 사실이다.

자신의 공격으로 인삼의 몸이 말끔하게 베어지지 않을 거란 것 정도는 루인도 예상했다. 하지만 그래도 어느 정도 타격은 줄 수 있을 줄 알았다.

그러기 위해 어깨를 주었고, 사각을 만들었으며 발검으로 위력을 올렸다.

하지만 검을 쥔 손에 느껴진 반탄력은 공격이 실패로 돌아갔음을 알려 주었다.

손이 찌르르하고 울려왔다. 순간적으로 검을 놓칠 뻔할 정도의 충격이었다.

루인은 자신이 검에 담았던 힘이 고스란히 반탄 되어 왔음을 짐작할 수 있었다. 그건 공격이 아무런 효과도 거두지 못했음을 의미했다.

실제로 루인의 공격은 인삼에게 별다른 타격을 입히지 못했다. 하지만 공격당했다는 사실 때문에 한순간 인삼을 주춤하게 만들 수는 있었다.

만약 인삼이 공격당한 것에 아랑곳하지 않고 루인을 공격했다면, 루인은 그대로 당하고 말았을 것이다. 조금 전 루인이 인삼에게 만들었던 빈틈이 이번에는 루인에게 생겨 있었으니까.

잠깐의 시간, 루인은 공격을 거두어 자세를 잡을 수 있었다. 그리고 인삼의 공격이 다시 시작되었다.

깡깡깡……

연이어지는 인삼의 공격을 루인은 제법 잘 막아 냈다.

좀 전과 마찬가지로 정면으로 부딪히는 것이 아니라 인삼의 공격을 부드럽게 흘려 냈다. 차이점이라면 전에는 맨손이었다면, 지금은 손에 검이 들려 있다는 것 정도였다.

'제길. 한 번만 실수하면 죽는다!'

루인의 속이야 긴장으로 바짝 쪼여 있었지만, 최소한 겉으로 보았을 때에는 루인이 쉽사리 인삼의 공격을 막아 내는 것처럼 보였다.

그렇게 겉으로 보이는 모습에 페일이 현혹되었다.

"인삼, 뭐하는 거냐? 그딴 애송이 하나 처리 못해서 언제까지 쩔쩔맬 생각이냐? 얼른 처리해라!"

인삼은 마스터인 페일의 명령에 따랐다. 혈기의 소모량을 더욱 늘린 것이다. 그에 따라 공격에 담긴 힘과 속도가 향상되었다.

깡깡깡깡깡깡……

인삼의 공격에 맞추어 루인의 검을 휘두르는 속도도 점점 상승했다. 하지만 필요 이상으로 빨라지지는 않았다.

눈에 보이지 않을 정도로 빠르게 주먹을 휘두르는 인삼에 비해, 루인의 검은 비록 빠르기는 했지만 눈으로 좇을 수 없을 정도는 아니었다.

공격을 위해 먼 거리를 움직여야 하는 인삼의 주먹과, 방어를 위해 몸 가까이에서 최단거리를 움직이는 루인의 검의 차이였다.

그렇다고 루인이 여유로운 것은 결코 아니었지만, 인삼의 공격을 막는 것은 성공했다.

'빠르고 강하다. 하지만 아라사의 공격보다는 느리고 약하다. 충분히 막아 낼 수 있다.'

루인이 지금까지 버티는 것은 전적으로 아라사와 가진 수십 번의 대련 덕분이었다. 그때의 경험이 있었기에 인삼의 공격에 당황하지 않고 침착하게 대응할 수 있었던 것이다.

하지만 그렇게 침착하다 보니 알고 싶지 않은 것까지 알게 되었다.

쩡. 투툭.

루인의 검에 금이 갔다.

'젠장. 검이 한계에 다다랐다. 이 이상 충격을 받았다가
는 언제 깨어질지 몰라!'

루인의 검은 특별히 좋은 검이 아니다. 검 이외에 전신을
사용하다 보니 특별히 좋은 검을 가지고 싶은 욕심이 루인
에게는 없었다. 그러다 보니 가지고 있는 검도 평범한 무기
상점에서 구할 수 있는 그런 검이었다.

그런 검을 가지고 아라사와 수십 번 대련하고, 인삼과의
대결도 펼쳤다. 이미 수명이 한계에 다다라 있었는데, 그게
지금에 와서 문제를 일으킨 것이었다.

만약 루인이 익힌 것이 수라타가 아니라 검술이었다면
이런 일은 없었을 것이다. 검에 신경을 썼을 테고, 좋은 검
을 가지지는 못하더라도 최소한 어느 정도의 관리는 했을
테니까.

하지만 루인은 그러지 않았고, 결국 지금과 같은 사태가
벌어진 것이었다.

'검이 부러지면 맨손으로 싸워야 한다. 현재 나의 실력
으로는 맨손으로 싸워 버티는 건 힘들다.'

루인은 자연스럽게 알 수 있었다.

차라리 몰랐다면 모를까, 알게 된 이상 무의식적으로 검

을 휘두르는 데 조심하게 되었다.

하지만 그러느라 루인의 동작은 부자연스럽게 변했다.

극에 달한 화경. 그 이면에 있는 것은 자연스러움이다. 그 자연스러움이 깨어졌다.

깡 까깡 깡……

루인의 동작이 금세 어지러워졌다.

인삼은 마스터를 잡기 위해 만들어진 인강시. 그 실력은 초급의 마스터를 능가하는 수준이다. 그런 인삼을 제약을 가진 루인이 상대한다는 건 어불성설.

결국 루인에게 빈틈이 드러났다. 그리고 드러난 빈틈을 향해 인삼의 주먹이 거침없이 날아들었다.

"헉!"

루인은 다급한 신음성을 내뱉으며 검으로 인삼의 주먹을 막았다.

깡!

가까스로 공격을 막는 것은 성공했다.

하지만,

쩌적, 쩡!

겨우 버티고 있던 루인의 검은 인삼의 공격을 고스란히 받은 탓에 결국 부러지고 말았다.

한순간에 반 토막이 되어 버린 검.

이 검으로 공격을 막느니, 차라리 맨손으로 방어를 하는 것이 더욱 효율적이리라.

루인은 빠르게 판단을 내리고는 손에 든 검을 놓았다. 하지만 그건 루인에게 뼈아픈 실수였다.

루인이 검을 놓는 그 순간, 그 찰나의 틈을 노리고 인삼의 주먹이 루인의 머리를 향해 날아들었다.

순식간에 루인의 시야를 가득 채우는 인삼의 주먹. 맞는다면 루인의 머리가 수박 터지듯 터져 나갈 것이다.

'이렇게 죽는 건가? 이렇게 허탈하게 죽는 건가? 내가 죽으면 루인 고물상에 남겨진 사람들은 어떻게 하지?'

짧은 순간 루인의 머릿속을 스쳐 지나간 생각. 마지막으로 아라사의 모습이 떠올랐다.

'죽고 싶지 않아!'

루인은 마음속으로 그렇게 외쳤다.

그리고 인삼의 주먹이 루인의 머리통을 가격하기 직전 멈추었다.

기적이라도 일어난 것일까?

인삼의 주먹은 루인을 향해 전진하지 않았다. 오히려 뒤로 물러났다.

멀어지는 건 인삼의 주먹뿐만이 아니었다. 인삼의 몸도 루인에게서 멀어지고 있었다.

'어떻게 된 일이지?'

루인은 인삼이 향하는 곳을 보았고, 기적이 일어난 원인을 알 수 있었다.

알버트였다.

루인의 옆에 있던 알버트가 어느새 페일의 근처까지 이동해 있었다.

인삼을 상대하느라 모든 신경을 집중하고 있던 루인은 당연히 눈치채지 못했다.

인삼은 마스터인 페일의 명령에 따라 루인을 상대하느라 알버트를 신경 쓰지 않았다.

페일은 자신의 팔을 날린 루인에게 완전히 분노한 상태였다. 그런 상황이니 주변을 살피지 못한 건 당연했다.

그런 삼 인의 무관심 속에서 알버트는 은밀하게 움직였던 것이다.

만약 알버트가 성급하게 움직였다면, 인삼에게 걸려 페일에게 가까이 가기도 전에 저지당했을 것이다. 하지만 알버트의 움직임은 특급 암살자를 연상시킬 정도로 은밀했고, 루인에게 신경 쓰고 있던 인삼의 이목마저 속였던 것이다.

이건 단순히 조심스러운 움직임이 아니라 전직을 의심케 할 만한 실력이었다.

알버트의 손에는 기사들의 무기인 롱소드가 아니라 대거가 들려 있어 더욱 과거를 의심케 했다.

알버트는 그렇게 대거를 든 채 페일의 등 뒤에 서 있었다. 그리고 손에 든 대거로 페일의 심장을 정확하게 찔러 갔다.

쾅!

인강시의 위력은 정녕 대단했다.

루인과 인삼이 싸우던 곳에서 페일이 있는 곳까지의 거리는 대략 20밀. 그 거리를 순간적으로 도약해 인삼이 도착한 것이었다.

알버트는 자신의 눈으로 인삼을 보고도 믿을 수가 없었다.

'분명 저기서 루인이랑 싸우고 있었는데!'

인삼이 워낙 빠르게 움직였기에 페일은 아직 상황을 파악하지 못했다. 알버트에게 무방비로 등을 내놓고 있는 상황이었다.

찌르기만 하면 페일을 죽일 수 있었다. 하지만 그랬다가는 알버트가 죽는다.

어느새 인삼이 알버트를 향해 손을 휘두르고 있었다. 알버트의 검이 페일을 찌르기 전에 인삼의 손이 알버트를 가격할 것이다.

알버트는 미련을 버리고 바로 뒤로 물러났다. 그 동작은 매우 민첩해 기사보다는 숙련된 암살자를 연상시켰다. 점점 과거가 의심스러워지는 알버트였다.

인삼은 알버트를 따라가 죽이는 대신, 페일의 옆에 대기했다.

페일이 놀란 음성으로 입을 열었다.

"황태자 전하, 저를 죽이시려 한 겁니까?"

페일은 뒤늦게 자신이 죽을 뻔했다는 걸 깨달았다. 페일의 인식이 느린 것이 아니라 상황이 그만큼 빠르게 흘러간 탓이다.

"황태자가 아니라 알버트 뮤런 남작이다. 요르문간드의 간섭을 피하기 위해서는 너를 죽일 수밖에 없지."

"허허허. 실망스럽습니다. 전하, 조용히 계셨다면 황궁으로 가 원래의 신분으로 올라서셨을 텐데. 쯔쯧. 이렇게 된 이상 조금 무례한 방법을 사용할 수밖에 없겠군요."

페일은 인삼을 보며 명령했다.

"황태자 전하를 제압해라. 팔다리를 부러뜨리는 것 정도는 허락하겠다."

인삼은 바로 움직이는 대신 루인을 바라보았다. 알버트를 노리는 사이, 루인이 페일을 공격하는 것을 경계한 것이다. 인강시인 인삼의 사고 체계 최상위에 위치하는 것은 마스터인 페일의 안전이다.

루인은 여전히 싸우던 곳에 그대로 서 있었다. 인삼이 보기에 페일을 노리더라도 자신이 충분히 보호할 수 있을 거라 판단되었다.

마스터인 페일의 안전이 확보되자 명령의 이행에 들어갔다.

명령은 알버트의 제압.

통상 죽이는 것보다 제압하는 것이 훨씬 더 힘이 든다고 한다. 하지만 그런 애로 사항도 인삼에게는 문제가 되지 않았다.

인삼과 알버트의 실력 차는 그 정도로 컸다.

"허억!"

알버트가 다급하게 신음성을 내뱉었다. 페일의 옆에 서 있던 인삼이 한순간 자신의 앞에 나타났기 때문이다.

알버트는 매우 복잡한 과거를 가지고 있고, 그 탓에 실전 경험은 웬만한 노기사 못지않게 많았다. 하지만 지금처럼 압도적인 실력 차이가 날 경우에는 그런 경험도 무용했다.

몇 번이나 인삼의 공격을 막아 낸 루인이 그만큼 대단하다 하겠다.

상황이 그러하니, 알버트가 인삼의 행동을 저지하는 건 불가능한 일이었다.

덥석.

알버트가 알아채기도 전에 다가온 팔이 어느새 알버트의 손목을 잡았다.

'당했다!'

알버트가 그렇게 생각하는 순간, 인삼이 손목을 잡고 있던 손을 놓았다.

'어째서?'

알버트가 의문을 느낄 때, 인삼은 어느새 페일의 앞으로 돌아가 있었다.

루인이 페일을 향해 달려오고 있었다. 그리고 그런 루인의 손에는 대거가 들려 있었다.

루인은 조금 전 오른쪽 부츠에 숨겨져 있던 대거로 페일을 노렸었다. 그 대거의 위력은 실로 놀라울 지경이었다.

그런데 지금 또 대거를 손에 들고 있었다.

인삼이 판단하기에 이곳에서 페일에게 가장 위험한 것은 루인의 대거였다. 그렇기에 다 잡은 알버트를 놓아주고, 페일에게 다가온 것이었다.

잠시 후, 인삼은 자신의 판단이 옳았음을 알았다.

달려오던 루인은 거리가 10밀로 가까워지는 순간, 페일을 향해 대거를 던졌다.

이전과 같은 상황이었다. 저 대거에 맞고 페일은 팔을 잃었다. 하지만 그것도 운이 좋아 팔만 잃었을 뿐, 아차 했으면 목숨마저 잃을 정도의 공격이었다.

실제로 지금 던진 루인의 대거가 이전의 대거만 한 위력이 있는지는 알 수 없었다. 하지만 인삼은 페일을 보호하기 위해 움직였다. 인강시인 인삼의 사고 체계 최상위에 있는 것이 페일의 보호였기에.

인삼은 바짝 긴장한 채 대거에 집중했다. 루인이 던졌던 대거는 궤도가 임의로 바뀌었었다. 잠깐만 놓쳐도 치명적인 결과를 초래할 수 있었다.

인삼이 페일의 앞을 막아섰기에 대거는 정확하게 인삼을 향해 날아오고 있는 상황이었다. 하지만 인삼은 정면을 막는 것보다는 위나 옆의 방어에 더욱 신경 썼다.

아니나 다를까, 대거의 궤적이 갑자기 왼쪽으로 변화했다. 그에 따라 인삼의 몸도 왼쪽으로 움직였다. 그렇다고 루인의 움직임을 완전히 신경 쓰지 않는 건 아니었다. 다만 위험 수준이 대거 쪽이 더 높다고 판단했을 뿐이다.

왼쪽으로 움직였지만, 인삼은 안심할 수 없었다. 이전의 대거는 몇 번이나 방향을 전환했었다. 이제 겨우 한 번 바뀌었을 뿐이다.

더 왼쪽으로 갈 수도 있고, 머리 위로 넘어갈 수도 있고, 다시 오른쪽으로 돌아올 수도 있었다. 사람의 손에 들리지 않았기에 대거의 방향은 전혀 예측할 수 없었다.

그리고 대거의 방향은 변하지 않았다. 한 번 바뀐 채 계속해서 날아간 것이다.

인삼의 옆에서 루인이 득의양양하게 웃었다.

"하하하. 미끼를 물었구나. 네 주인을 노린 건 처음부터 대거가 아니라 바로 나였다."

루인은 어느새 인삼과 페일의 코앞까지 도달해 있었다. 루인의 왼손에는 롱소드가 들려 있었고, 그 롱소드는 페일을 향하고 있었다.

"히익. 마, 막아라!"

페일이 다급하게 외쳤다.

인삼은 루인을 막기 위해 움직이려 했다. 하지만 쉬운 일이 아니었다.

조금 전까지 인삼은 루인이 던진 대거를 경계하고 있었다. 대거가 왼쪽으로 꺾임에 따라 인삼의 몸도 왼쪽으로 움직였다. 대거의 방향이 언제 어떻게 바뀔지 알 수 없으니 계속해서 왼쪽으로 움직일 수밖에 없었다.

그렇게 움직이는 와중에 루인이 오른쪽에서 페일을 공격한 것이었다. 루인을 막기 위해서는 방향을 바꾸어 오른쪽으로 움직여야 했다.

관성이라는 것이 있다. 움직이는 물체는 움직이는 방향으로 계속 움직이려는 성질이다.

인강시인 인삼은 막강한 신체 능력 덕분에 순간적인 방향 전환도 자연스레 할 수 있었다. 하지만 물질인 이상 관성을 무시할 수는 없었다.

방향을 바꾸는 데 아주 짧은 시간이 걸렸다.

루인의 손에 들린 롱소드는 거침없이 페일의 심장을 향해 찔러 들어갔다. 인삼이 루인을 막는 것보다 루인의 검이 페일의 심장을 찌르는 것이 더 빨라 보였다.

우우우우우.

인삼의 몸에서 붉은 빛이 폭발하듯 터져 나왔다.

인삼은 자신이 낼 수 있는 최대한의 능력을 발휘하여 루인의 공격을 막아 갔다. 그에 따라 지금까지의 몇 배에 달하는 혈기가 소모되었지만, 인삼은 망설이지 않았다. 인삼에게 가장 중요한 것은 마스터인 페일의 안전이었다.

막대한 혈기를 소모한 보람이 있는지, 페일이 찔리기 전 인삼은 루인의 검을 막아 낼 수 있었다.

인삼의 손이 루인의 검을 후려쳤다.

깡.

루인의 검은 그대로 튕겨 멀리 날아갔다.

긴급함에 인삼의 손에 이전보다 더욱 강한 힘이 담겨 있다고 해도 지금처럼 검이 멀리 날아가는 것은 이상했다. 마치 일부러 검을 놓지 않는 이상 날아가는 거리가 저렇게 멀리 없었다.

덥석.

"잡았다."

루인의 입가에 희미한 미소가 떠올랐다.

루인은 자신의 공격이 막히는 순간, 손에 쥐고 있던 검을 그대로 놓아 버렸다. 검이 그렇게까지 멀리 날아간 것은 이러한 이유 때문이다.

검을 놓은 루인의 손은 인삼의 손목을 잡아챘다. 평소였다면 절대 불가능한 일이다. 루인이 몇 번이나 인삼의 공격을 막아 냈지만, 그건 방어에 한정된 일일 뿐. 둘의 실력 차이는 명확했다.

하지만 지금은 가능했다. 인삼이 루인의 검을 막기 위해 자신의 전력을 쏟았기 때문이다.

여력을 남겨 두었다면 손을 움직이는 방향을 변화시키거나 거두는 것도 가능했을 것이다. 하지만 아무리 인삼이라고 해도 자신의 전력을 담아 뻗은 손을 중간에 거두거나 방향을 바꿀 수는 없었다.

아무리 빠르다고 해도 방향의 변화가 없다면 그 손의 위치를 예측하는 건 어렵지 않은 일이다.

상대적으로 속도가 느린 루인은 손목이 위치할 곳을 향해 손을 뻗었고, 지금처럼 인삼의 손목을 잡을 수 있었다.

인삼은 루인을 막기 위해 오른쪽으로 움직였고, 루인의 검을 막기 위해 오른쪽으로 팔을 뻗었다. 인삼의 몸은 여전히 오른쪽으로 진행하고 있었다.

루인을 막아 냈으니, 이제 그 움직임을 멈출 시간이었다. 하지만 루인은 그렇게 놔둘 생각이 없었다. 애초에 그러기 위해 검을 손에서 놓고 인삼의 손목을 잡은 것이다.

루인은 인삼의 움직임에 자신의 힘을 더해 주었다. 그에 따라 오른쪽으로 움직이던 인삼의 속도가 더욱 빨라졌다.

루인의 앞에서 멈춰야 하는데, 도리어 루인을 지나쳐 버리게 되었다.

루인이 자신의 오른 주먹을 꽉 쥐었다.

"죽어라!"

"히익. 마, 막아라!"

루인의 외침과 페일의 비명이 동시에 울려 퍼졌다.

루인의 주먹이 번개같이 뻗어 나갔다.

비록 위력이 약했다고는 하나 인삼의 공격을 막아 냈던 루인의 손이었다. 강시술사로서 특별한 체력 단련을 하지 않은 페일 정도라면 맨주먹으로 생명을 앗아 갈 수 있으리라.

우우우우우.

인삼의 몸에서 다시 혈기가 폭발했다.

쿵.

인삼은 땅이 울릴 정도로 강하게 발을 밟았고, 그 덕분에 순식간에 방향을 전환할 수 있었다.

루인의 주먹이 페일의 몸에 닿기 직전,

탁.

인삼의 손바닥이 루인의 주먹을 막아 냈다. 루인의 주먹에는 페일 정도는 한 번에 바스러뜨릴 수 있는 힘이 담겨 있…… 지 않았다.

바스러뜨리기는커녕 유효한 충격을 줄 만한 힘도 담겨 있지 않았다. 그야말로 솜 주먹이었다.

루인은 웃었다.

그리고,

푸욱.

페일의 가슴에서 붉은 빛의 가시 같은 것이 돋아 나왔다. 붉은 빛은 피였다.

검이 페일의 등 뒤에서부터 찔러 들어가 심장을 관통하

고 앞으로 삐져나온 것이었다.

"크륵, 제, 젠장……."

페일은 힘을 잃고 바닥에 털썩 주저앉았다. 고개를 숙여 허탈한 표정으로 자신의 가슴 앞에 삐죽 돌아 나온 검날을 보았다. 그리고 그 자세로 페일의 움직임은 멈추었다.

인삼의 움직임도 멈추었다.

페일의 뒤에 알버트가 서 있었다. 페일을 찌른 것이 알버트였다.

알버트는 자신이 페일을 찔러 놓고도 믿을 수 없다는 표정을 짓고 있었다.

루인이 그런 알버트를 보며 말했다.

"용케도 제 생각을 알아채고 움직였군요."

"성 보수하면서 내가 네놈에게 시달린 게 며칠인데. 그나저나 너 정말 대단하다. 도대체 몇 번을 속인 거야?"

"그렇게 하지 않으면 성공 못할 정도로 괴물이었으니까요."

인삼에 비교해 루인과 알버트의 실력은 절대적이라 할 정도로 차이가 난다. 애초에 맞붙어 싸워 이긴다, 라는 말이 성립할 수 없을 정도의 차이다.

루인이 제법 버티긴 했지만, 그건 어디까지 인삼이 힘을 아껴 두었기에 가능한 일이었다. 혈기를 폭발시켰을 때 발휘한 인삼의 힘. 그 힘을 공격에 쏟았다면 루인은 그대로 죽었을 것이다.

그렇기에 인삼을 노리는 일은 무의미해진다. 노린 건 인삼이 아니라 인삼의 주인인 페일.

인삼의 사고 체계 최상위에 위치한 것은 마스터인 페일의 안전. 그건 다시 말해 페일의 안전이 사고 체계의 근본이라 할 수 있었다.

페일이 죽는 건 그 근본이 무너지는 것이라 할 수 있다. 실제로 사고 체계가 무너지며 인삼은 더 이상 어떠한 생각도 할 수 없었다. 페일이 죽자마자 인삼이 가만히 서 있는 것은 이러한 이유 때문이었다.

인강시인 인삼에 비해 그 주인인 페일은 매우 약하다. 루인이나 알버트의 힘으로도 얼마든지 해치울 수 있다. 문제라면 인삼이 페일의 위험을 방치하지 않을 것이란 점.

인삼을 피해 페일을 노려야 하는데, 그건 결코 쉬운 일이 아니다.

루인은 윌포스를 담은 대거로 페일의 팔을 날렸다. 문제라면 그때 루인은 윌포스에 자신이 담을 수 있는 최대한의 힘을 담았고, 인삼은 아무것도 모른 채 막아 냈다는 데 있었다.

다시 그 정도의 시간을 얻어 윌포스를 담는 것도 힘든 일이지만, 그렇게 최대 위력의 윌포스를 담은 공격을 한다고 해도 피해를 입힐 수 있을지는 알 수 없는 일이다.

모르고 막는 것과 알고 막는 것에는 어마어마한 차이가 있다. 물론 모르고 막는 것이 훨씬 어려운 일이다. 그런데 인삼은 모르고 막아 냈다. 그리고 지금은 아는 상태다.

월포스를 활용한 공격은 소용없을 확률이 높았다.

그때 루인의 머릿속에 떠오른 것이 알버트였다. 알버트와 페일의 대화를 통해 알버트의 과거가 심상치 않음을 알았다. 그리고 직접 확인한 알버트의 움직임.

루인은 알버트가 암살자라 짐작했다. 암살자가 아니라도 최소한 그 비슷한 일을 했음을 짐작할 수 있었다. 그렇다면 굳이 자신이 페일을 해치우는 것에 집착할 필요는 없다.

페일을 해치우는 최고의 장애물인 인삼을 자신이 처리하고, 페일은 알버트가 해치우는 것이 더욱 성공 확률이 높다.

루인은 대거에 약하게 월포스를 건 채 페일을 향해 달려들었다. 페일의 팔을 앗아 갔던 것이 오른쪽 부츠에 숨겨 두었던 대거, 그리고 지금 든 대거는 왼쪽 부츠에 숨겨 두었던 것이다.

대거라는 무기가 같은 피해를 입힐 거라는 착각을 불러일으킨다.

역시나 인삼은 알버트를 향한 공격을 멈춘 채 루인을 막기 위해 움직였다.

루인은 대거를 던졌고, 방향을 꺾었다. 워낙 약하게 월포스를 걸었기에 방향을 전환하는 것만으로 모든 힘이 소모되었다. 하지만 그것만으로도 제 역할을 다했다.

　루인은 그렇게 인삼을 옆으로 유도한 후 손에 든 검으로 페일을 노렸다. 그리고 페일은 전력을 발휘함으로써 루인의 공격을 막을 수 있었다.

　하지만 애초에 공격은 페인트였고, 실제 목적은 인삼의 손목을 잡아 인삼의 몸을 반대쪽으로 날려 버리는 것.

　루인의 계획은 성공했고, 인삼은 다시 반대쪽 옆으로 움직여 버리게 되었다. 루인은 이 행동에 자신이 가진 모든 힘을 쏟았다.

　아무리 진행 방향으로 힘을 보탰다고 하지만, 마스터급 실력의 인삼을 주춤거리게 만드는 건 결코 쉽게 할 수 있는 일이 아니었다.

　그렇게 모든 힘을 쏟은 탓에 마지막에 루인이 뻗은 주먹에는 아무런 힘도 담겨 있지 않았다. 하지만 인삼은 그러한 사실을 알지 못했다.

　인삼이 아는 것은 루인의 주먹이 자신의 공격을 막을 정도로 단단하고, 강한 힘을 가졌다는 것뿐이었다.

　그래서 다시 한 번 혈기를 폭발시키며 전력으로 움직여 루인의 주먹을 막아 냈다. 그리고 알버트의 검은 막지 못했다.

　루인이 대거를 들고 페일에게 달려오며 한 행동은 모두 한 가지 목적 때문이었다. 그건 인삼의 모든 신경을 자신에게 쏟게 하기 위함이었다.

그래서 처음부터 윌포스를 건 대거로 긴장시키고, 페일의 생명을 노리는 행동을 하여 더욱 자신에게 신경이 쏠리게 만들었다.

그리고 그 결과는 성공이었다.

잠시 멍하니 있던 알버트는 이내 정신을 차리고는 루인에게 물었다.

"너, 내가 네 생각 눈치채지 못했으면 어쩌려고 그랬냐?"

루인의 계획에는 치명적인 약점이 존재한다. 만약 알버트가 루인의 생각을 눈치채지 못할 경우, 루인이 한 모든 행동은 무의미해진다. 더군다나 그런 행동을 하느라 모든 힘을 쏟은 탓에 이후 바로 인삼에게 당할 수 있었다.

"알버트 남작님이 알아줄 거라고 생각했습니다."

"뭐야? 무모한 놈. 으으."

알버트는 질렸다는 듯 고개를 휘휘 저었다. 루인은 그런 알버트를 보며 싱긋 웃었다.

'다행입니다. 눈치채 줘서. 당신은 죽이고 싶지 않으니까.'

인강시 인삼은 분명 무시무시한 위력을 발휘하는 병기다. 인간에게는.

✛   ✛   ✛

"괜찮아?"

페더 런으로 날듯이 달려온 아라사가 루인을 향해 물었다.

"괜찮아요. 위험한 일은 없었어요."

아라사는 시선을 돌려 페일의 시체와 가만히 서 있는 인삼을 보았다. 그리고 루인을 보았다.

인삼과 루인이 벌인 격전은 결코 만만한 것이 아니었다. 최소한 루인에게는.

루인의 옷은 걸레짝이 다 되어 안이, 속이 다 보일 지경이었다. 그리고 그렇게 보이는 루인의 몸은 옷보다 더욱 상태가 좋지 못했다.

아라사가 소리쳤다.

"위험한 일은 하지 않겠다고 약속해 놓고!"

아라사의 눈이 울 것처럼 일렁거렸다.

"미, 미안해요."

"앞으론 네 말은 안 들을 거야. 무슨 일이 있어도 네 곁에서 떨어지지 않을 테니까, 오늘 같은 부탁 다시는 하지 마!"

"예······."

TITAN LORD

chapter 2

아습

TITAN LORD

"대장님, 일어나……."

크랄은 귓가에서 들려오는 목소리에 짜증을 느꼈다.

자신을 부르는 목소리. 초저녁에 일찍 잠이 들어 한창 좋은 꿈을 꾸고 있었는데, 그 꿈이 방금 들려온 목소리 때문에 깬 것이었다.

전멸기사라고 불리며 놀림당하는 현실에서와 달리 꿈속의 크랄은 영웅이었다. 그리고 영웅호색이라는 말을 몸소 실천하며 극락을 느끼는 중이었다.

'한창 좋았는데…… 제길.'

천국과 같은 꿈에서 깨고 싶지 않아서일까? 크랄은 귓가에 들려오는 목소리를 무시하며 계속해서 눈을 감고 있었다.

"대장님, 비상입니다."

"어서 일어나세요."

계속해서 들려오는 당번병의 목소리. 하지만 크랄은 꿋꿋하게 계속 누워 있었다. 이 상태로 그대로 잠이 들면 조금 전의 꿈을 계속해서 꿀 수 있을 것만 같았다.

"망할 대장 놈아, 얼른 좀 일어나라고!"

당번병의 목소리는 작았다. 아무리 전멸기사라고 불리며 무시당한다고 해도 크랄은 엄연히 대장이라는 직책에 있는 자였다. 그렇기에 대놓고 함부로 할 수는 없었다.

계속 불러도 눈을 뜨지 않자 잠이 깨지 않은 것이라 생각하고는 본래 속마음대로 말한 것이었다. 혹시 깰까 봐 두려웠기에 최대한 작은 목소리로.

하지만 이미 깨어 있던 크랄이 듣기에는 충분했다.

크랄이 눈을 번쩍 뜨며 당번병에게 말했다.

"뭐…… 라고 했나?"

"허억!"

길게 잔 것은 아니지만, 잠을 잔 것은 사실. 크랄의 목소리는 상당히 갈라져 나왔다. 그 때문인지 당번병에게는 더욱 위협적으로 들렸다.

"너 방금 나에게 뭐라고 말했냐고 물었다."

"죄, 죄송합니다!"

"죄송하면 다야?"

당번병의 얼굴이 와락 일그러졌다.

전멸기사라는 불명예스러운 호칭으로 놀림당하는 크랄. 그에 대한 반발인지 자신의 부하들을 매우 심하게 갈구었다. 당번병은 자신의 암울한 미래를 떠올리며 절망스러워했다.

"무슨 일로 날 깨웠나? 만약 쓸데없이 깨웠다면 각오해야 할 거야?"

"비상입니다. 사령관님께서 1급 비상을 선포하시고, 각 부대 대장들을 긴급 소집했습니다."

"1급 비상? 멜테른군이 쳐들어온 건가? 그런 것치고는 너무 조용한데?"

혼자 중얼거리던 크랄은 당번병을 바라보며 말했다.

"알았다. 그만 가 보도록."

크랄의 말에 당번병의 얼굴이 조금 펴졌다. 긴급 소집 때문에 깨웠으니 아무 일 없이 넘어갈 것 같다는 생각 때문이었다.

착각이었다.

"네놈 일은 나중에 처리하지."

크랄의 입에서 흘러나온 목소리에 당번병의 등을 타고 식은땀이 흘러내렸다.

크랄은 용병대 대장이었다.

나이트암이 등장하기 전까지의 전쟁은 병사 대 병사 간의 힘겨루기로 이루어졌다. 무수한 전략과 전술이 오고 가고, 신무기나 마법 등의 특별한 수단이 동원되기도 했지만, 본질은 병사 대 병사들의 힘겨루기라는 것에서 벗어나지 못했다.

하지만 나이트암이 등장한 후, 그 양상은 판이하게 바뀌었다.

인간 병사가 아무리 많다고 해도 나이트암을 상대할 수는 없다. 물론 그 숫자가 매우 많다면 상대하는 것도 가능은 할 것이다. 나이트암이 에테르기움이라는 동력을 사용해 움직이는 이상, 에테르기움이 모두 소모되면 나이트암이 멈출 것이기 때문이다.

하지만 그렇게 하는 동안 죽을 사람의 숫자는 천문학적으로 많을 것이다.

때문에 나이트암과 싸울 수 있는 것은 나이트암뿐이다.

물론 그렇다고 해서 일반 병사들이 아무런 역할을 하지 못하는 것은 아니다. 그랬다면 군대 자체가 사라지고, 치안군만 남았을지도 모른다.

하지만 실상 각국은 수많은 숫자의 군인들을 여전히 유지하고 있다.

인간만의 힘으로 나이트암을 상대하는 것은 계란으로 바위치기에 가깝지만, 나이트암과 나이트암의 전투 중에 인간이 보조를 하는 것은 매우 큰 역할을 한다.

그렇다고 무작정 병사들을 나이트암 간의 전투 중에 집어넣을 수는 없는 법이다.

신장이 20밀이 넘어가는 거대한 거인들의 전투다. 거기에 끼어들었다가는 한순간에 죽을 수 있다.

그건 실력과는 그리 상관없는 일이다.

나이트암에 탔다는 것은 그 탑승자의 무위가 기본적으로 나이트에 올라섰다는 걸 의미한다. 나이트의 무위는 결코 약한 것이 아니다.

세상에는 무수히 많은 나이트가 존재하지만, 그보다 몇 백배 많은 숫자의 사람들이 나이트의 경지는 꿈도 꾸지 못하고 살아간다.

마스터라 불리는 초인은 아니지만 준 초인, 혹은 준준 초인 정도의 수준은 된다. 그것만으로도 일반인들에게는 매우 놀라운 실력이다. 그리고 대부분의 병사는 그런 일반인이다.

그런 병사들이 나이트 경지의 움직임을 보이는 나이트암 간의 전투에 끼어들었다가는 아무것도 모른 채 한순간에 죽을 수 있는 것이다.

자신 영지의 농노를 병사로 이끌고 온 귀족들에게 그건 결코 유쾌한 일이 아니다. 농노의 생명을 아끼는 것이 아니라, 농노가 죽음으로써 농사를 지을 인구수가 줄어드는 것을 싫어하는 것이다.

물론 명령을 내린다면 움직이기야 하겠지만, 싫다는 마음이 깔려 있으니 아무래도 움직임에 문제가 발생하기 마련이다.

최소한 지휘관이 원하는 대로 움직여 줄 어느 정도의 병력은 필요하다. 그래서 존재하게 된 것이 용병대였다.

돈으로 모은 자들이었기에 죽는다고 아쉬워하는 자는 아무도 없었다. 오히려 죽으면 돈을 주지 않아도 되었기에 전장에서 가장 위험한 곳으로 몰리는 것이 용병대였다.

실제로 용병대는 가장 위험한 곳에 투입되었고, 수많은 용병들이 나이트암들의 움직임에 밟혀 죽었다.

용병들이라고 이런 일을 모르고 온 것은 아니었다. 하지만 그들은 돈이 필요했고, 참전했다. 죽으면 끝이지만, 살아남으면 많은 돈을 받을 수 있기 때문이다.

용병은 거친 자들이다. 전장에서 어느 정도 잔뼈가 굵은 인물이라도 용병을 통솔하는 것은 쉽지 않은 것이다.

크랄이 그런 용병대의 대장이 된 것은 우습게도 그의 불명예스러운 칭호 때문이었다.

전멸기사.

전투에 끌고 나간 자신의 병력을 고스란히 잃었기에 붙은 호칭이다. 그것도 전투가 치열해서 그런 것이 아니라, 단순히 크랄의 잘못 때문이었다.

이그랄 요새 사령관인 마이든 랭스 백작은 크랄의 이러한 재능(?)을 보고 용병대 대장 자리를 주었다.

용병이 돈을 받는 것은 전투가 끝나고 살아 있을 때뿐. 그건 즉, 최대한 많이 죽어야 용병에게 지불해야 할 돈이 줄어든다는 것을 의미했다.

크랄이라면 용병을 충분히 줄여 줄 수도 있을 거라고 생각했던 것이다.

물론 크게 기대한 건 아니다. 용병들이라고 바보는 아니니 무슨 목적으로 크랄을 대장으로 삼았는지 모를 리 없다.

상황이 그렇다 보니 크랄은 이름뿐인 대장이 되었다. 실질적인 용병대의 지휘는 용병 출신의 부대장이 했다.

이렇게 이름뿐이라고는 해도 대장은 대장. 1급 비상으로 긴급 소집이 걸렸으니, 지휘관 회의에 참석해야 한다.

크랄은 옷을 입고는 방을 나섰다.

용병대 대장이다 보니 그의 방은 용병대 막사 한가운데 위치하고 있었다.

밖으로 나오니 제법 많은 수의 용병들이 방에서 나와 기웃거리고 있었다. 갑작스런 비상에 상황을 살피고 있는 것이었다.

"어이, 갑자기 무슨 일이래?"

"낸들 아나? 비상이라는 것만 들었는걸."

"멜테른 놈들이 쳐들어온 거 아냐?"

"설마? 그랬으면 지금 한창 난리가 났겠지."

용병들이 나누는 이야기에 크랄의 얼굴이 슬쩍 찌푸려졌다. 자신은 방금 안 것인데, 용병들이 자신보다 먼저 알았다는 걸 깨달았기 때문이다.

'개자식들, 날 무시하다니.'

"뭣들 하나? 당장 출동 준비하고 대기하고 있어라!"

크랄이 신경질적인 목소리로 외쳤다. 그에 용병들은 크랄을 힐긋 보고는 이내 무시했다. 개중 한 명의 용병만이 크랄의 말에 대답을 했는데, 안 하니만 못한 대답이었다.

"예이."

비웃음 가득한 목소리였다. 또한 크랄에게 익숙한 목소리이기도 했다.

기사단에서 쫓겨난 이후로 크랄은 제대로 된 수련을 하지 않았다. 수련은커녕 검도 거의 잡지 않았다. 실력은 빠르게 퇴보했고, 현재 크랄은 나이트의 경지에 오르지 않은 자에게도 가끔씩 질 지경이었다.

대답한 자의 이름은 벅스로, 크랄이 처음 용병대 대장이 되었을 때 한판 붙은 적이 있었다. 벅스는 대부분의 용병이 그렇듯 제대로 된 마나심법을 알지 못해 나이트의 경지에 오르지 못하고 있었다.

그렇지만 실전 경험은 충분했고, 실력이 한참 퇴보한 크랄과의 싸움에서 이길 수 있었다.

'비겁한 놈!'

크랄의 실력이 퇴보했다고는 하지만 나이트는 나이트,
일반인보다 뛰어난 근력과 민첩함이 사라지지는 않는다.

그런 크랄을 이기기 위해 벅스는 실전으로 익힌 변칙 공
격을 사용해야 했다.

크랄은 벅스의 그러한 공격 방법을 매우 비겁하다고 생
각했다. 실제로 눈에 흙을 뿌린다거나 낭심을 차는 등 기사
들은 하지 않는 공격도 벅스는 서슴없이 했었다.

때문에 크랄은 자신이 진 것은 자신의 실력이 모자라서
가 아니라 벅스가 비겁했기 때문이라고 생각했다.

크랄은 그 당시의 패배가 떠오르자 가슴속에서 분노가
타오르는 걸 느꼈다. 감정을 잔뜩 담아 벅스를 쏘아 보았
다.

벅스 역시 크랄을 보았다.

두 사람의 눈이 마주쳤다.

크랄은 얼른 눈을 돌렸다. 비겁한 수에 졌다고 애써 마음
속으로 자위하지만, 다시 싸워 이길 자신은 없었다.

크랄은 짐짓 모른 척하며 용병대를 빠져나왔다.

크랄이 지휘소에 다가서자, 경비를 서는 병사가 의외라
는 표정을 지었다. 무심코 지나가려던 크랄은 그 병사의 표
정이 마음에 걸려 발을 멈추고는 물었다.

"왜 그런 표정을 짓는 거냐?"

"아, 아닙니다."

"날 놀리는 거냐?"

크랄의 추궁하는 어투에, 병사가 긴장하며 대답했다.

"그런 게 아닙니다. 회의는 한참 전에 시작되었는데 이 제 도착하셔서……."

크랄의 표정이 일그러졌다.

비록 소모품 취급받는 용병대의 대장이지만, 그렇다고 해도 대장은 대장이다. 그리고 취급은 좋지 않을망정 용병 의 역할은 결코 작은 것이 아니다. 그런데 자신이 참석하지 도 않았음에도 이미 회의가 시작되었다는 것이다.

'그러고 보니 날 깨우러 온 것이 전령이 아니라 당번병 이었군.'

용병대의 당번병은 용병들 중 어린 자들이 돌아가면서 맡는다. 당번병이 깨웠다는 건 용병대 간부 중 한 명이 당 번병에게 명령했다는 말이다. 그건 사령관의 명령을 대장인 크랄보다 먼저 받은 자가 있다는 말이기도 했다.

크랄은 기분 나쁜 표정을 지으며 지휘소 안으로 들어섰 다. 그곳에는 각 부대의 대장들이 모여 한창 회의를 진행 중이었다.

크랄의 시선이 갈색 머리의 거친 인상을 가진 중년 사내 에게로 향했다.

그의 이름은 루스카, 용병대의 부대장이었다.

대부분의 사람들은 크랄의 등장을 무시했다. 일부는 기분 나쁜 표정을 짓기도 했다.

"전멸기사는 왜 왔데?"

"이번에도 한 건 하고 싶은가 보지."

"에이, 한심한 놈."

작은 목소리였다. 하지만 모두 기본적으로 나이트의 경지에 오른 자들이었기에 듣는 것에는 문제가 없었다.

크랄은 속으로 이를 갈았지만, 애써 무시했다. 여기서 발끈해 보았자 자신을 욕할 빌미만 주게 된다는 것을 그동안의 경험으로 잘 알고 있는 것이다.

대신 만만한 사람을 건드렸다.

"대장인 나는 늦게 깨워 놓고 부대장인 너는 먼저 왔구나."

"죄송합니다."

루스카가 크랄에게 고개를 숙여 사과했다. 크랄은 귀족, 루스카는 평민이다. 실권이 루스카에게 있다고 해도 루스카는 크랄에게 머리를 숙일 수밖에 없었다.

루스카가 만만한 모습을 보이자, 크랄이 좀 더 꾸짖었다.

"죄송할 짓은 하지 말았어야지."

"당번병을 보냈는데 아무리 깨워도 대장님이 일어나지 않으신다고……."

그러고 보니 그랬던 것 같다. 처음에 누가 깨웠는데, 거칠게 꾸짖고는 다시 잠들었었다.

크랄이 아무 말 못하자, 두 사람의 대화를 듣고 있던 사람들이 작게 키득거렸다.

크랄의 얼굴이 붉게 달아올랐다.

평소였다면 사람들은 크랄에 대한 험담을 나누었을 테지만, 지금은 긴급 상황이었다.

"자. 자. 그만하고 다들 알아들었으면 준비들 하게. 두 시간도 남지 않았으니."

사령관인 마이든 백작이 크랄은 알아들을 수 없는 말을 했다. 기껏 왔더니 회의가 끝난 것이다.

크랄이 의아한 표정으로 보자, 마이든 백작이 귀찮다는 듯 말했다.

"자네는 자네 부대 부대장에게 듣게."

마이든 백작은 그 말을 한 후 지휘소를 나갔다. 다른 대장들 역시 마이든 백작의 뒤를 따라 바깥으로 향했다.

크랄이 전멸기사라는 치욕스러운 호칭을 가지고는 있지만, 사령관과 대장들의 얼굴에 깃든 긴장감을 알아보지 못할 정도는 아니었다.

이름뿐인 크랄과는 달리 용병대의 실질적인 대장이나 마찬가지인 루스카.

용병의 사망률은 매우 높다. 하지만 루스카가 용병대를

맡은 이후로 그 사망률이 상당히 줄어들었다. 여전히 높기는 했지만, 칼받이로 사용되는 용병대치고는 매우 낮은 편이라 할 수 있었다. 그건 루스카의 용병술이 매우 수준 높았기 때문이다.

게다가 루스카는 일반적으로 알려진 거친 용병과는 거리가 멀었다. 글을 읽고 쓸 줄 알며 상당한 지식을 쌓고 있었다. 게다가 귀족의 예의범절에도 밝았다.

들려오는 소문에는 루스카가 몰락 귀족이라는 이야기도 있었다.

크랄은 그런 루스카에게 열등감을 느꼈다. 그 때문에 웬만하면 루스카와 엮이지 않으려고 했고, 말도 나누려 하지 않았다.

하지만 지금은 어쩔 수 없이 루스카에게 말을 걸어야 한다.

크랄은 정말 내키지 않는다는 태도로 루스카에게 물었다.

"어떻게 된 일인가?"

루스카라고 전멸기사인 크랄을 좋아할 리 없다. 하지만 크랄이 자신의 상관인 건 엄연한 사실이다.

루스카는 담담한 어투로 입을 열었다.

"용병대 막사로 가면서 말씀드리겠습니다."

"아, 알았네."

루스카는 빠른 속도로 걸어가며 회의에서 오간 이야기를 요약해 크랄에게 들려주었다. 이야기를 들은 크랄이 놀라 되물었다.

"멜테른군이 이곳을 야습하기 위해 오고 있다고? 도착 시간은 두 시간 뒤 정도고?"

"그렇습니다."

"그 보고를 한 자가 누구라고?"

"특임대 대장 루인 에데라 준남작이라고 합니다."

"지금 그 노예 새끼의 말을 믿고 이 난리를 치는 거야? 두 시간 뒤에 야습이 있을 걸 그 새끼는 어떻게 알았데? 그 시간이면 지금은 상당히 떨어져 있다는 건데."

루스카는 놀랍다는 눈빛으로 크랄을 바라보았다.

천천히 이동한다고 해도 두 시간 동안 움직일 수 있는 거리는 제법 멀다. 게다가 야습을 위해 몰래 움직이고 있을 것이 확실한데, 그걸 발견하는 것은 매우 어려운 일이다. 루스카 역시 처음 회의에서 그 말을 들었을 때에는 믿지 않았었다.

루스카는 크랄이 전략 전술에 관해서는 완전히 무지하다고 생각하고 있었는데, 그런 지적을 했기에 놀란 것이었다.

하지만 실상 크랄이 불신을 한 것은 루스카와 같은 이유는 아니었다. 단순히 말을 한 것이 루인이기 때문이었다.

노예 출신 준남작인 루인과 그 준남작을 호위하는 여자

훈볼트 족 아라사는 이그랄 요새에서 매우 유명하다. 주위에 친한 사람 하나 없는 크랄이라지만 루인의 이름을 들어보지 못했을 리 없다.

주점에 가만히 앉아 술을 마셔도 들려오는 것이 루인과 아라사의 이야기였다.

크랄은 자신의 인생이 망가진 것이 아라사 탓이라고 여겼다. 그런 아라사와 함께 있다는 것만으로도 루인 역시 싫어했다.

실상 루인 역시 한몫을 하기는 했지만, 그때와 지금의 얼굴이 달랐기에 크랄은 알아보지 못했다. 그럼에도 아라사와 엮여 있다는 이유 하나만으로 루인을 싫어했다.

크랄이 믿을 수 없다고 한 것은 단순히 루인이 싫었기 때문이다.

하지만 속사정이야 어찌 됐건 루스카가 크랄을 다시 보는 기회가 되었다. 구제 불능의 쓰레기에서 잘하면 재활용 가능한 쓰레기로.

루스카는 자신이 아는 바를 답했다.

"루인 준남작이 자신의 작위를 걸었다고 합니다."

크랄이 코웃음 쳤다.

"그깟 준남작 작위 따위."

"귀족인 크랄 자작님께는 아무것도 아닌 것일 테지만, 저 같은 평민에게는 꿈같은 작위이기도 합니다. 노예 출신인 루인 준남작은 저보다 훨씬 가치 있게 느끼겠지요."

루스카는 노예 출신으로 성공한 루인에게 존경심을 느끼고 있었다. 그런 마음이 말투에 드러났다.

크랄은 자신이 열등감을 느끼는 상대가 자신이 싫어하는 자를 존경한다는 듯 말하자 배알이 꼴리는 것 같았다. 자연스레 고운 말이 나오지 않았다.

"지랄하네. 그놈의 말이 헛소리면 내 손으로 목을 베어 버리겠다."

크랄이 루인의 목을 베는 일은 벌어지지 않았다.

✤　　　✤　　　✤

전쟁에서 기습이란 양날의 검이다.

적군에게 치명적인 타격을 입힐 수 있지만, 만약 적군이 알고 대비하고 있을 경우 오히려 아군이 심각한 피해를 입을 수도 있다.

전장에 실드 제너레이터가 등장한 이후 그런 양날의 검은 더욱 극단적으로 변했다.

현대의 전쟁은 기본적으로 실드 제너레이터를 작동시켜 마나 실드라는 절대의 방어막을 만들어 놓은 후 시작한다.

마나 실드는 오직 안쪽에서 바깥쪽으로 나가는 것만이 가능한 일종의 결계. 그렇기에 마나 실드가 깨어지기 전까지 안쪽은 안전하다.

문제라면 실드 제너레이터를 24시간 항상 가동시킬 수는 없다는 것이다.

막대한 에테르기움 소모량만이 문제는 아니다.

실드 제너레이터에 의해 생성되는 마나 실드는 요새 도시인 이그랄 전체를 덮을 수 있다. 어마어마하다고 할 정도로 엄청난 크기다. 그런 막대한 크기의 마나 실드를 만드는 것이 아무런 부담이 되지 않을 리 없다.

그렇기 때문에 주기적으로 가동을 중단하고, 휴식 시간을 가져 주어야 한다. 그러지 않고 계속해서 실드 제너레이터를 작동시켰을 경우, 정작 중요한 순간에 오작동이 일어날 수 있다.

실제로 특별한 교전 없이 실드 제너레이터를 일주일 동안 계속해서 가동시킬 경우, 실드 제너레이터에 의해 발생되는 마나 실드에 문제가 생기게 된다. 만약 교전이 있을 경우, 그 시간은 더욱 줄어들 것이다.

기습을 받는 쪽에게 실드 제너레이터의 이러한 제약은 치명적인 약점이 될 수 있다.

한 달 전 이그랄 요새는 멜테른군에게 심각한 피해를 입었다. 이유는 오직 하나, 실드 브레이커에 의해 실드 제너레이터가 만드는 마나 실드가 중화되어 버렸기 때문이다.

만약 그날 멜테른군의 실드 제너레이터에도 같은 일이

일어나지 않았다면, 이그랄 요새는 멜테른의 것이 되었을 것이다.

이렇듯 실드 제너레이터가 작동되지 않았을 때의 방어력은 작동되었을 때의 방어력에 비해 현저히 약하다.

만약 기습에 성공하여 상대가 실드 제너레이터를 작동시키기 전에 공격할 수 있다면, 기습은 대성공이 되고, 막대한 피해를 입힐 수 있을 것이다.

멜테른군이 야습을 계획한 것도 이런 목적이었다. 실드 제너레이터가 작동되지 않는 이그랄 요새를 공격하는 것.

하지만 이러한 야습이 양날의 검이 되는 건 실드 제너레이터를 작동시킬 수 없는 것이 이그랄 요새뿐 아니라 공격자인 멜테른군도 마찬가지이기 때문이다.

실드 제너레이터에 의해 발생되는 마나 실드는 어마어마하게 크다. 소모되는 에테르기움의 양도 엄청나고, 그에 따라 발생하는 마나의 파동도 매우 강하다.

공격 측인 멜테른군이 사용하는 이동형 실드 제너레이터의 경우, 발생하는 마나 실드의 크기는 이그랄 요새의 고정형 실드 제너레이터에 비해 훨씬 작다. 하지만 소모되는 에테르기움의 양은 비슷하다.

그건 즉, 효율이 떨어진다는 말이고, 낭비되는 마나가 이동형 실드 제너레이터가 월등히 많다는 의미이기도 하다.

그렇게 낭비되는 마나 때문인지 실드 제너레이터를 가동

시킬 때 발생하는 마나의 파동도 이동형이 고정형에 비해 훨씬 강했다.

즉, 이그랄 요새를 기습하기 위해서는 멜테른군 역시 마나 실드의 보호를 받을 수 없다는 말이다.

마이든 백작이 루인을 보며 말했다.

"자네의 공이 크군."

"발견한 것은 제가 아니라 아라사입니다."

루인은 공손한 태도로 대답했다.

"자네의 노예가 큰일을 했으니, 그 공은 주인인 자네의 것이지."

"……."

루인은 마이든 백작의 말에 답하지 않았다. 루인은 마이든 백작의 말에서 노예가 아라사가 아니라 자신을 가리킨다는 느낌을 받았다. 루인이 준남작이라는 작위를 가지고 있기는 하지만 이종족 노예 출신인 것도 분명한 사실이다.

'무슨 속셈으로 하는 말이지?'

마이든 백작은 루인의 태도에 아랑곳하지 않고 말을 이었다.

"그나저나 다행이야. 만약 모르고 당했다면 매우 위험했을 걸세. 설마 놈들에게 우리 군 암호가 넘어갔을 줄이야."

이그랄 요새는 최전방의 요새. 당연히 정찰대를 운용

한다.

멜테른군이 이그랄 요새를 기습하기 위해 움직인 병력은 기습이 아니라 전력전이라고 봐도 무방할 정도의 숫자였다.

수많은 병사와 나이트암, 마나 캐논, 이동형 실드 제너레이터가 이동했다. 정찰대가 발견하지 못할 리 없었다.

하지만 정찰대는 아무것도 발견하지 못했다. 정확하게는 아무런 이상이 없다는 보고를 한 것이다.

멜테른군에서 이그랄 요새의 정찰병을 처리한 후 이상 없다는 보고를 올린 것이었다.

정찰대가 보내는 보고는 암호화되어 마도통신장치를 통해 전해진다. 방법은 알 수 없지만, 멜테른에서는 그 암호 체계를 미리 알아 두었다가 지금 사용한 것이었다.

아마도 이상 없다고 보고한 정찰병은 모두 죽었거나 포로가 되었을 것이다.

"정찰병 중에 첩자가 있었을지도."

마이든 백작이 작게 중얼거렸다.

아무리 암호를 알아냈다고 해도 원래 보내던 정찰대가 아니라 다른 자가 보냈다면 무언가 이상을 발견할 수도 있었을 것이다. 하지만 아무런 이상을 발견할 수 없었다. 보고는 평소와 똑같았고, 그것이 정찰대에 첩자가 섞여 있었다는 추측을 신빙성 있게 해 주었다.

"얼마 남지 않았군. 이번 전투에 승리하게 된다면 모두 자네 공일세."

"과찬은 거두어 주십시오. 저희가 한 일은 그저 우연히 적의 접근을 발견한 것뿐입니다. 적의 계획을 역이용하는 계책을 짠 것은 사령관님이십니다."

마이든 백작이 루인을 바라보았다. 마이든 백작의 눈빛은 칭찬하는 자의 눈빛이 아니라 탐색하는 자의 눈빛이었다.

루인은 고개를 숙이고 있었기에 그런 마이든 백작의 눈빛을 눈치채지 못했다.

"너무 자신을 숙이는 것도 좋은 처세라고 할 수 없지. 하지만 자네의 사정이 좋지 못하니 그리 나쁜 것도 아니지."

"감사합니다."

"이제 곧 전투가 벌어질 텐데, 자네도 자네 부대를 지휘해야 되겠지. 이만 가 보게."

"물러가겠습니다."

루인은 마이든 백작에게 인사를 한 후 아라사와 경비대원이 모여 있는 곳으로 향했다.

마이든 백작이 멀어지는 루인을 보며 작게 중얼거렸다.

"아쉽군. 운이 좋은 놈이야. 귀찮군."

"루인 말입니까? 확실히 귀찮은 놈이기는 하죠. 운도 좋은 거 같고. 그래도 나쁜 놈 같지는 않은데요."

갑자기 들려온 목소리. 목소리의 주인공은 마이든 백작의 부관인 알버트 남작이었다.

마이든 백작이 잠시 생각에 잠겨 있다 자신도 모르게 속마음을 중얼거렸고, 그걸 옆에 있는 알버트가 들은 것이었다.

알버트는 멀어지는 루인의 뒷모습을 보며 웃고 있었다.

마이든 백작은 알버트의 말에 동의하듯 말했다.

"그래 나쁜 놈은 아니지. 아쉽게도."

그렇게 말하는 마이든 백작의 눈에는 얼핏 살기가 엿보였다.

잠시 후.

"실드 제너레이터 긴급 가동. 마나 캐논 일제 사격!"

음성확성마도장치를 통해 커진 마이든 백작의 목소리는 이그랄 요새 전체에 울려 퍼졌다. 동시에 껌껌한 어둠 속에 빛의 선이 그어졌다.

사아아 사아아 사아아……

이그랄 요새의 마나 캐논 50여 문이 토해 낸 방대한 빛은 어둠 속의 한 공간을 향해 날아갔다. 그 공간에는 이제 막 도착한 멜테른군이 전투 준비를 갖추고 있었다.

만약 이그랄 요새의 공격이 1분만 늦었다면, 빛의 선의 방향은 반대가 되었을 것이다.

개전을 알린 마나 캐논의 빛. 빛은 아름다웠지만, 막대한 파괴력을 담고 있기도 했다.

멜테른군의 진지는 지옥이 되었다.

하필이면 마나 캐논과 실드 제너레이터의 동력으로 사용하기 위해 모아 두었던 에테르기움에 마나 캐논의 빛이 명중했다.

은밀하게 이동해 왔고, 도착한 뒤에는 빠른 속도로 공격 준비를 하느라 동력으로 사용하기 위해 가져온 에테르기움에 대한 보호를 제대로 신경 쓰지 못했다.

그 대가는 매우 컸다.

콰콰콰쾅!

마나 캐논의 빛이 닿은 에테르기움은 그대로 폭발했다. 그 파괴력은 근처에 있던 수많은 멜테른 병사들의 목숨을 순식간에 앗아 갔다.

죽은 사람도 많았지만, 다친 사람은 더욱 많았다.

"아악, 내 다리! 내 다리!"

"으흑. 엄마!"

"무서워. 무서워!"

"뭐야 이건? 아아아아아악!"

멜테른군은 패닉 상태에 빠져 버렸다.

공격하기 위해 온 것은 자신들이었다. 그를 위해 야밤에 조심조심하며 이동하지 않았는가? 그런데 정작 공격을 한 것은 이그랄 요새였고, 자신들은 무방비 상태로 당해 버린 것이다.

"들켰다. 실패야."

"이길 수 없어. 우리는 죽을 거야."

멜테른군의 사기는 급락했다.

첫 공격으로 인한 피해가 너무나 컸다.

멜테른군에게는 불행한 일이었다. 비록 에테르기움의 보호에 신경 쓰지는 못했다고 해도 마나 캐논의 사격이 에테르기움에 명중할 확률은 매우 낮았다. 한마디로 재수가 없었다.

반대로 이그랄 요새에게는 재수가 좋았다 할 수 있겠다.

한순간의 불운으로 막대한 피해를 입은 멜테른군. 하지만 멜테른군의 지휘관은 제법 노련한 자였다.

"당장 실드 제너레이터 가동시키고, 마나 캐논은 대응사격을 실시해라. 헛소리하는 놈은 군령으로 베어 버리겠다."

"예!"

그제야 멜테른군의 병사들이 움직이기 시작했다.

비록 첫 공격에 막대한 피해를 입기는 했지만, 여기까지 온 멜테른군의 병사는 많았다. 게다가 주력인 나이트암에는 별다른 피해가 없었다.

멜테른군이 반격을 개시했다.

"마나 캐논은 준비되는 대로 사격 실시해라!"

"마나 캐논 사격 실시하겠습니다!"

"실드 제너레이터! 멀었나?"

"실드 제너레이터 가동 중! 30초 후 마나 실드 생성됩니다!"

"젠장. 30초면 수백 명이 죽어 나가겠군. 서둘러라!"

실드 제너레이터를 작동시키는 데에는 짧게는 2분에서 길게는 5~6분 정도의 시간이 걸린다. 2분은 급속 가동시켰을 경우이고, 그만큼 실드 제너레이터에 무리를 주게 된다.

지금 30초 걸린다는 건 미리 실드 제너레이터의 발동을 준비해 놓았기 때문이다. 그렇지 않았다면 짧아도 2분은 걸렸을 테고, 기습은 실패로 돌아갔을 확률이 컸다.

하지만 지금도 안전한 것은 아니다. 30초 동안에도 충분히 피해를 입을 수 있다. 만약 이그랄 요새의 마나 캐논이 멜테른군의 실드 제너레이터에 명중한다면, 상황은 끝이라고 할 수 있었다.

"공성 해머를 장착한 나이트암은 실드 제너레이터 앞으로 모여라. 공성 해머로 벽을 쌓아서 실드 제너레이터를 보호해라!"

이동형 실드 제너레이터는 마차 네 대를 이어 붙여 운반해야 할 정도의 크기다. 고정형 실드 제너레이터에 비할 만한 크기는 아니지만, 멀리서 충분히 알아볼 정도는 되었다.

게다가 실드 제너레이터에서 발생하는 마나 파동은 매우 강하다. 그래서 실드 제너레이터를 숨기는 건 불가능에 가까운 일이다.

실드 제너레이터를 작동시키는 순간, 그 위치는 완전히 드러난다고 보아야 했다. 숨길 수 없다면 막기라도 해야 한다.

나이트암용 타워 실드가 있었다면 실드 제너레이터를 충분히 보호할 수 있었을 것이다. 하지만 멜테른군의 나이트암은 야습을 위해 최대한 무게를 줄였다. 목적이 공격이었기에 나이트암용 타워 실드는 가져오지 않았다.

그래서 생각해 낸 것이 건물 파괴를 위해 가져온 공성 해머.

저번 전투에 사용한 실드 브레이커가 아니라, 무식한 무게로 고정된 물체를 파괴하는 공성 해머였다.

공성 해머의 헤드는 매우 크고, 통짜 쇠로 이루어져 있었다. 여러 개의 공성 해머를 쌓아 벽을 만든다면, 마나 실드가 발동될 때까지는 충분히 실드 제너레이터를 보호할 수 있을 것이다.

급조한 생각이었지만, 의외로 효과적이었다.

공성 해머의 헤드는 나이트암의 몸통만 했다. 그런 것을 네 개로 벽을 만들자, 마나 캐논의 빛은 더 이상 실드 제너레이터에 닿지 않았다.

물론 공성 해머의 헤드는 마나 캐논의 빛에 녹았다. 하지만 워낙 헤드가 두꺼웠기에 뚫고 지나갈 수는 없었다. 도리어 쇠가 녹으며 헤드끼리 달라붙어 더욱 견고한 벽이 되었다.

처음에는 멜테른군의 진지 전체로 향했던 마나 캐논이 이제는 실드 제너레이터가 있는 곳을 향해 집중되었다.

실드 제너레이터가 작동되어 마나 실드가 발생하면, 전투가 길어진다. 그러지 않고 실드 제너레이터를 박살 내면 별다른 피해 없이 압승할 수 있다.

전투의 유무가 멜테른군 실드 제너레이터의 작동 유무에 달려 있다 할 수 있었다.

짧은 시간이었지만, 멜테른군 지휘관은 피가 마르는 기분이었다.

"실드 제너레이터가 작동되려면 아직 멀었나?"

"다 되었습니다. 5초 남았습니다!"

공성 해머 4개로 쌓은 벽은 어느새 다 녹아 가고 있었다. 집중된 마나 캐논의 위력은 엄청났다. 5초가 아니라 0.1초도 버티기 힘든 상황이었다.

하지만 그 뒤에 다시 공성 해머 8개로 만든 벽이 만들어져 있었다. 실드 제너레이터는 무사할 것 같았다.

"돌격하라!"

"와아아아아아!"

쿵쿵쿵쿵쿵!

갑자기 왼쪽에서 들려온 함성 소리.

지휘관은 놀라 고개를 돌려 바라보았다. 그곳에서는 수십 기의 나이트암이 수백 명의 사람들을 이끌고 달려오고 있었다.

그들의 위치는 매우 가까웠다.

'매복? 설마 마나 캐논의 사격이 주공이 아니라 저들의 존재를 가리기 위한 연막이었나?'

지휘관은 비명을 지르듯 소리쳤다.

"저들을 막아라!"

너무 늦게 눈치챘다.

멜테른의 나이트암은 마나 캐논의 사격을 피하기 위해 뿔뿔이 흩어진 상태였다. 반면 공격해 오는 이그랄 요새의 나이트암과 병력은 하나로 뭉쳐 있었다.

위이이이이잉.

대기가 진동하며 거대한 마나 실드가 펼쳐졌다. 그리고 그 안쪽에는 브란델의 병력이 포함되어 있었다.

TITAN LORD

chapter 3

빙설폭풍(Blazzard Storm)

TITAN LORD

"젠장. 내가 왜 저딴 놈들이랑 함께 있어야 하는 거야?"

크랄은 투덜거렸다.

멜테른의 실드 제너레이터 공격을 위한 매복조에 포함된 것 자체는 불만이 없었다. 매복에 나선 나이트암은 2대대 소속 나이트암들 중에서 정예만 모은 것이었다. 그 숫자도 상당히 많았기에 포위되어 몰살당할 위험도 거의 없었다.

매복조의 목표는 실드 제너레이터.

실드 제너레이터가 만드는 마나 실드의 방어력은 절대적이다. 반면 실드 제너레이터 자체의 방어력은 전무하다.

고정형 실드 제너레이터라면 보조 실드 제너레이터를 두어 실드 제너레이터를 마나 실드로 보호하겠지만, 이동형 실드 제너레이터에 그런 보호 장치까지 둘 수는 없다.

나이트암이라면 간단히 부술 수 있을 것이다.

멜테른에서 대비하고 막는다면 힘들지도 모르겠지만, 멜테른은 매복한 자신들을 전혀 눈치채지 못했다.

저 상태에서 마나 캐논의 공격을 받으면 당연히 피하기 위해 나이트암들은 뿔뿔이 흩어질 것이다.

매복에 투입된 나이트암은 무려 60여 기. 멜테른군과는 다르게 한데 뭉쳐 있다.

흩어진 멜테른군의 나이트암이 막아 낼 수 있는 병력이 아니다.

빠르게 중앙으로 돌파해 실드 제너레이터만 박살 내고 빠져나오면 되는 일이다. 멜테른군이 매복을 눈치채지 못한 순간, 이미 공격은 성공한 거나 마찬가지였다.

나이트암에 타고 움직이니 빠져나오는 건 어렵지 않은 것이다. 함께 따라온 용병들이야 죽겠지만, 그건 크랄의 관심 밖이다.

정예 나이트암들만 포함된 매복조였음에도 크랄이 포함된 것은 오로지 용병들 때문이었다.

큰 피해 없을 거라 생각되는 나이트암과는 달리, 나이트암을 보조하는 병사들은 포위될 확률이 높았다. 그런 일에 자신의 병력을 보내려는 귀족은 없었다. 그러니 자연히 용병이 따라붙게 되었고, 용병대 대장인 크랄도 매복조에 포함된 것이다.

비록 크랄이 나이트암에 탑승하고는 있었지만, 그의 활약을 기대하는 자는 매복조에도, 이그랄 요새에도 아무도 없었다.

반면 크랄만은 이번에 공을 세우리라 다짐하고 있었다.

"내가 반드시 실드 제너레이터를 부수고 말 테다!"

크랄은 다짐하듯 중얼거렸다. 그의 결심을 반영하듯 그가 탄 나이트암의 등에는 커다란 공성 해머가 걸려 있었다.

단순히 나이트암의 무기로 내리쳐도 실드 제너레이터를 부술 수는 있을 것이다. 하지만 크랄은 확실히 하기 위해 공성 해머를 챙겨 온 것이었다.

물론 그런 크랄의 준비에 신경 쓰는 자는 없었다.

"이번 일은 내가 공을 세워야 한다. 건방진 노예 연놈들, 너희가 내 공을 빼앗아 가게 놔두진 않겠다!"

크랄이 조금 전부터 불만을 담아 바라보는 곳. 그곳에 있는 것은 루인과 아라사가 각각 탑승한 나이트 두 기였다.

원래 루인은 매복조에 포함되고 싶은 생각이 없었다. 인삼과 전투를 벌인 지 반나절도 지나지 않았다.

전투는 지독한 피로를 불러왔고, 당장이라도 쉬고 싶은 상황이었다.

작전을 세울 때 귀족들은 루인을 배제하려 했다. 공을 나누기 싫어서였다. 루인은 귀족들의 속셈을 눈치챘지만, 그들의 의견에는 환영했다.

그만큼 쉬고 싶은 마음이 강했다.

하지만 마이든 백작이 반대했다.

"오늘의 작전은 모두 루인 준남작이 있었기에 가능했던 일. 그런데 루인 준남작을 배제하고 일을 하려 하다니 무슨 생각들인가? 귀족이라는 자들이 공에 눈이 어두워 그런 생각을 하다니, 부끄러운지 알게!"

루인에게 공을 세울 기회를 주어야 한다는 마이든 백작의 강경한 의견 덕분에 루인은 결국 매복조에 포함되었다.

루인은 피곤했지만 마이든 백작의 호의를 차마 거절할 수는 없었다. 거절한다고 해도 매복조에 포함될 것 같은 불길한 예감 역시 그런 결정에 한몫했다.

"공을 세우려고 눈이 벌건 사람이 많으니 적당히 움직여도 상관없겠지."

크랄의 우려와는 달리 루인은 공을 세울 생각이 전혀 없었다.

그리고 시간이 되었다.

✤   ✤   ✤

"이번엔 잘되었으면 좋겠는데…… 작전이 너무 완벽해. 아무래도 어렵겠어. 그래도 그 멍청한 놈을 용병들 핑계를 대며 애써 포함시킨 보람을 느낄 수 있었으면 좋겠군."

마이든 백작이 기대감 어린 눈빛으로 멜테른군의 진영을
바라보았다. 그의 눈이 한순간 이채를 띠었다.

"이제 시작되는군. 기대하지, 전멸기사. 부디 너의 이름
값을 하기를."

✤ · ✤ · ✤

"돌격하라!"

갑작스레 터져 나온 고함 소리에 루인과 아라사는 물론
매복해 있던 모든 자들은 어리둥절한 표정을 지었다.

막 공격을 시작하려던 참이다.

마나 캐논의 공격 때문에 멜테른군은 자신들의 존재를
전혀 인식하지 못하고 있었다. 그야말로 완벽한 매복.

공격의 목적은 멜테른의 실드 제너레이터를 파괴하는 것.

실드 제너레이터는 당연히 멜테른군 진영 정중앙에 위치
하고 있다.

물론 대부분의 나이트암은 공격을 위해 전방에 위치해
있었고, 병력들 역시 마찬가지. 그마저도 마나 캐논의 공격
때문에 뿔뿔이 흩어진 상황이었다.

하지만 적진 정중앙까지 가야 한다는 부담감이 완전히
사라지는 건 아니다. 단 1초라도 늦게 멜테른군이 눈치챌
수록 아군에게 유리한 상황이었다.

그런데 크랄이 커다란 목소리로 소리쳐 버린 것이었다.

그것도 막 달리기를 시작하려는 직전.

크랄의 고함에 놀라 순간적으로 몸이 굳었다. 그렇게 약간의 시간을 낭비한 후 나이트암들은 실드 제너레이터가 있는 곳을 향해 돌격하기 시작했다.

용병들도 뒤늦게 '와' 하고 고함을 지르며 나이트암들의 뒤를 따르기 시작했다.

비록 크랄의 고함 때문에 약간의 시간을 버리긴 했지만 작전에 큰 문제는 없었다. 애초에 매복해 있던 위치 자체가 멜테른군의 진지에서 너무 가깝기도 했다.

쿵쿵쿵쿵쿵쿵…….

브란델의 나이트암은 거침없이 달렸다. 루인과 아라사는 그 사이에 껴서 적당히 달렸다.

검이나 도끼, 해머 같은 근거리 병기를 든 다른 나이트암과는 달리 루인과 아라사가 탄 나이트암은 마나 라이플을 들고 있었다. 덕분에 60기나 모여 있는 나이트암들 중에서 제법 눈에 띄었다.

더구나 그 공격 거리가 원거리였기에 더욱 그러했다.

멜테른군은 방금 전 마나 캐논의 사격에 막대한 피해를 입었다. 실상은 운 나쁘게 모아 둔 에테르기움이 폭발한 것이었지만, 멜테른군은 그것이 마나 캐논에 의한 피해라고 생각했다.

사아아아아사아아아아……

마나 라이플은 비록 그 위력은 다를망정 마나 캐논과 동일한 빛을 뿜어낸다.

"마나 캐논. 으악!"

"피, 피해라!"

매복조 나이트암의 진격을 방해하려던 멜테른군의 나이트암이 마나 라이플의 빛에 기겁하며 몸을 피했다. 그러느라 매복조의 앞을 가로막는 일은 실패하고 말았다.

매복조는 미련 없이 달려갔다.

"으악. 마나 캐논에 맞았다!"

"그게 마나 캐논에 맞은 거야? 정말?"

"물론! 방금 공격당하고 말았다."

"그런 것치고는 멀쩡한데?"

"그, 그러게?"

마나 라이플이 무서운 위력을 발휘할 때는 모든 마나 라이플이 같은 목표를 향해 일점사할 때였다.

마나 라이플 한 기, 한 기의 위력은 마나 캐논에 비하면 형편없이 약했다.

멜테른군의 나이트들은 뒤늦게 그 사실을 깨달았지만, 이미 매복조는 지나간 뒤였다.

크랄은 공을 세울 욕심에 앞뒤 생각하지 않고 무조건 빨리 달렸다.

작전의 목적인 실드 제너레이터를 파괴하기 위해서는 최대한 빠른 속도로 실드 제너레이터가 있는 곳까지 이동해야 하는 건 맞았다. 하지만 그렇다고 무턱 대고 무조건 달리기만 해서는 오히려 역습을 당할 위험이 있다.

멜테른군 진영의 중앙에 있는 나이트암의 숫자는 이십여 기. 비록 그 숫자가 매복조의 나이트암에 비해 현저히 적다고 해도 20기의 나이트암은 결코 가볍게 볼 수 있는 숫자가 아니다.

매복조의 나이트암을 상대하는 것은 힘들었지만, 잠깐 시간을 끄는 정도라면 충분히 할 수 있었다.

실제로 멜테른 진영 중앙에 위치하고 있던 나이트암들은 매복조의 나이트암을 이기기보다는 다른 아군 나이트암들의 증원이 올 때까지 버티겠다는 생각을 하고 있었다.

그러기 위해 방어에 좋은 방원형의 진형을 짜서 매복조의 진영 정면을 가로막고 있었다.

그런 곳에 혼자 돌진했다가는 뭉쳐 있는 멜테른군 나이트암들에게 공격을 받아 그대로 박살 날 수 있었다.

그런데 크랄은 무턱 대고 무조건 돌진했다.

"크랄 님이 나가신다. 비켜라, 비켜! 실드 제너레이터를 파괴하는 것은 바로 나 크랄 님이시다!"

매복조로 참여한 나이트암 60기 중 용병대 소속 나이트암은 모두 5기다.

한 기는 크랄, 나머지 네 기에는 부대장인 루스카와 그를 따르는 용병 세 명이 타고 있었다.

크랄이 앞으로 튀어 나가자, 용병대 소속 네 기의 나이트 암도 급하게 크랄의 속도에 맞추어 앞서 나갔다.

달려 나가며 용병들 중 한 명이 루스카에게 불만 어린 목소리로 말했다.

"대장, 굳이 따라가야 하는 거요? 저딴 자식 죽든지 말든지 상관없지 않소?"

다른 용병 두 명도 같은 생각이었다.

"오히려 죽어 주면 고맙겠군."

"자칫 잘못하다가는 우리까지 위험해질 수도 있습니다."

용병 세 명 모두의 불만에도 루스카는 크랄을 따를 것을 이야기했다.

"아무리 마음에 들지 않는다고 해도 저자가 우리의 대장인 건 분명한 사실이다. 대장이 위험에 처하게 생겼는데, 우리만 안전하게 있을 수는 없다."

루스카의 목소리에 담긴 의지는 굳건했다. 이런 식으로 말할 때의 루스카는 웬만해서는 그 결심을 바꾸지 않는다. 용병들은 더 이상 항변하지 않고 루스카의 말에 따랐다.

루스카는 씁쓸한 표정으로 크랄을 바라보았다. 그가 크랄을 지키기 위해 움직이는 것은 자신의 말과는 다른 이유 때문이었다.

'그는 분명 쓰레기 같은 인간이다. 하지만 그렇기 때문에 우리 용병대에게 가장 좋은 대장이기도 하다.'

크랄은 전멸기사라 불리며 인간쓰레기 취급을 받는다. 그건 이그랄 요새에 있는 누구라도 알고 있는 사실이며, 당연히 용병들 또한 잘 알고 있다.

사령관인 마이든 백작마저 이러한 사실을 잘 알고 있었다. 용병대의 대장으로 크랄을 보내며, 정말로 그가 용병대를 제대로 지휘할 수 있을 거라는 생각을 하고 보낸 건 결코 아니었다.

어차피 용병대의 지휘관으로 가려는 귀족은 없었다. 그렇다고 작위도 없는 평민에게 대장의 자리를 줄 생각은 없었다.

구색 맞추기용 대장이 크랄이었다. 운이 좋아 제대로 지휘해 전멸기사의 명성을 다시 한 번 떨친다면 더욱 좋은 일이고, 아니라도 상관없었다.

크랄이 불참했음에도 회의가 진행된 것은 바로 이러한 이유 때문이었다. 마이든 백작 역시 용병대의 실질적인 지휘관은 크랄이 아니라 루스카라고 여겼던 것이다.

상급자나 하급자나 모두 용병대의 실질적인 지휘관은 루스카라고 생각하는 상황. 당연히 용병대 내에서 루스카의 입지는 매우 굳건했다.

제대로 된 군벌 귀족이 지휘관으로 왔다면 루스카의 영향력은 지금처럼 굳건하지 않았을 것이다. 하지만 그렇지 않았기 때문에 루스카는 용병대를 자신의 뜻대로 움직일 수 있었다.

그렇다고 루스카가 용병대를 자신의 사병화시켜 무언가를 획책할 속셈이 있는 것은 아니었다.

귀족들의 인식 속에 용병대는 소모품 이상도, 이하도 아닌 존재였다. 제대로 된 귀족 지휘관이 용병대를 지휘했다면, 용병들은 떼죽음당했을지도 모를 일이다.

하지만 지휘력이 전무한 크랄이 지휘관으로 온 덕분에 루스카는 자신의 영향력을 고스란히 발휘할 수 있었고, 용병들의 사망률도 현저히 낮출 수 있었다.

'크랄이 죽는다면 다른 귀족 지휘관이 올 것이다. 크랄보다 못한 인간이라는 건 생각할 수 없다. 어떤 귀족이 오든지 지금보다는 영향력을 더 발휘할 테고, 용병들의 사망률도 올라갈 것이다. 크랄, 당신은 최대한 오래 살아남아서 우리의 대장 역할을 해 줘야 한다.'

루스카는 자신과 용병들의 생존을 위해 크랄을 지키려는 것이었다.

루스카의 생각과 크랄의 욕심이 맞물리며 매복조는 두 개의 무리로 나뉘게 되었다.

선두를 달리는 다섯 기의 나이트암과, 그 뒤를 따르는

25기의 나이트암.

매복조의 지휘를 맡은 기사가 신경질적으로 소리쳤다.

"제길, 저 자식들 뭐하는 것들이야? 왜 멋대로 튀어 나가!"

"전멸기사와 용병대 놈들입니다."

"쓰레기 같은 것들이 모여서 지랄을 떠는구나."

"어떻게…… 버립니까?"

무턱 대고 크랄의 움직임에 맞추어 속도를 올렸다가는 현재 달리는 진형이 무너질 수 있었다. 그랬다가는 돌파력이 현저히 줄어들게 되고, 자칫하다가는 적진 한복판에서 포위되어 버릴 수도 있는 일이다.

하지만 서른 기 중 다섯 기는 결코 적은 숫자가 아니다. 진지 중앙에 있는 멜테른군 나이트암을 돌파하기 위해서는 그 다섯 기의 나이트암이 필요했다.

"젠장. 어쩔 수 없다. 속력을 올려라. 저 머저리들을 따라간다."

"망할 놈들."

"작전이 끝나면 저 자식들 죽여 버린다!"

기사들은 불만을 터뜨리면서도 달리는 속도를 올리기 시작했다. 자연스레 한데 뭉쳐 유기적으로 움직이던 나이트암들의 진형이 흐트러졌다.

그리고 그런 나이트암들의 진형 가장 뒤에 루인과 아라

사가 따르고 있었다.

"되게 열심히들 하네. 대충 하다가 안 되면 도망치면 되지."

루인이 심드렁하게 내뱉은 혼잣말이었다. 나이트암들이 전속력으로 달리며 만들어 내는 소음 탓에 다른 자가 들을 위험은 없었다.

하지만 루인의 옆에서 나이트암에 탑승한 채 달리고 있는 자는 아라사였다. 마스터의 경지는 오감을 비약적으로 발달시켰고, 소음 속에서 루인의 목소리를 듣는 것도 가능케 해 주었다. 물론 그건 아라사가 처음부터 루인에게 신경 쓰고 있었기에 가능한 일이기도 했다.

"왜 그렇게 의욕이 없어? 저 앞에서 날뛰는 놈처럼은 아니더라도 공을 세울 좋은 기회잖아."

아라사의 목소리에는 미약하지만 웅웅거리는 옅은 울림이 섞여 있었다.

아라사는 단순한 육성으로 루인에게 말을 한 것이 아니었다. 지금처럼 시끄러운 곳에서 의사 전달을 하기 위해서는 상당히 큰 목소리로 이야기를 해야 한다. 하지만 그렇게 큰 목소리를 내면 루인뿐만이 아니라 다른 기사들까지 들을 수 있었다.

그런 일을 막기 위해 아라사는 특별한 방법을 사용했다. 그건 바로 훈볼트 족의 비전 중 하나인 시크릿 보이스(Secret Voice).

소리란 공기의 진동을 통해 전해진다. 진동이란 기본적으로 사방을 향해 퍼져 나가는 것. 하지만 마나를 이용해 공기층에 단절을 만들면 진동의 방향을 특정한 방향으로만 퍼져 나가게 만드는 일이 가능했다.

훈볼트 족에게는 이런 마나 활용법이 전해져 왔고, 그들은 그 마나 활용법을 시크릿 보이스라고 불렀다.

'매번 느끼는 거지만 전음이랑 참 비슷하단 말이야.'

루인은 속으로 그렇게 생각하며 전음을 이용해 아라사에게 말했다.

"멜테른군의 야습을 알린 것만으로도 충분한 공을 세웠어요. 더 공을 세워 봤자 다른 자들에게 경계나 받지 않으면 다행이죠. 그냥 쉬고 싶은데, 이런 매복조까지 끌려와 버렸으니……."

"공을 세워 작위가 올라가면 더 좋은 거 아냐?"

"굳이 그럴 필요 있겠어요? 어차피 작위를 얻으려 한 것도 합법적으로 땅을 소유하고 사업을 안정시키기 위함이었어요. 비록 가장 낮은 준남작이기는 하지만, 작위를 얻었어요. 더 이상은 욕심이죠."

"그래도 작위가 높으면 고물상도 더 안정적이게 되는 거 아냐?"

"작위가 올라간 만큼 지위가 낮은 자들에게 받는 압력은

작아지겠죠. 대신 지금껏 접하지 못했던 훨씬 높은 지위의
인물들이 고물상을 압박하겠죠."

"내 생각은 좀 달라. 위험이 있다고 해도 스스로를 지킬
힘은 갖추어야 한다고 생각해. 그게 무력이든 금력이든 권
력이든."

"부정하진 않겠어요. 이런저런 핑계를 대긴 했지만, 작
위를 올릴 수 있었다면 노력했을 거예요. 하지만 귀족들이
용납하겠어요? 이종족 노예 출신인 제가 높은 자리에 올라
가는걸."

"이번에 공을 세우면 어때?"

"절 더욱 경계하겠죠. 그나마 '노가다 나이트암 부대'라
는 타이틀 덕분에 귀족들의 경계가 약한 편인데, 여기서 실
력을 발휘했다가는 무수한 제재가 가해질 걸요."

루인의 나이트암 20기는 이그랄 요새에서 노가다 나이
트암 부대라는 별칭으로 불렸다. 전투보다는 노가다에 솜씨
를 발휘하는 특이한 나이트암 부대라는 인식에 붙은 명칭이
었다.

그런 탓인지 처음 루인을 강하게 경계하던 귀족들은 어
느 정도 완화된 시선으로 루인을 보았다. 물론 여전히 경계
하는 건 마찬가지였지만, 그 강도는 처음에 비해 현저히 낮
아진 상태였다.

그런데 지금 공을 세우기라도 하면, 그 경계의 눈길이 처

음으로 돌아갈 수 있었다. 아니, 그러면 다행이고, 오히려
처음보다 더욱 심해질 확률이 매우 높았다.

"루인은 참 특이해."

"현실적인 거죠. 딸린 사람이 많으니. 그나저나 무리하
지 않았으면 좋겠는데……."

루인은 걱정스러운 표정으로 정면을 보았다.

적진 침투라는 위험해 보이는 작전이었지만, 정작 그 위
험도는 그리 높지 않았다. 나이트암에 탑승한 채 가까운 곳
에 매복할 수 있었고, 적의 나이트암 주력은 다른 뿔뿔이
흩어져 있었기 때문이다.

누군가 삽질을 하지 않는 이상 실패할 이유가 없었다.

루인의 시선이 닿은 곳에 있는 나이트암이 걱정하던 삽
질을 했다.

"호오. 이게 누구야? 이름 높은 전멸기사 아냐? 이번에
는 나이트암 부대를 전멸시키려고 출동하셨나?"

멜테른군 나이트암의 음성확성마도장치에서 나온 목소리
에는 누가 들어도 확연히 알아챌 수 있을 비아냥거림이 담
겨 있었다.

크랄은 자신이 전멸기사라고 불리는 것에 심각할 정도로
자격지심을 느끼고 있었다. 그런데 적군이 그걸 이야기하자
도저히 참지 못하고 말았다.

"감히 내게 그따위 소릴 지껄이다니. 죽여 버리겠다!"

크랄은 분노로 소리치며 자신을 비웃은 나이트암을 향해 달려들었다.

루스카가 다급하게 외쳤다.

"말려들지 마십시오. 최대한 빠르게 실드 제너레이터가 있는 곳까지 이동해야 합니다."

"닥쳐!"

흥분한 크랄에게는 루스카의 말이 먹히지 않았다. 크랄이 탑승한 나이트암이 격렬한 기세로 상대편 나이트암에게 검을 휘두르기 시작했다.

루스카는 한순간 유혹을 느꼈다.

'버리고 갈까?'

서른 기에서 다섯 기 빠지는 건 상당한 전력 누수다. 하지만 서른 기에서 한 기 빠지는 건 그리 큰 영향이 없다.

잠시 망설였지만, 루스카는 결국 크랄을 돕기로 마음먹었다.

'어차피 크랄을 버리고 작전을 완료해 봤자 상관을 버린 자라는 불명예만 얻을 뿐이다. 마이든 백작이라면 그걸 핑계로 우릴 처단하고, 우리가 가진 나이트암을 노리겠지.'

루스카와 그를 따르는 세 명의 용병은 결국 크랄의 전투에 합세했다.

현재 이곳에 있는 멜테른군 나이트암은 단 두 기. 이쪽이 다섯 기이니 잘하면 빠른 시간에 처리하고, 매복조에 합류

할 수 있을 거라고 생각되었다.

두 기의 나이트암이 제대로 싸울 생각이 있었다면 그랬을지도 모른다.

크랄을 도발했던 멜테른의 기사는 너무 놀라 한순간 멍하니 서 있을 지경이었다.

'설마 내 도발이 먹힐 줄이야? 저놈 예상보다 더욱 한심한 놈이군. 괜히 전멸기사라고 불리는 게 아니었어.'

조금이나마 브란델 나이트암의 진군을 늦춰 보고자 내뱉었던 말이었다. 현재의 상황에서 단 두 기의 나이트암으로 할 수 있는 일은 그리 많지 않았기 때문이다.

그런데 도발이 먹힌 건지, 먼저 달려오던 다섯 기의 나이트암이 자신들 쪽으로 향한 것이었다.

서른 기의 나이트암이 가진 돌파력과 스물다섯 기의 나이트암이 가진 돌파력에는 엄청난 차이가 있다. 조금 과장하면 두 배 정도의 차이다.

현재 진지 중앙에 있는 나이트암이라면 열다섯 기. 서른 기의 나이트암이라면 금세 뚫려 버릴 수 있지만, 스물다섯 기라면 한동안은 버틸 수 있을 숫자다.

멜테른의 기사 두 명은 빠르게 눈빛을 교환했다.

'다섯 기가 빠졌다. 우리는 두 기. 전력에서 밀린다.'

'우리의 목적은 이기는 것이 아니라 시간을 끄는 것.'

'접전을 피하고, 최대한 오래 저들의 발을 묶어 둔다.'

매서운 기세로 달려온 크랄이 탑승한 나이트암이 멜테른 나이트암을 향해 검을 휘둘렀다.

붕붕붕붕붕…….

분노가 담긴 크랄의 검격에는 무서운 위력이 담겨 있었다. 다만 그동안의 방탕한 생활과 분노의 시너지 작용으로 제대로 명중하는 공격은 하나도 없었다.

멜테른 기사는 속으로 쾌재를 불렀다.

'이 자식 쉽잖아!'

멜테른의 기사와 크랄이 탑승한 나이트암은 모두 베이스암이었다. 반면 네 명의 용병이 탑승한 나이트암은 센티넬.

베이스암이 센티넬 네 기의 보조를 받으며 공격을 한다면 매우 위협적이다. 하지만 그 중심이어야 할 베이스암이 이렇게 형편없는 실력을 가지고 있으니, 센티넬 네 기에 대한 걱정도 줄어들 거라고 판단했다.

오판이었다.

루스카와 세 용병이 탑승한 나이트암은 유기적으로 움직이며 공격과 방어를 행했다.

느긋하게 생각하던 멜테른 기사는 신음성을 내뱉으며 다급하게 나이트암을 움직였다.

"으윽. 저 네 놈들, 센티넬답게 파워랑 속도는 별 볼일 없는데, 호흡은 기가 막히게 맞아 들어가잖아!"

루스카와 세 용병은 오랜 시간 함께 일을 해 왔다. 그러다 보니 서로가 서로를 잘 알았고, 당연히 그들의 연수 합격도 매우 높은 수준이었다.

비록 기종이 센티넬이라고 해도 네 기의 합공은 베이스암 한 기 정도는 충분히 상대하고도 남을 실력이었다.

"개자식, 죽어라!"

크랄은 용병들과 별개로 여전히 혼자 광분해서 설쳤다.

멜테른의 기사는 그런 크랄에게 진심으로 고마움을 느끼고 있었다.

"내가 지금 버티고 있는 건 순전히 이놈 덕분이다."

크랄의 공격은 루스카들의 공격에 도움을 전혀 주지 못했다. 그러기는커녕 오히려 마구잡이로 움직이는 탓에 루스카들에게 방해를 하고 있는 실정이었다.

루스카와 세 용병은 합공으로 베이스암을 상대한 경험이 제법 많았다. 한 기는 충분히 상대할 수 있고, 두 기는 아슬아슬하게 동수를 이룰 정도의 수준이었다.

이쪽에 베이스암이 한 기 있으니, 원래였다면 멜테른군 나이트암 두 기를 벌써 처리하고도 남을 시간이었다. 하지만 그 베이스암이 한 기의 몫을 하지 못하니, 쉽게 끝낼 수 없었다.

그 정도에서 그치면 그나마 다행일 텐데, 크랄의 나이트암은 오히려 용병들의 움직임을 방해하고 있었다. 게다가 공격의 방향이 간간이 용병들을 향하기도 했다.

용병들로서는 적 나이트암 두 기가 아니라 세 기를 상대하는 격이었다. 더군다나 그중 한 기는 공격조차 할 수 없다.

최악의 상대였다.

"루스카 저 양반, 제법 고생하는군."

루인의 중얼거림에 아라사가 시크릿 보이스로 말을 전해왔다.

"실력은 나쁘지 않은데, 순전히 저 한 놈 때문에 고생하고 있네. 그런데 도와줄 생각이야?"

"아니요."

루인은 루스카와 제법 안면이 있었다.

소모품 취급을 받는 용병. 그런 용병의 구성원 대다수는 농노나 탈영병, 탈주 노예들이었다.

비록 작위는 가지고 있지만 무시당하는 이종족 노예 출신인 루인.

루스카와 루인은 무시당하는 서로의 처지 탓인지 제법 마음이 맞았다. 속을 터놓고 이야기를 나누는 관계까지는 아니었지만, 이그랄 요새의 다른 사람들보다는 훨씬 친한 편이었다.

그럼에도 루인이 루스카를 돕지 않기로 판단한 것은 루스카가 가진 실력을 알고 있었기 때문이다.

"저 아저씨는 제법 강해요. 다른 세 아저씨 역시 마찬가지고. 충분히 상대할 수 있을 겁니다. 한 명만 정신을 차리면. 게다가 이쪽도 그리 여유로운 것은 아니고요."

용병대의 나이트암이 두(?) 기의 나이트암을 상대로 분전을 하고 있을 때, 다른 스물다섯 기의 나이트암과 멜테른군 나이트암 열다섯 기가 충돌했다.

콰콰콰콰콰쾅!

강철 거인과 강철 거인이 맞부딪히며 거대한 충돌음이 터져 나왔다.

"막아라!"

"뚫리지 마!"

"조금만 버티면 아군 나이트암이 돌아온다!"

멜테른군 나이트암은 오직 브란델의 나이트암을 막아 내는 것에 총력을 쏟았다.

막강한 힘을 가진 나이트암이 방어에 집중하자, 그 방어력은 매우 높았다. 숫자는 브란델 나이트암이 더 많았지만, 쉽사리 뚫고 지나갈 수 없었다.

하지만 여기서 시간을 지체하게 된다면 위험해지는 건 오히려 멜테른이 아니라 브란델의 나이트암이다.

어떻게 해서든 실드 제너레이터를 부숴야 했다. 마나 실드만 사라지면 아군 마나 캐논의 지원사격을 받을 수 있고, 아군 나이트암이 지원을 올 수도 있다.

"뚫어라!"

"멜테른 나이트암과 맞상대하지 마. 우리 목표는 실드 제너레이터다."

"이곳의 방어가 약하다. 이쪽에 힘을 집중시켜!"

멜테른 나이트암은 막기 위해 노력했고, 브란델 나이트암은 뚫기 위해 노력했다.

원래라면 훨씬 전에 뚫고 들어가 실드 제너레이터를 파괴해야 했다. 하지만 예상보다 멜테른군의 방어가 단단했고, 반면 아군의 돌파력은 크랄과 용병대의 이탈로 현저히 줄은 상태였다.

지금도 크랄과 용병대의 나이트암만 있었다면 방어가 약한 곳에 전력을 집중시켜 뚫을 수 있었을 것이다. 하지만 다섯 기 나이트암의 이탈은 결정적인 돌파력을 약화시켰고, 결국 멜테른의 방어를 뚫는 것에 실패했다.

루인이 아라사에게 전음으로 말을 건넸다.

"도와줘야겠어요."

"돕지 않을 거라고 하지 않았어?"

"그럴 생각이었는데, 우리 쪽 지휘관의 공에 대한 욕심이 생각보다 강한 것 같네요. 이제 슬슬 빠져나가야 할 시간인데, 그럴 기미가 보이지 않으니."

이곳은 멜테른 진영의 한복판이다. 조금의 머뭇거림이 포위라는 최악의 결과로 나타날 수 있었다.

"그렇다고 제가 가진 힘을 보일 생각은 아니에요. 조금 도울 뿐이죠. 그러니 라사의 움직임을 잠시 동안 제가 통제해도 될까요?"

"알았어. 어차피 나는 사격에는 젬병이니."

루인이 탑승하고 있는 나이트암은 그랑데일이었다.

루인은 그랑데일과 라사에게 말했다.

[단 두 기의 마나 라이플로는 치명적인 타격을 줄 수 없어. 할 수 있다고 해도 그럴 생각은 없고. 대신 아군 나이트암이 멜테른 나이트암을 상대하는 것에 도움을 줄 거야. 노릴 곳은 나이트암의 시각 창이야.]

나이트암의 시각 창이란 나이트암에 탑승한 나이트가 바깥을 향해 볼 수 있도록 나 있는 구멍이다. 그 각도가 매우 교묘해 사방을 모두 살필 수 있지만, 구멍을 통해 나이트를 공격하는 건 지독히 어려운 일이다.

물론 마나 라이플로 시각 창을 통해 안에 탄 나이트를 공격하는 것도 불가능에 가까운 일이다. 차라리 관절 부분을 노리는 것이 더욱 효과적인 공격이다.

한마디로 무의미한 공격. 하지만 그랑데일과 라사는 루인의 말에 반발하지 않았다.

[알겠습니다, 마스터.]

[명령을 따르겠습니다, 마스터.]

[노릴 나이트암은 저것.]

루인이 가리킨 나이트암은 아군 매복조의 지휘관과 한창 전투를 벌이고 있는 멜테른의 나이트암이었다.

[그랑데일은 왼쪽의 시각 창을 노리고, 라사는 오른쪽의 시각 창을 노려. 그리고 그 타이밍은…… 지금!]

루인이 마음속으로 외치는 순간, 마나 라이플에서 출발한 두 가닥 빛의 선이 멜테른 나이트암의 시각 창으로 날아들었다.

사격은 당연히 명중했고, 안에 탑승하고 있는 멜테른의 기사에게 아무런 피해를 입히지 못했다. 다만, 한순간 양쪽 시각 창이 마나 라이플에서 뻗어 나온 빛으로 번쩍하고 빛났다.

그리고 그것은 치명적인 빈틈이 되었다.

가가각!

아군 지휘관 나이트암의 거검이 멜테른 나이트암의 오른쪽 어깨에 그대로 틀어박혔다.

원래라면 충분히 막을 수 있을 정도의 공격이었지만, 마나 라이플의 빛 때문에 한순간 시야를 잃은 것이 치명적인 빈틈을 만들고 말았다.

"좋았어!"

"이런 젠장!"

양쪽 나이트암에서 상반된 음성이 터져 나왔다. 뒤이은 행동도 정반대였다.

아군 지휘관 나이트암의 거검은 멜테른 나이트암의 오른쪽 어깨를 3분의 1쯤 파고 들어가다 멈춘 상태였다. 구동계에 제법 피해가 있기는 했지만, 당장 움직이지 못할 정도는 아니었다.

아군 나이트암은 거검에 의한 피해를 늘리려 했고, 멜테른 나이트암은 피해를 여기서 그치게 하려 했다.

거검이 현재 박혀 있다는 것이 멜테른 나이트암에 치명적인 결점이 되었다.

아군 나이트암은 거검을 단순히 깊게 찔러 넣는 게 아니라, 아예 박힌 채 비틀어 베었다. 그런 행동은 거검에 의한 절단면을 벌어지게 만들었고, 거검이 더 깊게 박혀들 수 있게 도움을 주었다.

게다가 상황이 그렇다 보니, 멜테른 나이트암의 움직임 자체도 아군 지휘관 나이트암에게 도움을 주는 결과가 되었다.

기기긱 파각!

결국 멜테른 나이트암의 오른쪽 팔은 완전히 작동 불능이 되어 버렸다. 팔이 베어져 떨어져 나간 건 아니었지만, 대신 구동계가 완전히 박살 나 버렸다. 덕분에 아예 팔이 떨어지는 것보다 못한 결과가 되었다.

덜렁거리는 팔은 움직임에 상당한 방해가 되었다.

오른팔을 못 쓰게 된 나이트암. 게다가 그 나이트암에 탑승한 나이트는 오른손잡이인 듯 무기를 오른손에 들고 있었다.

급하게 왼손으로 옮겨 검을 잡았지만, 그 자세는 조금 전과 비교할 수 없을 정도로 엉성했다. 그런 실력으로는 멀쩡한 아군 지휘관 나이트암의 거검을 막을 수 없었다.

가가가가각.

금속이 갈리는 듣기 싫은 소리와 함께 멜테른 나이트암이 쓰러졌다. 동시에 아군 지휘관은 큰 목소리로 외쳤다.

"이곳이 뚫렸다. 모두 이곳을 돌파하라!"

지휘관은 그렇게 소리치며 가장 먼저 달려갔다.

뒤늦게 옆에 있던 멜테른 나이트암이 구멍을 메우려 했지만, 쉽지 않은 일이었다.

"어허, 이러면 안 되지."

"비켜, 비켜."

"실드 제너레이터를 부수는 건 이 몸의 일이라고."

매복조의 나이트암들은 뚫린 구멍을 통해 빠르게 돌파했다. 그들은 맞붙어 전투를 하려는 게 아니라 오직 뚫고 지나가려는 생각뿐이었다.

뚫리기 전이라면 모를까, 구멍이 뚫린 지금 막는 건 불가능한 일이었다.

결국 멜테른 나이트암의 방어진은 와해되었고, 브란델 나이트암은 모조리 실드 제너레이터를 향해 달려갔다.

잠시 후, 멜테른의 나이트암들은 브란델 진영의 실드 제너레이터에 도달했다. 가장 먼저 도착한 것은 지휘관 나이트암의 바로 뒤를 따라 달렸던 두 기의 나이트암이었다.

정작 가장 앞서 달렸던 지휘관 나이트암은 실드 제너레이터를 최종 방어하던 마지막 한 기의 나이트암에 걸려 발이 묶이고 말았다.

"젠장. 실드 제너레이터를 부수는 건 내가 해야 할 일인데."

매복조의 지휘관은 툴툴거리며 멜테른 나이트암을 상대했다.

실드 제너레이터에 도착한 두 기의 나이트암은 지휘관의 사정을 전혀 고려하지 않았다. 어차피 서로 다른 귀족 가문 소속이었고, 전쟁이 끝나면 경쟁해야 할지도 모를 사이였다. 공훈을 나눌 생각은 눈곱만큼도 없었다.

두 개의 거검이 동시에 실드 제너레이터를 향해 떨어져 내렸다.

콰쾅! 쩡!

실드 제너레이터가 나이트암의 거력이 실린 검격을 두 방이나 먹고 버틸 리 만무하다. 실드 제너레이터는 한 번의 공격으로 박살 났고, 멜테른을 보호하던 마나 실드는 순식간에 사라졌다.

실드 제너레이터를 부순 두 기의 나이트암에서 우렁찬

목소리가 울려 나왔다.

"세밀가의 브로안 세밀이 멜테른의 실드 제너레이터를 부쉈다!"

"헤크로인가의 이튼 헤크로인이 멜테른의 실드 제너레이터를 부쉈다!"

자신의 이름과 가문의 이름을 크게 외치는 것으로 자신과 가문의 명예를 높이고, 공훈을 인정받을 속셈이었다.

'이 자식은 뭐야? 왜 나를 따라 해?'

'내 공을 빼앗으려 하다니. 괘씸한 놈.'

두 기사는 나이트암 속에서 서로를 노려보았다. 조금 전까진 동료였지만, 이제는 경쟁자가 되었다. 누군가 조금만 부추기면 적이 되어 싸울 기세다.

두 기사의 기세 싸움은 멜테른 기사의 외침과 함께 끝이 났다.

"건방진 놈들. 감히 이런 짓을 하다니, 용서할 수 없다!"

떨어진 곳에 있다 뒤늦게 도착한 멜테른의 나이트암들이 모습을 보였다. 그들은 실드 제너레이터를 파괴한 브란델의 나이트암을 용서할 생각이 없었다.

방금 전 싸움 직전까지 갔던 브란델의 두 기사. 하지만 공동의 적이 등장한 순간 두 기사는 다시 동료가 되었다.

"용서하지 않으면 어쩌려고?"

"우릴 어쩔 수 있을 것 같아?"

"참 꿈도 크셔."

"꿈이라도 크게 꿔야지."

"하긴. 크크큭."

"크크크큭."

호흡은 참 잘 맞았다.

브란델 두 기사의 이죽거림에 멜테른 기사는 당연히 분노했다.

"천지를 분간 못하고 까부는구나. 여기가 어딘지 잊은 거냐? 우리 진영 한복판에서 무사히 살아 나갈 수 있을 거라는 착각이라도 한 거냐?"

브란델 나이트암의 숫자는 점점 모이고 있었다. 처음 한 기였던 나이트암은 어느새 10기를 넘어서고 있었다. 그리고 계속해서 모여들고 있었다.

하지만 멜테른의 두 기사는 여유로웠다.

"물론 살아 나갈 수 있지."

"너희들이 우릴 잡을 정신이 있을 것 같아?"

"무슨 헛소리냐?"

"우리가 무슨 말하는지 몰라? 상황 파악이 안 돼?"

"정말 모르나 본데. 그보다 우선 뒤나 조심해."

"뒤나 조심하라니? 날 뒤돌아보게 만들어 기습할 생각인가 본데, 나는 그런 허튼수작에 넘어가지 않는다."

"아냐. 아냐. 순수하게 하는 충고야. 뒤를 조심하라니까."

"그래. 일단 한 번 돌아봐."

"헛소리! 나는 네놈들의 수작에 넘……."

사아아아아아.

빛의 물결이 멜테른 나이트암을 뒤덮었다. 마나 캐논의 사격이었다.

"그러게 뒤를 돌아보라니까."

"하여간 사람 말을 못 믿어요."

정겹게 말을 나눈 브란델 두 기사는 다시 서로를 노려보았다.

브란델 두 기사가 있는 곳에는 조금 전까지 여러 기의 멜테른 나이트암들이 몰려 있었다.

이그랄 요새의 지휘부는 첫 공격으로 최대한의 피해를 주기 위해 모여 있는 멜테른 나이트암을 노렸다.

원래 마나 캐논으로 나이트암에게 피해를 주는 건 힘든 일이다. 한 번의 사격으로는 나이트암에 큰 피해를 입히기 힘들고, 나이트암의 빠른 움직임 탓에 여러 번 명중시키는 건 불가능에 가까운 일이었기 때문이다.

하지만 멜테른의 나이트암들은 실드 제너레이터가 파괴된 것에 놀라 빠르게 움직이지 않고 있었다. 게다가 침입한 브란델 나이트암을 상대하기 위해 몰려 있기도 했다.

한 발의 마나 캐논으로 나이트암에 큰 피해를 주기는 어렵다. 하지만 여러 발의 마나 캐논을 동시에 사격한다면 이야기가 다르다.

원래라면 불가능했을 일이지만, 브란델 나이트암이 무방비 상태로 뭉쳐서 멈춰 있었기에 실행할 수 있었다.

집중사격은 매우 효과적이었다.

마나 캐논의 범위에 들어갔던 멜테른 나이트암의 숫자는 무려 22기. 그중 15기가 전투 불능이 되었다. 안에 탑승한 나이트의 생사 역시 알 수 없는 상태였다.

직격당한 15기의 나이트암은 마나 캐논의 빛에 철이 녹아 버려 강철 거인이 아니라 강철 덩어리로 바뀌어 버린 상태였다.

강철이 녹을 정도의 열이 발생했으니, 안에 타고 있던 15명 나이트의 생명도 끝났다고 봐야 했다. 설사 살아 있다고 해도 숨이 막혀 금세 죽고 말 것이다.

7기의 나이트암은 그나마 반파였다. 신체의 한 부분만 녹아내렸고, 나이트가 탑승하는 부분은 다행히 멀쩡했다. 하지만 전투를 할 수 없는 건 마찬가지였다.

단 한 번의 사격으로 22기의 나이트암을 전투 불능으로 만들어 버린 것이다. 어마어마한 전과였다.

매복조의 지휘관이 큰소리로 외쳤다.

"모두 모여라. 우리는 이제 이곳을 빠져나간다!"

브란델의 나이트암 서른 기는 빠르게 모였다. 실드 제너레이터를 부쉈던 두 기사도 합류했고, 크랄과 용병대도 뒤늦게 합류했다.

크랄이 불만 섞인 음성으로 툴툴거렸다.

"굳이 후퇴할 필요가 있는 거요? 어차피 우리가 이길 전투. 조금이라도 적을 때려잡아 공을 세우는 것이 더 낫지."

몇몇 생각 없는 기사들이 크랄의 말에 동조하는 눈빛을 했다. 하지만 바로 터져 나온 지휘관의 호통에 얼른 그런 눈빛을 숨겼다.

"멍청한 소리 마라! 이제 이곳에 아군 마나 캐논의 무차별 사격이 가해질 것이다. 괜히 머뭇거렸다가는 아군의 공격에 방해될 뿐만 아니라, 자칫 아군의 사격에 당할 위험마저 있다."

크랄이 고개를 숙인 채 작게 중얼거렸다.

"흥. 자기는 충분히 공을 세웠다는 거겠지. 젠장."

지휘관은 그런 크랄을 한심하다는 듯 바라보았다. 다른 기사들 역시 마찬가지였다.

크랄의 불만과 상관없이 매복조는 빠르게 전장을 이탈했다.

중간 중간 막아서는 멜테른의 나이트암이 있었지만, 별 문제가 되지 않았다.

숫자가 적을 경우는 수로 밀어붙여 처리할 수 있었다.

수가 많을 경우는 서로 접전을 벌여야 했지만, 역시 큰 문제가 되지 않았다.

소수는 빠른 속도로 위치를 이동하며 전투를 벌인다. 하지만 단체 대 단체의 전투의 경우, 위치 이동은 상당히 둔해지는 편이다. 그리고 그렇게 둔해진 움직임은 마나 캐논의 지원 포격에 아주 좋은 먹잇감이었다.

더구나 멜테른의 진지 중앙에서 조금 멀어지자 위험은 완전히 사라졌다.

멜테른은 실드 제너레이터가 박살 났다. 반면 이그랄 요새의 실드 제너레이터는 멀쩡했다.

한쪽은 무적의 갑옷을 입고 있고, 다른 한쪽은 완전히 벌거벗은 상황이다. 상대가 될 리 없었다.

전투를 시작한 지 채 10분도 되지 않았건만 멜테른이 입은 피해는 치명적이었다. 이제는 정면 대결로 붙어도 이그랄 요새의 병력이 압승할 수 있을 정도였다.

마이든 백작은 노련한 군인이었다. 그는 기회를 놓치지 않고 총공격을 명했다.

1대대, 2대대의 나이트암과 병사들이 멜테른을 공격하기 위해 요새를 빠져나왔다.

멜테른은 실드 제너레이터가 파괴되고, 마나 캐논의 사격을 받으며 치명적인 피해를 입었다. 병력이 확 줄었을 뿐 아니라 사기마저도 최악이었다.

사기가 최고로 오른 브란델군을 상대하는 건 불가능했다.

"후퇴하라! 후퇴하라!"

지휘관은 그렇게 외치며 도망쳤다. 장교들부터 말단 병사들까지 목숨을 건지기 위해 죽어라 달렸다.

전쟁에서 가장 큰 피해가 발생할 때는 도주할 때이다. 이그랄 요새의 기사와 병사들은 눈이 벌게져서 멜테른군을 쫓았다. 조금이라도 더 공을 세울 욕심이었다. 도주하는 적의 뒤통수만 노리면 되니, 그렇게 어려운 일도 아니었다.

매복 작전에 참여했던 기사들도 도주하는 적을 처단하러 나갔다. 루인과 아라사만은 뒤에 남아 그런 모습을 씁쓸하게 바라보았다.

어느새 다가온 알버트가 루인에게 말을 건넸다.

"너는 안 가는 거냐?"

"할 만큼 했고, 무엇보다 피곤하군요. 그러는 알버트 남작님은 왜 여기 이렇게 있습니까?"

"나도 피곤해."

루인과 알버트는 서로 마주 보며 씨익 웃었다. 인삼이라는 강적과 맞서 싸우며 서로 간에 신뢰가 생겼긴 것이었다.

아라사는 그런 둘의 기색을 의심스럽다는 듯이 바라보았다.

잘못 보면 자칫 요상해질 수도 있는 분위기. 하지만 그런 분위기는 금세 깨어졌다. 전장에서 들려온 비명 소리 때문이었다.

"도망쳐!"

"으악. 눈의 마녀다!"

"사, 살려 줘!"

"이렇게 죽기 싫어!"

도주하는 적을 쫓기 위해 달려가던 아군 병사들. 그들은
처절한 비명을 내지르며 얼어붙었다.

알버트의 겁에 질린 목소리가 루인의 귓가에 들려왔다.

"맙소사. 설마…… 빙설폭풍(Blazzard Storm)?"

TITAN LORD

chapter 4

다가오는 파멸

TITAN LORD

"피해가 얼마라고?"

"사상자의 숫자는 2,000여 명입니다. 그리고 62기의 나이트암이 전투 불능 상태입니다. 그중 완파되어 복구 불가능한 것이 27기. 나머지 35기의 나이트암을 수리하는 데에도 상당한 시간이 걸릴 것이라 예상됩니다."

"허…… 허허…… 허허허……."

알버트의 보고에 마이든 백작은 넋이 나간 표정이 되었다.

단 한 번의 전투. 그것도 완승이라 할 만한 전과를 올리고 있었다. 하지만 전투의 끝에 나타난 단 하나의 존재에 의해 승리는 산산조각 나 버렸다.

병사의 피해도 컸다. 하지만 더욱 치명적인 것은 나이트암의 피해. 나이트암 62기는 이그랄 요새 전체 나이트암의 무려 4분의 1에 해당하는 숫자다.

"1대대 나이트암의 피해는 몇 기인가?"

"1대대 소속 나이트암의 피해는 모두 5기입니다. 1대대는 본진을 지키는 데 주력했기에 피해가 적었습니다."

"그나마 다행이군."

마이든 백작은 씁쓸한 표정을 지었다.

전공이란 얼마나 많은 적을 해치웠냐는 것으로 판가름 난다. 귀족들의 참전 목적은 전공을 세워 자신과 자신 가문의 명예를 드높이는 것. 하지만 저번 전투에서 받은 막대한 피해로 인해 귀족들의 그러한 욕심은 거의 사그라들었었다.

명예를 높이기보다는 무사히 살아서 영지로 돌아가자는 인식이 팽배해졌고, 자연 소극적인 움직임을 보여 주었다. 당연히 사기가 바닥을 쳤다.

공을 세우려 너무 나대는 것도 문제지만, 이처럼 너무 조심하려는 것도 문제였다. 귀족들의 나이트암이 전투에 나서지 않고 귀족을 지키는 데에만 열중한다면, 정작 전력으로 사용할 수 있는 나이트암의 수는 얼마 되지 않기 때문이다.

귀족들의 사기를 진작시킬 필요가 있었다.

매복조를 1대대 소속 나이트암이 아니라 귀족 연합군 소속 나이트암으로 채운 것은 사기 진작의 일환이었다.

성공이 거의 확실시되는 작전에 귀족 연합군을 투입하는

것으로 그들이 공을 세울 기회를 주었다. 매복조에 포함된 기사들과 그들 소속 가문은 실제로 사기가 진작되었다.

매복조에 포함되지 않은 귀족들에게도 영향을 끼쳤다.

누구는 공을 세우고, 누구는 공을 세우지 못한다. 공을 세운 자의 이름은 크게 알려질 테지만, 그렇지 않은 자의 이름은 조용히 묻힐 것이다.

소외된 귀족들의 가슴속에 시기심이 싹텄다. 그건 다시 공을 세우고 싶다는 욕망으로 열매 맺었다.

그러한 마음은 이번의 전투에 여실히 나타났다. 귀족 연합군의 나이트암은 이전과는 달리 열정적인 태도로 전투에 임했다.

하지만 조금 부족했다. 자신감을 조금 더 살려 줄 필요가 있었다. 힘들이지 않고 할 수 있는 기회마저 생겼다.

도주하는 적을 공격하는 일은 매우 손쉽게 할 수 있으면서도, 쉽게 공훈을 올릴 수 있는 일이기도 하다. 마이든 백작은 그 기회를 귀족 연합군에게 양보했다.

1대대에게는 도주하는 적의 처단보다는 혹시 있을지 모를 기습을 대비해 본진을 지키는 데 중점을 두라고 한 것이다.

그렇다고 해서 그런 이야기를 직접적으로 할 수는 없는 일. 어느 정도 둘러서 이야기했고, 마이든 백작의 의도는 1대대에 비교적 정확히 전달되었다.

그래서 1대대에서 도주하는 적을 쫓은 것은 몇 기 되지 않는 나이트암이었고, 나머지는 남아서 본진을 지켰다.

그런데 그것이 오히려 복이 되었다. 도주하는 적을 쫓지 않았기에 피해를 줄일 수 있었다.

그렇다고 해서 이번 전투의 피해가 사라지는 것은 아니었다.

"후우."

마이든 백작은 깊게 한숨을 내쉬었다.

마이든 백작의 나이는 올해 46. 나이트 상급으로, 나이에 비해 훨씬 젊어 보이던 그의 외모는 이번 일로 본래 나이 대의 외모로 팍 삭아 버렸다. 그만큼 마음고생이 심했던 것이다.

비록 자신 본래의 병력은 큰 피해를 입지 않았지만, 그건 최악의 상황만 모면한 것일 뿐이었다.

한 달 전에 괴멸적인 피해를 입고, 이번에 또 이런 심각한 피해를 입었다.

물론 변명은 있었다.

그 누가 멜테른에서 실드 브레이커를 사용할 줄 알았으며, 뜬금없이 눈의 마녀가 등장할지 알았겠는가?

분명 마이든 백작의 잘못은 아니었다.

하지만 심각한 피해를 두 번이나 받은 이상, 그를 무마하기 위한 희생양이 필요한 법이다. 그리고 그 희생양으로 가장 유력한 후보자가 마이든 백작이다.

마이든 백작이 정치적인 인간은 아니었지만, 앞으로의 자신의 처지 정도는 충분히 예측할 수 있었다.

"후우."

착잡한 심정으로 다시 한숨을 내쉬었던 마이든 백작은 문득 알버트가 여전히 자신의 옆에 서 있다는 걸 깨달았다.

"이만 나가 보게."

"……알겠습니다. 그럼."

알버트가 나간 후, 마이든 백작은 멍하니 천장을 올려다보았다.

"이렇게 된 이상 그 수밖에 없나? 내키지는 않지만 어쩔 수 없군. 내가 사는 게 먼저이니."

마이든 백작은 알 수 없는 말을 중얼거리며 창밖을 바라보았다. 우연인지 마이든 백작의 시선이 향한 방향에는 특임대의 막사가 존재하고 있었다.

⚜   ⚜   ⚜

이그랄은 단순한 요새가 아니라 요새 도시라 불릴 정도의 규모를 가지고 있다. 규모가 크고, 주둔하는 병사가 많은 만큼 그런 병사들의 호주머니를 노린 위락 시설도 다수 존재했다.

'검은 까마귀'는 이그랄 요새에 있는 술집들 중 병사들이 가장 많이 찾는 곳이었다. 이유는 간단했다.

싸고, 많이 준다.

맛은 형편없었다. 술은 독한 술에 물을 섞었는지 요상한 맛이 났고, 음식은 가장 싼 재료로 대충 빠르게 만들어 내놓았다.

하지만 병사들의 박봉으로도 충분히 술을 마실 수 있기에 수많은 병사들이 검은 까마귀를 찾았다.

방금 전 전투가 있었고, 지독한 피해를 입었다. 수많은 사람이 죽음을 맞이했다. 그 끔찍한 경험을 잊기 위해 병사들은 술집을 찾았고, 가장 인기 있는 검은 까마귀는 당연히 가득 찼다.

삐이걱.

낡은 문이 열리며 새로운 손님이 들어섰다. 대부분의 손님들은 새로운 손님의 등장에 신경 쓰지 않았고, 몇 명만이 문 쪽을 향해 고개를 돌렸다. 그리고 놀란 표정을 지었다.

나타난 자는 1남 1녀로, 이곳에 전혀 어울리지 않은 외모를 가지고 있었다.

남자와 여자 모두 아름다운 외모를 가지고 있었는데, 특이하게 남자 쪽이 더욱 아름다운 외모였다. 게다가 얼핏 고귀함 같은 것마저 느껴졌다.

하지만 사람들은 이내 자신의 느낌을 부정했다. 남자는

이종족이었다. 이종족이란 노예. 노예에게 고귀함이 느껴질리 없었다. 술이 취해 착각했을 거라고 생각했다.

하지만 일부는 그 느낌이 착각이 아니라고 생각했다. 그 남자는 이종족 노예 출신으로는 최초로 작위를 받은 자였다.

들어온 자는 루인과 아라사였다.

루인은 검은 까마귀에 처음 왔다. 이런 허름한 곳에서 술을 먹을 수 없다는 귀족적인 이유 때문은 아니었다. 단지 술을 별로 즐기지 않았을 뿐이다.

반면 아라사는 이곳에 몇 번 방문한 적이 있었다. 술을 마시기 위함은 아니었다.

아라사는 한때 루인에 대한 안 좋은 소문을 낸 자들을 잡아 무자비하게 팬 적이 있는데, 검은 까마귀에 왔던 것도 그때 그런 자들을 잡기 위해서였다.

그리고 그 이후는 아라사도 이곳에 오지 않았다.

이곳과 어울리지 않는 인물이 와서일까? 술을 마시며 떠들썩하게 이야기를 나누던 사람들의 시선이 어느덧 루인과 아라사를 향했다.

아라사는 그렇게 흥미로운 표정으로 바라보는 자들을 향해 매섭게 시선을 날려 주었다.

아름다운 여인이 매섭게 바라본다면 겁먹기보다는 귀엽다고 생각하는 게 사내들의 일반적인 반응이다. 하지만 아라사는 훈볼트 족이었고, 마스터였다.

그녀의 기세는 일반인이 버틸 만한 것이 아니었다.

루인과 아라사를 구경하던 사람들은 이내 시선을 돌렸다. 하지만 그들의 신경은 여전히 루인과 아라사에게 집중된 상태였다.

그렇게 검은 까마귀 안의 모든 사람들의 관심을 받는 와중에 루인은 고개를 휘휘 돌려 사람들의 모습을 살폈다. 누군가를 찾는 듯했다.

그러다 이 층 난간에 있는 자와 눈이 마주치자 반갑게 소리치며 손을 흔들었다.

"루스카."

루스카는 부대장이라는 직위를 가지고 제법 많은 보수를 받기는 했지만, 그의 출신은 어디까지나 용병. 비싸고 분위기 좋은 주점보다는 이렇게 허름하고 왁자지껄한 곳이 그의 취향에 맞았다.

전투를 끝내고 한잔 하는 것은 루스카의 오랜 버릇. 그는 자신을 따르는 세 명의 용병들과 함께 술을 마시는 중이었다.

그러다 검은 까마귀 안으로 들어온 루인을 보았다. 그때까지 루스카는 루인이 자신을 찾아왔을 거라고는 생각지도 못했다.

어느 정도 친분은 있지만, 그렇다고 이렇게 개인적으로

만날 사이는 아니었다. 그저 다른 대장들보다 조금 더 친한 정도였다.

그런데 갑자기 자신을 찾다니. 루스카는 의아했다. 그리고 곤혹스러웠다.

비록 이종족 노예 출신이라고는 하나 루인은 귀족이었다. 이곳에 있는 사람들에게 루인은 매우 흥미는 있지만, 동시에 불편하고 조심해야 할 자였다.

반면 루스카는 주당이라 검은 까마귀의 단골이었고, 병사들과도 격의 없이 지냈다. 지금은 조용히 있지만, 루인이 가고 나면 어떻게 된 일이냐며 자신을 들들 볶을 것이다.

그런 예상을 확신시켜 주듯 지금도 병사들은 뜨거운 시선으로 루스카를 바라보고 있었다.

루스카가 곤혹스러움과 곤란함을 동시에 느낄 때, 루인은 계단을 올라 루스카가 있는 테이블로 다가왔다.

"괜찮다면 합석해도 될까요?"

"……."

"물론입니다."

"영광입니다."

"이곳에 앉으십시오."

루스카가 뭐라고 하기도 전에 루스카를 따르는 용병들이 먼저 나섰다. 심지어 한 명은 자신의 의자를 루인에게 양보하기까지 했다.

"괜찮습니다. 빈자리가 있으니 그냥 여기 앉으면……."

검은 까마귀의 주점은 6인석이었다. 당연히 두 자리가 남아 있었고, 루인은 그곳을 가리켰다.

"거기는 사람들이 지나다니는 통로라 불편하실 겁니다. 여기 앉으십시오."

"괜찮습니다. 하하."

루인은 예상치 못했던 과도한 친절에 곤혹스러움을 느꼈다. 하지만 바로 앉지는 않고 루스카를 바라보았다.

루스카는 정중하게 말했다.

"루인 에데라 준남작님과 함께 자리를 하게 되어 영광입니다."

루인은 그제야 자리에 앉으며 말했다.

"그냥 루인이라 불러 주세요."

"예, 루인 님."

"그냥 루. 인."

"아, 알겠습니다."

루인은 루스카를 빤히 바라보았다. 루스카는 침을 꿀꺽 삼키고는 말했다.

"알겠습니다, 루인."

루스카는 용병. 용병의 대다수가 농노나 노예 출신이기에 평민보다 못한 취급을 받는다.

반대로 루인은 노예 출신이라고는 하나 귀족이다. 게다

가 이름뿐인 귀족이 아니라 나이트암이라는 강력한 힘을 가진 귀족이다. 루스카가 루인을 편하게 대하는 건 쉽지 않은 일이다.

루스카는 긴장하며 입을 열었다.

"그런데 어쩐 일로 이런 곳까지 오셨습니까?"

"루스카에게 물어보고 싶은 게 있어서 왔어요."

"예?"

루스카의 눈이 동그랗게 떠졌다.

용병을 찾아오는 이유는 한 가지다. 바로 의뢰. 그래서 루스카는 루인이 무언가 의뢰를 하기 위해 왔다고 생각했다. 그런데 전혀 생각지도 못한 말이 루인의 입에서 나왔기에 루스카가 놀란 것이다.

"저는 미천한 용병입니다. 그런 저에게 무엇을……."

"알버트 남작님께 소개받았어요. 당신에게 물어보면 잘 알 수 있을 거라고 하더군요. 눈의 마녀에 대해서."

루스카와 세 용병의 얼굴이 딱딱하게 굳었다.

5년 전, 루스카는 블루 이글이라고 불리는 용병단의 단장이었다. 블루 이글은 브란델 왕국에서 가장 강력한 용병단이었다. 그 이유는 용병단이면서 무려 8기나 되는 나이트암을 보유하고 있었기 때문이다.

비록 그 8기가 모두 센티넬이고, 수십 년 된 폐물이라고는 하나 나이트암을 가지고 있다는 것만으로 엄청난 위력을 발휘했다.

용병들은 강한 자를 대장으로 따른다. 강한 자 밑에 있어야 생존 확률이 올라가기 때문이다.

나이트암이라는 절대의 힘을 가진 루스카는 용병들에게 매우 매혹적인 대장이었다. 수많은 용병들이 블루 이글로 몰려들었다.

루스카는 기뻐하며 용병들을 블루 이글로 받아들였다. 하지만 아무나 받아들인 건 아니었다. 실력과 성품을 모두 보고 엄정한 심사를 거쳐 용병단으로 받아들였다.

하지만 찾아오는 자들이 워낙 많았기에 블루 이글의 규모는 순식간에 불어났다. 그렇게 덩치가 커지자, 결국 문제가 발생했다.

용병단 소속의 용병은 개인적인 의뢰를 받지 않는 대신 소속 용병단에서 월급을 받는다. 한 방 크게 벌 수는 없지만, 안정적으로 벌 수 있다는 장점이 있다.

블루 이글 역시 소속 용병들에게 월급을 주었다. 그런데 소속 용병들의 숫자가 늘어나 월급으로 나가는 돈이 많아지며 문제가 발생했다.

규모가 커졌으니 더 많은 의뢰를 받아 더 많은 돈을 벌어야 하는데, 정작 들어오는 의뢰는 별반 차이가 없었다.

블루 이글 용병대는 심각한 자금난에 휩싸이게 되었다.

그러던 중 한 가지 의뢰가 받게 된다.

의뢰금은 무려 5,000만 달란트.

평민 가구의 한 달 생활비가 대략 1,000달란트 정도다. 5,000만 달란트면 블루 이글이 2년 동안 의뢰를 받지 않아도 아무런 문제가 없을 정도의 액수였다.

매우 수상했지만, 결국 루스카는 의뢰를 받아들였다.

의뢰는 놀랍게도 브란델이 아니라 적국인 멜테른에서 해야 했다. 멜테른으로 넘어가고 서야 할 일이란 의뢰자가 지정하는 한 인물을 사살하는 것이란 걸 알 수 있었다.

루스카는 죽여야 할 인물이 멜테른의 귀족이라는 걸 눈치챌 수 있었다. 또한 의뢰자 역시 멜테른의 귀족이고, 목표와 가까운 인물로 짐작되었다.

멜테른인으로 일을 벌이면 곤란하기에 자신들에게 의뢰를 한 것일까?

그리고 사람을 죽이는 일은 용병보다는 암살자가 더욱 제격인데 어째서 용병인 자신들에게 의뢰를 한 것일까?

루스카는 이번 의뢰가 정말 내키지 않았다. 의뢰의 수상함도 있었지만, 돈을 받고 사람을 죽인다는 행동 자체가 마음에 들지 않았다.

비록 지금까지 용병 생활을 하며 수많은 사람을 죽여 왔지만, 루스카는 돈을 받고 사람을 죽이는 건 암살자고, 용병은 돈을 받고 싸우는 사람이라는 신념을 가지고 있었다.

하지만 의뢰자가 시키는 대로 할 수밖에 없었다. 만약 의뢰를 실패할 경우 위약금을 물어 줘야 하는데, 그랬다가는 블루 이글이 당장 파산하고 말 것이었다.

그뿐이라면 다행이지만, 가지고 있는 나이트암마저 빼앗길 위험이 있었다.

'미안하오.'

루스카는 마음속으로 사죄의 말을 하며 공격을 명령했다.

실패는 생각하지 않았다.

목표는 연약한 여인이었다. 그 여인은 늙은 마부가 끄는 마차에 타고 있었고, 10명의 호위기사만이 그 마차를 따르고 있었다. 혹시나 해서 사방을 살폈지만, 다른 자의 모습은 전혀 보이지 않았다.

반면 블루 이글에는 8기의 나이트암이 있었다. 전력 차이는 절대적이었다.

"그때는 제가 어떻게 되었었나 봅니다. 저는 용병, 돈을 받고 싸우는 자이지 돈을 받고 사람을 죽이는 암살자가 아닌데. 휴우."

루스카는 쓸쓸한 표정을 지으며 자신의 잔에 담긴 술을 들이켰다. 그건 다른 세 용병 역시 마찬가지였다.

"그래서 어떻게 되었습니까?"

"나이트암이 나타났습니다."

"예? 방금 아무도 없었다고……."

"예. 분명 그랬습니다."

"그런데 어디서 갑자기 나이트암이……?"

"저희가 공격을 하고, 호위기사와 마부 노인이 죽을 때까진 아무런 일이 없었습니다. 하지만 여인의 목을 베려는 순간, 여인의 몸에서 눈부신 빛이 뿜어져 나왔습니다."

"빛이라고요?"

"예. 너무 밝은 빛이라 제대로 볼 수 없었습니다. 그리고 빛이 사라졌을 때, 전혀 새로운 나이트암이 서 있었습니다."

"새로운 나이트암?"

루인의 질문에 루스카가 덧붙였다.

"아, 오해는 말아 주십시오. 제가 전 세계의 모든 나이트암을 아는 것은 아닙니다. 하지만 그 나이트암은 분명 지금까지의 나이트암과는 전혀 다른 모습이었습니다."

"어떻게 달랐는지 알 수 있을까요?"

"아름다웠습니다."

"……예?"

루스카의 예상치 못한 답변에 루인이 얼떨떨하게 반문했다.

"그 악마는 너무나 아름다웠습니다. 흰색과 푸른색이 절묘하게 섞인 외관은 병기가 아니라 아름다운 예술품을 보는 것 같았습니다. 신을 지키는 신장이 있다면 그런 모습이 아닐까 하는 생각이 들 정도였습니다.”

루인은 다른 말보다 흰색과 푸른색이 절묘하게 섞여 있다는 말이 신경 쓰였다. 하지만 내색하지 않고 루스카의 이야기를 계속 들었다.

“하지만 그 아름다운 악마가 손을 흔들자, 세상이 얼어붙었습니다. 사람은 물론이고 나이트암마저 얼어 버렸습니다. 그날, 블루 이글은 저희 넷 빼고는 모두…… 죽었습니다.”

루인은 처음 눈의 마녀란 말을 꺼내었을 때, 이들 네 명이 딱딱하게 굳은 이유를 알 수 있었다.

“죄송합니다. 제가 안 좋은 기억을 떠올리게 했군요.”

“아닙니다. 이미 보았으니까요. 눈의 마녀를.”

“……”

루인은 말없이 루스카를 보았다. 그들의 괴로운 표정을 보자 미안한 마음이 들었다.

사실 눈의 마녀에 대한 간단한 정보 정도는 루인도 쉽게 들을 수 있었다.

눈의 마녀는 멜테른의 메라딘 영지가 보유하고 있는 나이트암. 1퍼센트 렐릭으로 그 능력은 무려 빙계 마법 증폭!

여기까지가 눈의 마녀에 대해 알려진 사실이었다. 그 외의 자세한 것은 알려지지 않았다.

하지만 그것만으로도 전율스러운 위력이었다.

마법이란 대량 살상에 매우 용이한 수단이다. 나이트암의 등장 이전까지 전장에서 가장 중요한 건 마법사였다.

하지만 나이트암의 등장 이후 마법사는 전장에 나오지 않았다. 여러 가지 복합적인 이유가 있었지만, 가장 결정적인 건 나이트암에 새겨지는 항마법진에 의해 마법사의 마법이 나이트암에게는 통하지 않았기 때문이다.

하지만 눈의 마녀는 증폭된 마법으로 나이트암마저 얼려 버렸다. 마치 일반 마법사가 대량 살상 마법으로 병사들을 학살하듯 나이트암을 파괴한 것이다.

눈의 마녀가 만약 적극적으로 전쟁에 참여했다면, 전황은 멜테른에게 일방적으로 유리하게 흘러갔을 것이다. 하지만 눈의 마녀는 거의 참여하지 않았고, 때문에 어제까지만 해도 눈의 마녀 이야기는 전장에 떠도는 수많은 헛소문 중 하나로 취급되었다.

하지만 드러난 결과는 소문이 오히려 부족하다는 걸 알려 주었다.

만약 앞으로 계속해서 눈의 마녀가 전장에 모습을 드러낸다면, 브란델에 승산은 없었다.

'고물상을 다른 나라로 옮겨야 하나?'

루인은 루드란 제국 출신이다. 애초에 브란델 왕국에 애착이 있을 리 없었다. 단지 몬스터 랜드에서 처음 나온 곳이 브란델 왕국이었기에 이곳에 정착했을 뿐이다.

고물상의 다른 자들 역시 루인의 생각과 크게 다르지 않았다.

그들은 노예 출신이다. 브란델에 괴로운 감정은 있어도, 좋은 감정은 없었다.

어차피 북부 귀족들의 견제가 심각해지고 있는 상황이었다. 계속 버티며 확고하게 자리를 잡든지 깨끗하게 다른 곳으로 옮기든지, 결정을 해야 했다.

고물상의 인원은 많았고, 그들을 모두 옮기는 건 쉬운 일이 아니었다. 그래서 루인은 웬만하면 브란델에 머물고 싶었다.

하지만 브란델이 멜테른에 밀린다면 고물상을 옮겨야 할지도 몰랐다.

전황에 결정적인 영향을 미칠 눈의 마녀라는 존재는 루인의 판단을 내리는 데 매우 중요한 변수였다.

그래서 알버트에게 눈의 마녀에 대해 캐물었고, 그에게 루스카를 소개받을 수 있었다.

루인이 잠시 생각에 잠겨 있는데, 루스카가 입을 열었다.

"눈의 마녀의 주인으로 생각되는 그 여인은 오드 아이였습니다."

"……예? 훈볼트 족이었습니까?"

루인은 아라사를 바라보았다. 하지만 아라사는 전혀 모

른다는 듯 고개를 가로저었다.

"훈볼트 족은 아닙니다."

루스카의 목소리에는 확신이 담겨 있었다.

루인은 의아함을 느끼며 질문했다.

"오드 아이는 훈볼트 족만의 특질입니다. 그런데 어째서 그 여인이 훈볼트 족이 아니라는 거죠?"

"사실 그 일이 있은 후 저 나름대로 조사해 보았습니다. 그 여인은 메라딘의 영주였습니다. 그녀의 부모는 분명 모두 인간이었습니다. 그리고 그 여인은 원래는 오드 아이가 아니었다고 합니다."

"예? 그런 일이 있을 수 있습니까? 제가 알기로 모습을 바꾸는 환상 마법도 눈동자 색은 바꿀 수 없다고 알고 있는데요."

"정확하게는 모릅니다. 다만 어느 순간 여인의 눈이 오드 아이로 변한 뒤, 눈의 마녀가 등장했습니다. 눈의 마녀가 그녀의 눈동자 색을 변화시킨 것이 아닐까 하고 짐작할 뿐입니다."

"정말 놀랍군요."

'렐릭 중에는 정말 신기한 것도 있구나. 하긴 그러니까 우리 나이트암이 렐릭이라는 말도 믿었겠지.'

그 후 루인과 루스카는 사사로운 이야기를 한참 나눈 후 헤어졌다.

그들은 이그랄 요새를 떠날 거라고 했다. 계약 기간이 끝나는 건 내일이고, 원래는 연장 계약을 하려 했는데 눈의 마녀를 보고는 그냥 떠나기로 마음먹었다고 했다.

✤　　　✤　　　✤

지난밤에 일어났던 전투는 심각한 후유증을 낳았다.

도저히 대항할 수 없는 절대적인 존재의 출현. 이번 전쟁은 패했다는 말이 곳곳에서 떠돌았다.

마이든 백작은 다급하게 치안병에게 그런 이야기를 하는 자들을 잡아들이라는 명령을 내렸지만, 오히려 상황만 더욱 악화되었을 뿐이다.

이그랄 요새 전체의 분위기는 침울해졌다.

루인이 있는 특임대의 분위기는 이그랄 요새와는 조금 달랐다. 패하면 도망치면 된다는 생각이 있었다. 나이트암이 있으니 그리 어려운 일은 아니었다.

다만 그렇게 한다면 기껏 얻은 귀족 작위가 사라질 테고, 더 이상 브란델에 발붙이고 살기 힘들어진다.

그래서 루인은 한창 고민 중이었고, 특임대원들은 그런 루인을 방해하지 않기 위해 조용히 움직였다.

이그랄 요새가 우울한 침묵이라면, 특임대는 조심스러운 침묵이라 할 수 있었다.

그런 침묵은 갑작스러운 방문자에 의해 깨어졌다.

쾅당!

시끄러운 소리를 내며 문이 거칠게 열렸다. 알버트는 다급하게 안으로 들어온 후 루인을 찾았다.

"루인, 어디 있어? 루인, 루인!"

알버트의 뒤에서 목소리가 들려왔다.

"뒤에 있습니다."

"허억. 어, 언제 뒤로 다가선 거냐? 실력이 좋구나."

"다가선 게 아니라 알버트 남작님이 저를 못 보고 그냥 지나치신 겁니다."

"크흠. 그, 그럴 수도 있지."

잠시 민망해하던 알버트는 다시 다급한 표정으로 입을 열었다.

"그보다 이럴 때가 아니다. 빨리 가 봐야 할 곳이 있다."

"어디를……."

"일단 가자."

알버트는 루인의 손목을 잡고는 반강제로 끌고 갔다.

알버트가 루인을 끌고 온 곳은 이그랄 요새의 시장거리였다. 시장거리는 제법 시끄러웠다. 하지만 그건 평소의 활기참과는 사뭇 달랐다.

"도대체 무슨 일이래?"

x

y

"망조야, 망조."

"우린 모두 죽을 거야."

시장거리에는 상당히 많은 사람들이 모여 있었다. 그들은 무언가 못 볼 것을 본 표정을 한 채 서로 수군대며 이야기를 나누고 있었다.

사람들의 시선이 향하는 곳은 시장거리의 수많은 골목들 중 하나였다.

수많은 골목이었지만, 루인에게는 조금 특별한 장소였다. 어제 죽을 뻔했던 그 골목이었기 때문이다.

골목 입구 주변에서 치안병들이 사람들의 출입을 막고 있었다.

사람들은 치안병에 막혀 안쪽을 보지 못하자, 목을 쭉 빼 골목 안을 살폈다. 루인은 알버트와 함께 왔기 때문에 치안병들의 제지를 받지 않고 골목 입구에 다가설 수 있었다.

루인은 골목 안을 바라보았다. 사람들이 쓰러져 있는 것이 보였다. 자세히 보니 그들의 몸은 바짝 말라 있었다.

어제 루인이 발견했을 때에도 골목 안에는 이런 시체가 존재했다. 하지만 그 숫자는 12구였다.

지금 골목에 있는 시체의 숫자는 서른을 넘어가고 있었다.

골목 입구를 막고 있는 4명 이외에 다른 치안병들도 다수 존재하고 있었고, 어제 루인이 만난 치안4대 대장 벨런도 있었다.

루인은 벨런에게 물었다.

"어떻게 된 겁니까? 사람의 접근을 막지 않은 겁니까?"

"분명 막았습니다. 그런데 오늘 아침에 갑자기 사람들이 저 골목 안으로 끌려갔습니다."

"끌려갔다고요? 무엇이?"

"눈에 보이는 건 없었습니다. 마법을 이용한 건지 어떤 지는 알 수 없지만, 보이지 않는 밧줄 같은 걸 이용해서 사람을 끌고 가는 것 같았습니다."

루인은 장교의 말을 이해할 수 없었다. 하지만 바로 이해할 수 있게 되었다. 사람을 끌고 가는 모습을 직접 보았기 때문이다.

"으아아아악!"

사람의 접근을 막고 있던 치안병 하나가 갑자기 비명을 질렀다. 그의 허리가 기역 자로 꺾이며 골목을 향해 날아갔다. 밧줄 같은 걸 허리에 걸고 강한 힘으로 잡아당기는 것 같은 모습이었다. 다만 밧줄이나 그걸 잡아당기는 존재의 모습은 보이지 않았다.

루인은 경악해 신음을 흘렸다.

"이게 도대체 무슨……."

루인이 아는 건 이곳에 기이한 사념체가 있다는 것이다. 그 사념체는 타인의 정신을 공격해 그 사람을 죽일 수 있는 능력을 가지고 있었다.

루인은 실제로 그렇게 사람이 죽는 모습을 보았고, 위력은 몸으로 직접 느꼈다. 하지만 그건 어디까지나 정신에 국한된 이야기. 사념체가 물리력을 발휘할 수 있을 거라고는 전혀 생각지 못했다.

그래서 사람의 접근만 차단하고, 사제나 마법사를 구하라고 한 것이었다.

그런데 사념체는 마치 먹이를 노리듯 사람을 채어 갔다.

끌려간 치안병의 최후는 끔찍했다.

"으아아아아악!"

치안병은 처절한 비명을 질렀다. 그의 몸은 바닥에서 1밀쯤 허공에 떠 있었고, 마치 쥐어짜듯 피가 사방으로 튀어나왔다.

사방으로 튄 피는 놀랍게도 땅에 떨어지지 않았다. 그저 조용히 사라졌을 뿐이다. 마치 공중에서 흡수되는 것 같은 모습이었다.

루인은 이상한 느낌이 들어 고개를 들었다.

골목길 위에 아주 희미하긴 하지만 둥근 구체 같은 것이 보였다. 구체는 붉은 빛을 띠고 있었다.

루인은 그 구체가 사념체의 집합체라는 걸 느낄 수 있었다. 그리고 그곳에서 느껴지는 악의는 어제 느껴지던 것에 비해 수십 배는 강해진 느낌이었다.

어제 루인은 사념체의 공격에서 빠져나올 수 있었다. 강인한 정신과 의지가 그런 일을 가능하게 했다. 하지만 지금 사념체의 공격을 받는다면, 잠시 버티는 것도 힘들 것 같다는 생각이 들었다.

경악하고 있는 루인에게 알버트가 물었다.

"저걸 어떻게 하지? 너라면 해결 방법 있지?"

'내가 만능 해결사냐!'

루인은 그렇게 소리치고 싶은 걸 꾹 참고 말했다.

"사제나 마법사에게 연락하셨습니까?"

"연락은 했다. 하지만 여기까지 오려면 최소한 이틀은 걸린다. 그동안 어떻게 하지?"

"별다른 방법이 있겠습니까? 사람들의 접근을 최대한 막는 수밖에요. 설마 거리에 상관없이 사람을 끌고 가는 건 아니겠죠?"

"그런 건 아닌 거 같더라."

"그럼 상관없죠."

"그런데 문제가 있다."

"무슨 문제요?"

알버트는 손가락으로 붉은 빛의 사령체를 가리켰다.

"저거, 내가 처음 봤을 때보다 두 배 정도 커졌다."

"처음 본 게 언제인데요?"

"너 데리러 가기 직전. 보고 바로 너한테 달려갔거든."

루인은 벨런을 바라보았다.

벨런이 말했다.

"제가 봤을 때에는 지금보다 10배는 작았습니다."

"언제 봤는데요?"

"30분 정도 되었습니다."

간단하게 급속한 속도로 사령체가 커지고 있다는 말이었다. 루인은 사령체를 바라보았고, 조금 전보다 커진 것을 느낄 수 있었다.

"당장 사람들을 피신시키세요."

알버트는 걱정스러운 표정으로 사령체를 바라보고 있었다. 그런 그의 얼굴에는 얼핏 죄책감도 깃들어 있었다.

저것을 만든 것은 인삼. 인삼의 주인이 페일이니 결국 이 일의 원인은 페일이라고 할 수 있었다.

페일은 알버트와 관계가 있는 인물. 그 때문인지 알버트는 이 일이 자신 때문에 일어난 것 같은 느낌을 받고 있었다.

"알았다. 그런데 저게 계속 커지면 어떻게 하지? 그래서 피할 곳도 없어지면?"

"이곳을 버릴 수밖에요."

알버트의 얼굴이 일그러졌다. 하지만 루인에게 별다른 방법이 있을 리 없었다.

그때 갑자기 루인의 옆에 있던 아라사가 다급하게 외

쳤다.

"위험해!"

아라사는 루인을 옆으로 밀어냈다. 얼마나 급했는지 전혀 힘 조절을 하지 않은 채였다.

비록 밀었다고는 하나 마스터의 경지에 오른 훈볼트 족이 전력으로 발휘한 힘이다. 나이트 턱걸이에 불과한 루인이 버틸 수 있을 리 만무했다.

루인은 6~7밀 정도를 날아가다가 벽에 부딪히고 나서야 정지했다. 날아가던 속도가 있었기에 벽에 부딪힌 충격도 결코 적지 않았다.

머리는 멍해지고, 벽과 부딪힌 왼쪽 팔에선 지독한 통증이 느껴졌다.

"아라사, 왜……."

갑자기 이런 일을 한 이유를 물으려던 루인은 말을 마치지 못했다. 아라사의 몸이 보이지 않는 무언가에 의해 끌려가고 있었다.

루인은 아라사가 자신을 그렇게 강하게 민 이유를 알 수 있었다. 마스터에 오른 기감으로 아라사는 무언가 다가옴을 알아챘고, 그 방향이 루인이라는 걸 알고는 다급하게 밀었던 것이다.

그리고 보이지 않는 무언가는 원래 목표물이었던 루인 대신 아라사를 끌고 가는 것이었다.

아라사의 얼굴은 편안했다. 끌려간 것이 루인이 아니라서 다행이라고 생각하고 있었다.

아라사의 몸에서 피가 터져 나왔다.

루인이 절규했다.

"아라사!"

✤　　　✤　　　✤

루인 고물상에서 가장 일이 많은 곳은 마법 연구부였다. 부장인 엘루나를 비롯해 직원들 모두는 연구에 연구를 거듭하느라 야근을 밥 먹듯이 했다.

엘루나는 어제도 야근을 하고, 아침이 되어서야 겨우 잠자리에 들었다.

두 시간은 잤을까?

엘루나의 눈이 번쩍 떠졌다. 그녀는 몸을 일으켜 창가로 걸어갔다. 그리고 이그랄 요새가 있는 남서쪽을 바라보았다.

엘루나의 눈에서 갑자기 눈물이 흘러내렸다. 그리고 그녀는 마치 누군가와 이야기하듯 혼잣말했다.

"드디어 파멸의 수레바퀴가 돌아가기 시작했네요."

"그를 가까이서 도울 수 없다는 것이 너무 슬퍼요."

"알아요. 제가 그곳에 가서는 안 된다는 걸. 하지만……."

"알고 있었어요. 각오했어요. 하지만……."

"……믿어요. 스승님, 낭군님이 진실 된 파멸을 불러올 거란 걸."

✤　　　✤　　　✤

베이디안 대륙의 최강국. 루드란 제국.

루드란 제국의 황실 지하 100밀 아래에는 사람들이 알지 못하는 공간이 존재했다.

빛 한 점 들지 않는 칠흑의 공간. 그 속에서 누군가의 목소리가 들려왔다.

부드러운 목소리. 하지만 그 속에는 사람의 영혼을 뒤흔드는 불길함이 담겨 있었다.

"살아 있었구나. 그래, 쉽게 죽을 리 없지."

"아쉐. 그년이 감히 나를 속였을 줄이야."

"잘 자랐구나. 맛있게 먹어 주마. 크크크큭."

"1년인가? 멀지 않았군."

"기다리거라, 렉토-헬리온-쿠브린."

TITAN LORD

chapter 5

사념체

TITAN LORD

따뜻했다.

포근했다.

행복했다.

고민도 없고, 고통도 없었다. 너무나 행복해서 영원히 머물고만 싶었다.

어머니…….

어머니의 은빛 머리칼은 보석처럼 빛났다. 보라색의 눈동자는 자애로운 빛을 담고 있었다.

어머니는 그렇게 루인을 바라보았다.

루인은 행복했다.

하지만 그 행복은 결코 길지 않았다.

지독한 고통과 영원히 끝나지 않을 절망을 가지고 그녀

가 다가왔다.

어머니의 머리칼과 같은 은빛의 머리칼을 가지고, 루인 자신과 같은 붉은 눈동자를 가진 너무나 아름답지만 무서운 여인.

도와줘요. 무서워요, 어머니.

날 버리지 마요. 날 저 여자에게 보내지 말아 줘요.

어린 루인은 간절히 애원했다. 아직 말을 할 수 없었지만, 루인의 마음은 어머니에게 제대로 전달되었다.

어머니는 루인을 안쓰러운 눈빛으로 바라보았다.

미안하단다, 내 아기. 하지만 어쩔 수 없단다. 그러니……

날 위해……

죽어죽어죽어죽어죽어죽어죽어죽어……

"커헉…… 컥…… 컥…… 커헉."

어머니의 손이 갑자기 루인의 목을 졸랐다. 그녀의 악력은 여인이라고 믿기 어려울 정도로 강했다.

어린 루인은 어느새 현재의 루인이 되어 있었다.

나이트 턱걸이의 몸이라 일반적인 나이트보다는 신체 능력이 떨어졌다. 하지만 일반인보다는 월등히 뛰어난 신체 능력을 가지고 있었다.

평범한 여인의 아귀힘으로는 아무리 목을 졸라도 루인을 숨 막히게 할 수 없었다. 하지만 루인은 제대로 숨을 쉴 수 없었다.

어째서 날 죽이려는 겁니까?

루인은 숨이 막히는 와중에도 눈빛으로 의문을 표했다. 그런 루인의 의도가 맞아 들어간 것일까?

어머니가 루인의 의문에 답해 주었다.

"넌 저주받은 아이야. 세상을 멸망하게 만들 아이야. 너 따위는 태어나지 말았어야 했어. 너 같은 건 없어져야 해. 너만 아니었어도 내가 이렇게 되진 않았을 거야."

어느새 어머니의 모습은 바뀌어 있었다.

보석처럼 빛나던 은발은 빛을 잃었다. 마치 말라죽은 식물의 줄기처럼 축 늘어져 보기 흉했다.

자애로운 빛을 띠던 보라색 눈동자에 담긴 것은 처절한 원독뿐이었다. 그녀는 원망을 가득 담아 루인을 바라보았다.

백옥 같던 피부는 썩어 문드러져 고름이 줄줄 흘러내리고, 시체 썩는 냄새가 전신에서 풍겨 나왔다.

어머니가 처절하게 외쳤다.

"죽어 버려. 이 저주받을 것!"

어째서?

어째서?

어째서?

날 원망하는 거예요? 나보고 죽으라고 하는 거예요? 당신이 그렇게 된 게 저 때문인가요?

미안해요.

미안해요.

미안해요.

그래, 난 저주받은 아이였어. 세상을 멸망하게 만들 아이였어. 나 따위는 태어나지 말았어야 해. 나 같은 건 없어져야 해. 나만 없어지면 어머니는 다시 예전으로 돌아갈 거야. 행복해지실 거야.

루인의 자아가 서서히 무너져 내렸다. 자신을 낳아 준 어머니에게 존재를 부정당한 충격은 너무나 컸다.

루인이라는 존재는 천천히 흐려져 갔다.

갑자기 우레 같은 호통 소리가 들려왔다.

"정신 차려! 이 멍청한 놈!"

흐려지던 루인의 존재가 아주 조금 또렷해졌다.

목소리가 다시 들려왔다.

"고작 이딴 수법에 당하는 거냐? 펠그림의 위대한 오라클인 나, 렉토-헬리온-쿠브린을 굴복시킨 자가 이거밖에 안 되는 놈이었느냐!"

루인의 존재가 조금 더 또렷해지려 했다.

어머니의 안광에서 한순간 번뜩 빛이 났다.

"너 따위는 죽어야 돼. 당장 죽어죽어죽어죽어죽어……."

또렷해지던 루인의 존재가 다시 흐려지기 시작했다.

목소리가 다시 한 번 들려왔다.

"멍청한 놈! 그게 정말 네 어머니라고 생각하는 거냐? 널 낳아 준 자가 널 그렇게 죽이고 싶어 할 거라 착각하는 거냐!"

루인의 입이 천천히 열렸다.

"하지만 나는…… 어머니가 원하는 자식이 아니었어. 인간의 욕망에 의해 태어난 더러운 혼혈…….."

"정말 그렇게 생각하는 거냐? 네 어미가 너에게 그렇게 말한 거냐?"

"그건……."

"정신 차리고 똑똑히 보아라. 저게 정녕 너의 어미냐?"

어머니로 생각되던 존재가 다급하게 루인에게 말했다.

"뭐하는 거냐? 너는 나의 아이다. 태어나지 말았어야 할 나의 아이다. 그러니 이제 그만 죽어라!"

루인의 존재가 또렷해졌다. 정신도 말짱해졌다. 그제야 루인은 제대로 볼 수 있었다.

이런 끔찍한 존재를 어떻게 어머니로 생각할 수 있었을까?

단순히 외형이 끔찍한 것이 아니었다. 존재 자체가 끔찍했다. 저것은 절대 어머니가 아니었다.

"넌 뭐지?"

어머니의 모습이 갑자기 꿀렁거리며 변화했다. 물처럼 바닥에 흘러내리더니 분수처럼 다시 솟아올랐다.

액체는 꿀렁거리며 형상을 갖추었다. 그 기이한 변화가 끝났을 때, 루인을 완벽하게 빼닮은 존재가 서 있었다.

루인을 빼닮은 존재가 입을 열었다.

"케엑. 거의 다 성공했었는데, 요상한 존재 때문에 실패했구나."

루인은 날카로운 눈빛으로 노려보며 말했다.

"넌 뭐냐? 어째서 나의 모습을 하고 있는 거지?"

"크크큭. 내가 왜 너의 모습을 하고 있냐고? 나는 너이면서, 너의 반대쪽에 서 있는 자. 네 마음속에서 자라나는 어두운 악의의 결정체."

"무, 무슨 소리냐?"

"쉽게 이야기하면 이중인격이라고나 할까?"

"이중인격?"

"그래. 지금까지는 너에게 억눌려 있었지. 그래서 바깥으로 나가지 못했어. 이곳은 너무 갑갑해. 바깥으로 나가고 싶어. 하지만 아직 내가 나갈 약속의 시간이 되지 않았어. 그래서 안에서만 머물고 있었는데, 갑자기 이렇게 나올 수 있게 된 거야. 조금만 더 시간이 지났으면 너를 완전히 소멸시켜 버리고, 내가 완전해질 수 있었는데."

루인은 또 다른 자신이라 주장하는 존재를 바라보았다.

거짓말 같지는 않았다. 아니, 진실이라는 것을 확실히 알
수 있었다.

왜냐하면 지금 앞에서 이야기하는 존재는 루인 자신이기
도 했고, 그래서 그 말이 진실이라는 걸 너무나 똑똑히 알
수 있었다.

루인이 눈앞의 존재를 잔뜩 경계하며 살피는데, 그 존재
가 입을 열어 말했다.

"어이. 나, 너무 그렇게 긴장하지 말라고. 어차피 저놈
때문에 일이 틀어져서 나갈 수 없게 되었단 말이야."

그 존재가 가리킨 건 루인이 정신 차릴 수 있도록 도와주
었던 목소리였다.

분명 목소리뿐이었고, 어떠한 모습을 보이지 않았음에도
그 존재는 목소리의 주체를 가리켰고, 루인은 그것을 알 수
있었다.

그 존재가 싱글거리며 말했다.

"이제 들어가 봐야겠네. 앞으로는 열심히 살아 봐. 그리
고 1년 뒤에 봐. 그땐 내가 정식으로 나올 테니, 그동안 잘
놀아 두라고. 하하하하."

루인을 쏙 빼닮은 존재의 모습이 빛이 되어 흩어졌다. 그
존재는 그렇게 사라졌다.

빈 공간을 멍하니 바라보던 루인은 시선을 돌려 목소리
가 들려온 곳을 바라보았다. 그곳에는 어느새 흰 수염을 기

른 웬 노인이 서 있었다.

"당신은 누구십니까?"

"나는 펠그림의 위대한 오라클 렉토-헬리온-쿠브린이
다."

렉토-헬리온-쿠브린은 하르실리온을 만난 곳에서 루인
의 정신을 차지하려던 존재다.

루인은 렉토-헬리온-쿠브린을 경계했다. 비록 조금 전
도움을 받았다고는 하나 그가 펠그림 족이고, 정신기생체라
는 사실은 변하지 않는다.

"내 기억으론 너는 분명 소멸되었다. 그런데 어떻게 살
아 있는 거지?"

"나는 위대한 펠그림의 오라클이다. 수많은 차원을 여행
하며 무한에 가까운 지식을 얻었다. 그런 상황에서 벗어날
방법 하나쯤은 가지고 있었지. 물론 매우 힘들긴 했지만."

"설마…… 다시 내 정신을 침범하려는 거냐?"

"마음 같아서는 그러고 싶지만, 이젠 그럴 수 없다."

"무슨 말이냐?"

"조금 전에 말하지 않았나? 나는 너에게 굴복되었다고."

루인은 렉토-헬리온-쿠브린의 말을 이해할 수 없었다.
렉토-헬리온-쿠브린은 수많은 지식을 가지고 있었고, 그
건 그 자체로 힘이 되었다.

비록 루인이 렉토-헬리온-쿠브린의 지식을 얻었다지만,

그건 본래 가지고 있던 지식의 일부에 불과할 뿐이었다.

그 당시 루인이 렉토-헬리온-쿠브린에게 정신을 빼앗기지 않았던 것도 루인이 강해서가 아니라 순전히 테사르의 룬 때문이었다.

정신체인 렉토-헬리온-쿠브린에게 테사르의 룬에서 뿜어져 나온 빛이 워낙 치명적이었기에 루인이 무사할 수 있었을 뿐이다.

"이해할 수 없는 말이군. 내가 당신을 언제 굴복시켰다는 말이지? 나는 당신이 살아 있는지조차 알지 못했다. 게다가 당신의 힘은 분명 나를 능가할 터. 어찌하여 더 강한 당신이 나에게 굴복될 수 있는 거지?"

루인의 질문에 렉토-헬리온-쿠브린은 이해할 수 없는 답변을 했다.

"꿈이란 참 놀라운 거야."

"갑자기 무슨 말이냐? 그보다 내 질문에 대답을 해라."

"그런 꿈을 꿀 수 있는 존재란 너무나 경이로워."

"꿈이 어쨌다는 거지?"

"꿈은 현실과 다르지. 꿈속의 세상은 현실의 세상과는 다른 법칙으로 움직인다. 사람이 거대한 강철 거인을 들어 올릴 수 있고, 날개 없는 존재가 하늘을 날 수도 있다."

"……그, 그게 뭐 어때서?"

"그 정도면 제법 순진한 꿈이지. 후후후."

루인의 얼굴이 확 붉어졌다. 렉토-헬리온-쿠브린이 예로 든 것은 루인이 꾼 꿈이었다.

언젠가 꿈속에서 박살을 던지고 받으며 논 적이 있었다. 언젠가는 하늘을 나는 꿈을 꾼 적도 있었다.

"비록 깨고 나면 잊혀질 잠깐의 기억이라 해도, 꿈이란 현실과는 엄연히 다른 세상이다. 현실의 법칙을 따르지 않는 세상. 그렇기에 현실에서 불가능한 일도 가능해지는 세상. 그렇기에 가능했다. 정신기생체인 내가 다른 존재의 정신에 기생하지 않고, 오롯이 나로서 존재하는 것."

"설마…… 그 말은 당신이 내 꿈속에서 살고 있다는 말이냐?"

"그렇다."

"하지만 꿈은 매번 바뀔 텐데?"

"나는 수없는 차원을 여행한 펠그림 족이다. 차원을 여행한다는 건 전혀 다른 세상을 경험한다는 것. 네 꿈이 매일 바뀌는 건 나에게 아무런 장애가 될 수 없다."

"그렇군."

루인은 납득한다는 듯 고개를 끄덕이다가 의혹에 찬 목소리로 렉토-헬리온-쿠브린에게 말했다.

"그렇다고 해도 나에게 굴복되었다는 말은 이해할 수 없다. 당신의 지식을 모두는 아니라도 일부는 가지고 있어. 그 덕분에 정신체로만 이루어진 차원이 있다는 것도 알고 있어. 그런 곳이라면 당신도 하나의 존재로서 있을 수 있을 텐데?"

"만약 내가 정신체였다면, 그렇겠지. 하지만 펠그림 족은 정신체가 아니라 정신기생체. 타 존재의 정신에 기생하는 것으로밖에 존재할 수 없다. 정신체로 이루어진 차원으로 간다고 해도 결국 그 정신체의 정신에 기생할 수밖에 없지. 반면 너의 꿈은 너의 정신이 만들어 낸 것. 그렇기에 나는 너의 꿈속에서 살 수 있다."

"내 꿈속에서 나도 모르는 존재가 살고 있다라? 기분 좋은 느낌은 아니군."

"걱정 마라. 네 꿈을 방해하는 일은 없을 테니까."

렉토-헬리온-쿠브린은 루인의 눈을 한 번 보더니 말을 이었다.

"그리고 그렇게 경계할 필요 없다. 내가 다시 너의 정신에 기생하는 일은 없을 테니까."

"그걸 어떻게 믿으라는 거지?"

"하지 않는 것이 아니라 할 수 없는 거다. 너의 꿈은 네가 만들어 낸 것. 즉, 꿈속 세상의 신은 바로 너다. 신에게 반하는 일을 할 수 없는 건 당연하지 않는가?"

루인은 렉토-헬리온-쿠브린의 말에 신빙성이 있다고 생각했다. 루인이 얻은 지식 중에는 지금과 같은 상황에 대한 지식도 있었다. 비록 상당히 불완전하기는 했지만, 가지고 있는 것들을 잘 조합하자 렉토-헬리온-쿠브린이 말한 상황이 가능하다는 걸 알 수 있었다.

하지만 루인은 렉토-헬리온-쿠브린의 말을 신뢰하지는 않았다. 루인이 도달한 결론은 어찌 됐든 추론에 의한 것이었고, 그 기반이 되는 정보는 부실하기 짝이 없었다.

열의 거짓보다 무서운 것이 아홉의 진실 속에 있는 하나의 거짓이다. 루인이 알지 못하는 지식 속에는 지금의 추론을 완전히 뒤엎어 버릴 정보가 존재할 수 있었다.

루인의 이런 생각을 짐작이라도 하듯 렉토-헬리온-쿠브린이 말했다.

"믿지 못할 거란 건 알고 있다. 하지만 지금은 그게 중요한 게 아닐 텐데? 나에게 신경 쓰다가 자칫 너의 소중한 사람을 잃을 수도 있을걸."

"소중한 사람이라니…… 아라샤!"

루인은 그제야 떠올렸다.

어째서 이렇게 중요한 사실을 전혀 생각하지 못하고 있었을까?

그 이유는 루인도 알고 있었다. 이곳이 꿈속이기 때문이다. 꿈속이기에 렉토-헬리온-쿠브린을 볼 수 있었고, 꿈속이기에 아라샤의 위기도 떠올리지 못했다.

이제 꿈에서 깰 시간이었다.

루인은 눈을 떴다.

아라사의 모습이 보였다. 그녀의 몸은 공중에 1밀쯤 떠 있었다. 눈과 코, 입, 귀에서는 피가 천천히 흘러나왔다. 그녀의 바지도 조금씩 붉게 젖어 들었다. 몸에 있는 구멍이란 구멍에서 모두 피가 흘러나오고 있음을 알 수 있었다.

그렇게 흘러나온 피는 허공중에 흡수되듯 사라졌다. 실제로 사라진 것은 아니었다. 머리 위에 있는 붉은 사념체로 흘러가 흡수된 것이었다.

루인은 조금 전 일을 떠올렸다.

아라사는 루인을 보호하고 대신 끌려왔다. 직후 그녀의 몸에서는 피가 흘러나왔다. 그 모습을 본 루인은 이성을 잃고 아라사를 향해 달려갔다.

중간에 알버트가 막으려 했지만, 루인이 워낙 빠르게 움직였기에 막을 수 없었다.

그렇게 빠른 속도로 움직인 보람이 있는지 루인은 아라사의 앞까지 도달할 수 있었다. 하지만 사념체의 강력해진 힘은 루인도 막을 수 없을 정도였다.

결국 루인은 사념체에게 잠식되었고, 루인의 정신은 무의식의 영역으로 떨어졌다.

꿈이란 무의식의 발현. 꿈과 무의식은 연결되어 있었고, 루인은 렉토-헬리온-쿠브린을 만나 가까스로 정신을 차릴 수 있었다.

만약 렉토-헬리온-쿠브린이 없었다면 루인의 정신은 무

의식에 먹혔을 테고, 몸은 주변의 다른 사람들처럼 미라가 되어 죽었을 것이다.

아라사는 마스터. 그 정신력은 일반인보다 월등히 강력하다. 하지만 그런 강력한 정신력도 루인보다는 약하다.

루인은 렉토-헬리온-쿠브린에게 기생당한 적이 있었고, 그 덕분에 그의 정신력은 비약적으로 향상된 상태였다. 베이디안 대륙에 루인보다 정신력이 강한 존재는 손가락으로 꼽을 정도였고, 그들 모두는 사람이 아니었다.

그런 루인조차 견디지 못했던 정신 공격이었다. 아라사가 버틸 수 있을 거라고 예상하기 힘들었다.

그나마 다른 사람들처럼 쥐어짜듯 피가 터져 나오지 않고 천천히 흘러나오는 것은 훈볼트 족의 마스터라는 강력한 신체 능력 때문이리라.

하지만 그것도 시간문제일 뿐. 계속해서 시간이 흐른다면, 결국 아라사도 미라가 되어 버리고 말 것이다.

'사념체에게서 떨어뜨려 놔야 해.'

루인은 허공중에 떠 있는 아라사의 몸을 잡고는 끌어당겼다. 하지만 아라사의 몸은 미동조차 없었다.

루인은 팔에 좀 더 힘을 가했다. 하지만 여전히 아라사의 몸은 움직이지 않았다.

'이 정도 힘을 줬는데도 움직이지 않는 건가? 좀 더 힘을 강하게 하면……'

아라사의 신체 능력은 분명 강력하다. 하지만 그건 의식을 가졌을 때의 이야기. 의식이 없는 지금의 신체는 일반인보다 조금 단단하고 질길 뿐이다. 루인이 전력으로 당긴다면 자칫 아라사의 몸에 문제가 생길 수 있었다.

'한 군데 부러지는 걸 각오하고라도 여기서 끌고 나가고 싶지만, 어쩐지 몸만 상하고 움직이지는 않을 것 같단 말이야.'

팔을 당기면 팔만 뜯어지고, 몸은 그대로 있을 것 같았다. 다리를 당기면 다리가 뜯어지고, 머리를 당기면 머리가 뜯어질 것 같았다.

실제로 잡고 당긴 부분만 끌려올 뿐, 나머지 부분은 그 자리에 그대로 있었다.

'아라사의 몸을 움직일 수 없다면, 남은 방법은 최대한 빠르게 저 사념을 처리하는 것뿐인가?'

사념체가 가진 힘은 강했다. 마스터인 아라사가 제대로 된 반항조차 하지 못했으니, 그 강함이야 굳이 말로 할 필요가 없다.

이런 사념체가 만들어진 것은 인강시 인삼 때문이다. 하지만 정작 그 힘과 위력은 인삼보다 훨씬 위협적이었다.

인삼이 비록 사람이 상대하기 힘든 괴물이라고는 하나 나이트암까지 어쩌지는 못한다. 만약 인삼과의 전투에서 나이트암이 등장했다면, 굳이 페일을 노리려 계략을 짤 필요도 없었을 것이다. 인삼은 분명 강했지만, 그 한계는 명확했다.

반면 사념체는 다르다. 사념체는 물리적인 힘을 발휘하는 것이 아니라 사람의 정신에 피해를 주었다. 나이트암에 탄다고 해서 정신까지 강해지는 건 아니다. 맨몸이든 나이트암에 타든, 사념체에게 무력한 건 마찬가지였다.

전혀 새로운 형태의 존재. 그렇기에 대항할 방법도 없었다.

'아니. 정말 그럴까? 대항할 방법이 없을까?'

루인은 문득 이 사념체가 네거티브 포스를 닮았다고 생각했다. 네거티브 포스는 자연계에 존재하는 평범한 마나와 달리 부정적인 의지가 담겨 있는 마나였다.

네거티브 포스를 접한 자는 환각을 보고 정신을 잃고, 심할 경우 생명을 잃을 수도 있었다.

루인은 마나 발전소를 만들며 네거티브 포스에 대해 제법 상세히 알 수 있었다. 그런데 지금 사념체의 현상이 네거티브 포스와 얼핏 닮아 있다는 생각이 든 것이다.

'네거티브 포스가 극도로 응축되고, 그에 따라 부정적인 의지가 한데 뭉쳐 자율적인 의지를 가지게 된다면, 지금의 사념체와 같은 모습이 아닐까?'

루인의 이러한 추측은 엄밀히 말해 틀렸다.

사념체의 발생은 인삼의 영향이 매우 컸다. 인강시는 원래 이 세상이 아니라 다른 세상의 존재. 게다가 역천의 방법으로 만든 마물이기도 했다.

그 때문인지 인삼에 의해 발생한 죽음은 골목에 기이한 비틀림을 야기시켰다. 이건 인삼을 만든 페일도 예측하지 못한 일이었다.

지독한 우연. 비틀림이 생긴 것은 수많은 우연이 뭉쳐 만들어진 결과일 뿐이었다. 인삼의 존재마저 그 수많은 우연 중 하나에 불과했다.

그리고 그렇게 생긴 비틀림은 찰나의 시간만 존재한 후 바로 사라질 것이었다. 그랬다면 아무 문제도 없었을 것이다.

문제는 이 골목에 있었다.

처음 인삼이 골목에 들어섰을 때 13명의 사내는 인삼의 돈을 뺏기 위해 공격을 했었다. 그리고 인삼에게 죽임당했다.

하지만 그렇게 죽기 전까지 사내들은 수없는 사람의 돈을 뺏었다. 그리고 죽였다.

그렇게 죽임당한 사람들의 원한은 골목에 고스란히 남아 있었다.

하지만 원한은 원한일 뿐 특별한 일을 할 수는 없었다. 만약 원한만으로 사람을 죽일 수 있다면, 베이디안 대륙의 귀족들 중 살아 있는 이는 얼마 되지 않으리라.

지독한 원한은 아무 일도 하지 못한 채 그저 차곡차곡 쌓여만 있었다. 그런데 비틀림이 등장했다.

비틀림은 이 세상에 존재하지 않는 것이었다. 이 세상에 허락받지 않은 것이었기에 도리어 이 세상에 허락받지 않은 일도 할 수 있었다.

원한은 비틀림으로 모였다. 그렇게 원한이 뭉쳐 만들어진 사념체는 이 세상에 힘을 행사할 수 있게 되었다.

사념체가 가장 먼저 행한 것은 복수.

12명의 사내는 인삼에게 죽었지만, 그 영혼은 아직 골목에 남아 있었다.

사념체는 즉시 12영혼을 공격했고, 먹어 치웠다.

으적으적. 꿀꺽.

영혼은 너무나 맛있었다. 단순히 복수만을 생각하던 사념체는 새로운 감정을 깨달았다. 그건 탐욕.

영혼을 먹고 싶다. 더 많은 영혼을 먹고 싶다.

그때 처음 등장한 것이 루인이었다.

루인은 정신 공격이라 생각했지만, 실상은 영혼을 공격한 것이었다. 몸에서 영혼을 강제로 빼내려다 보니 부작용이 발생했고, 그 부작용은 지독한 정신적 충격이었다.

다행히 루인은 살아남았지만, 대신 다른 한 명의 남자는 전신에서 피를 흘리며 죽었다.

그때까지 사념체는 자신의 가까이에 있는 영혼만을 먹을

수 있었다. 하지만 루인에 의해 골목길은 폐쇄되었고, 더이상 영혼을 먹을 수 없었다.

하지만 애초에 영혼을 먹지 않았다면 모를까, 이미 영혼의 맛을 알아 버린 사념체였다. 도저히 먹지 않고 버티는건 불가능했다.

지독한 탐욕은 결국 사념체를 변화시켰다. 단순한 본능에서 벗어나 생각이라는 걸 할 수 있게 된 것이다.

크기를 늘리자. 그럼 더 많은 영혼을 먹을 수 있을 거야.

그것만으로는 부족하다. 사람을 가까이로 끌어오자. 그럼 쉽게 영혼을 먹을 수 있을 거야.

사념체의 크기는 성장했고, 사람을 끌고 와 잡아먹었다.

그리고 현재 먹으려는 건 아라사의 영혼이었다.

루인은 아라사의 모습을 보며 그녀의 몸에서 일어나는일을 예상할 수 있었다.

'영혼이 몸에서 강제로 뜯겨 나오고 있구나.'

아직은 버티고 있었다. 하지만 언제 영혼이 끌려 나갈지알 수 없었다.

'빨리 해결 방법을 찾아야 해. 어떻게 하지?'

착각이었지만, 루인은 사념체가 마나로 이루어져 있다고생각했다. 완전히 틀린 예측은 아니었다.

마나는 존재를 이루는 근간이 되는 것. 그런 의미에서 사념체는 마나로 만들어진 일종의 정신체라고 할 수도 있었다. 다만 그 중심에는 이 세상에 허락되지 않은 비틀림이 존재하고 있다는 것이 다를 뿐이었다.

'아라사를 살리려면 어떻게 해서든 아라사와 사념체를 떨어뜨려야 한다.'

문제라면 아라사의 몸을 옮기려다가는 그 몸이 망가져 버릴 위험이 있었고, 사념체를 옮기는 건 현재로서는 불가능하다는 점이었다.

둘 다 옮기는 게 불가능하다면, 사념체를 없애 버려야 했다. 하지만 나이트암으로도 해치울 수 없는 사념체를 어떻게 죽인단 말인가?

루인도 사념체를 죽일 방법은 없었다.

다만.

'사념체도 결국은 마나가 뭉쳐 만들어진 것. 그 근본은 마나. 그렇다면 흡수할 수 있지 않을까?'

루인은 자신의 실력을 키우기 위해 에테르기움에서 마나를 흡수하는 방법을 사용했다. 비록 몸에 박힌 386개 에테르기움 때문에 나이트 턱걸이에 머물고 있는 실력이지만, 마나를 흡수하는 것만큼은 세상 그 누구보다 뛰어나다 할 수 있었다.

게다가 루인은 변질된 마나를 순수하게 변화시켜 흡수할

수 있는 방법도 알고 있었다.

'아라사를 먹으려는 너를 막기 위해 내가 너를 먹겠다!'

루인은 눈을 감고 가부좌를 틀고 앉았다. 그리고 사념체
의 마나를 흡수하기 시작했다.

실상 지금 루인이 하고 있는 일은 지극히 위험한 일이었
다. 만약 사념체가 단순히 원한과 마나가 뭉친 것이었다면
큰 문제는 발생하지 않을 것이다. 하지만 이 사념체에는 한
가지가 더 있었다.

이 세상에 허락되지 않은 비틀림.

세상에 허락받지 않았기에 세상의 법칙을 따르지도 않았
다. 한마디로 어떻게 될지 전혀 알 수 없는 것이었다. 루인
은 현재 그런 것을 흡수하려 하고 있는 것이었다.

루인은 마나 흡수를 시작하며 잔뜩 긴장했다. 비록 네거
티브 포스와 비슷하다는 것에 착안해 시작한 마나 흡수였지
만, 사념체가 네거티브 포스인 건 아니었다. 잘되지 않을
수도 있었고, 나중에 부작용이 발생할 수도 있었다.

그런데 상황은 그런 루인의 긴장이 무색하도록 흘러갔다.

휘이이이잉.

루인의 몸을 중심으로 회오리바람이 발생했다. 그리고
그 회오리바람을 따라 붉은 사념체가 루인의 몸으로 빨려
들어갔다. 그 시간이 매우 짧아서 마치 루인에게 흡수되기
를 기다린 것만 같았다.

사념체가 흡수되며 이 세상에 허락되지 않은 비틀림 역시 흡수되었다.

"으음."

작은 신음 소리를 내며 아라사가 눈을 떴다. 그녀는 멍하니 주변을 두리번거리더니, 루인을 보고는 울 것 같은 표정을 지으며 외쳤다.

"루인!"

가부좌를 튼 채 눈을 감고 있던 루인이 그제야 눈을 떴다.

"아라사, 깨어났군요."

"루인!"

아라사는 다시 한 번 루인의 이름을 크게 외치며 루인을 와락 껴안았다. 루인은 당황해 말을 더듬었다.

"아, 아라사. 사, 사람들이 보, 보고 있어요."

루인의 당황에도 아라사는 신경 쓰지 않았다.

"다행이야. 그대로여서, 변하지 않아서 다행이야."

아라사는 사념체에 먹힌 후 무의식의 영역에 침잠해 꿈을 꾸었다. 그 꿈은 너무나 끔찍한 것.

아라사가 무슨 꿈을 꾸었는지 루인은 알 수 없었다. 다만 그 꿈이 아라사에게는 너무나 끔찍한 내용이었을 거라는 것 정도는 짐작할 수 있었다.

루인은 아라사의 등을 토닥이며 위로해 주었다.

"걱정 마요, 아라사. 난 변하지 않아요."

그렇게 말하는 루인의 눈가에 한순간 붉은 빛이 어렸다. 하지만 그 빛을 본 사람은 없었다.

루인은 마나를 흡수하는 방법을 사용해 사념체를 흡수했다. 여기서 중요한 건 사념체를 흡수했다는 것이 아니라 루인이 마나를 흡수하는 방법을 알고 있다는 것이다.

루인이야 몸에 박힌 에테르기움 때문에 막대한 마나를 흡수해도 특별히 실력이 향상되거나 하지는 않는다. 하지만 다른 사람이라면 다르다.

마나를 흡수하는 만큼 강해진다고 할 수 있다. 물론 일정한 경지에 오르기 위해서는 마나의 량 외에도 깨달음이 필요하지만, 그 이전까지는 마나의 량이 결정적인 영향을 끼친다.

누구라도 군침 흘릴 능력이다.

루인이 이렇게 외부의 마나를 흡수할 수 있는 건 마나를 순수하게 정화시킬 능력이 있기 때문이다. 그리고 이건 어떻게 가르쳐 줄 수 있는 방법이 아니다. 그래서 고물상의 사람들의 실력을 급성장시키는 일은 불가능했다.

하지만 때론 목적을 위해 수단의 윤리성쯤은 가뿐히 무시해 버릴 수 있는 자들이 존재했다. 그런 자들에게 루인의 능력은 너무나 매력적이다.

사망률이 높다고 해도 나이트 초급의 실력자를 나이트 상급의 실력자로 짧은 시간에 만들 수 있다면 군침 흘릴 자들은 널렸다.

　그래서 루인은 거짓말을 했다.

　"모르겠습니다."

　알버트는 믿을 수 없다는 표정으로 되물었다.

　"사념체를 어떻게 처리했는지 모르겠다고?"

　"네. 처음에는 꿈을 꾸었고, 그 꿈에서 깨었을 때에는 아라사가 앞에 있었습니다. 아라사를 구하고 싶다는 마음뿐이었습니다. 그런데 잠시 후에 아라사가 눈을 뜨더군요."

　루인은 눈을 반짝거리며 알버트를 보았다. 자신은 진실만을 말하고 있다는 걸 보여 주고 있는 것만 같았다.

　하지만 알버트는 루인의 말을 믿지 않았다. 이곳에 모여 있던 다른 자들도 마찬가지였다.

　마나를 느낄 수 없는 자들이라고 해도 사념체가 회오리치며 루인의 몸으로 빨려 들어가는 모습 정도는 모두 보았다.

　분명 어떤 방법을 사용해 사념체를 흡수한 것이다. 그런데 본인이 모르겠다고 잡아떼고 있으니.

　그렇다고 추궁할 수도 없는 일이다. 무엇보다 사념체에 대해 제대로 알지 못한다. 조사하는 것조차 불가능한 게 사념체였다.

사념체를 조사하기 위해 다가갔던 병사들은 모조리 피를 빨려 죽었고, 그 후로는 누구도 가까이 가려 하지 않았기 때문이다.

아는 것이 없었기에 루인의 말에 반박할 수 없었다. 본인이 모르겠다는데, 어쩌겠는가?

게다가 알버트는 페일의 일로 루인에게 빚이 있다고 할 수 있었다. 저렇게 노골적으로 모른 척해 달라고 하는데, 무시할 수는 없었다.

"끄응. 알았다. 일단 그렇게 알고 넘어가지."

결국 사념체 일은 그렇게 잊혀지는 듯했다.

✤   ✤   ✤

툭 툭 툭 툭······.

잠을 자고 있는 루인의 몸이 아주 작게 떨렸다. 몸속에서 무언가 깨어지는 것 같은 소리가 아주 작게 울렸다.

루인은 계속해서 몸을 뒤척거렸다.

소리는 386번을 울리고서야 끝이 났다.

TITAN LORD

chapter 6

내가 아냐!

TITAN LORD

"적의 마나 캐논이 A—4 구역을 집중 사격합니다!"

알버트가 다급하게 외쳤다.

"저 정도의 마나 캐논 집중 사격이라면, 마나 실드가 버티기 힘들다. 실드 제너레이터의 출력을 올려라. A—4 구역의 마나 실드를 강화시켜라."

마이든 백작의 침착한 지시에 알버트가 반박했다.

"무립니다. 현재 실드 제너레이터는 한계 이상의 출력을 내고 있습니다. 여기서 더욱 출력을 올렸다가는 실드 제너레이터에 문제가 생길 수도 있습니다."

"그럼 다른 구역의 마나 실드 출력을 조금 낮추고, 남은 마나로 A—4 구역의 출력을 올려라."

"그랬다가는 눈의 마녀의 공격에 다른 구역의 마나 실드가 깨어져 버릴 위험이……."

"이익…… 어쩔 수 없군. 1대대 나이트암을 A—4 구역
으로 이동시켜라."

실드 제너레이터란 궁극적으로 마나 실드라는 방어 결계
를 만드는 장치다. 하지만 마법사가 만드는 개인용 마나 실
드와 실드 제너레이터에 의해 만들어지는 마나 실드에는 상
당한 차이가 있다.

가장 큰 차이는 뭐니 뭐니 해도 바로 크기.

사람 하나를 보호하는 마법사의 마나 실드와 도시 전체
를 보호하는 실드 제너레이터의 마나 실드에는 어마어마한
격차가 존재한다.

기본 구조와 마법의 발현 형태는 양쪽 모두 같지만, 그
과정의 복잡성은 실드 제너레이터 쪽이 수십 배 복잡하다.

또 다른 차이는 마나 실드의 구조.

마법사의 마나 실드는 단 하나의 구조로 이루어져 있다.
그래서 한계 이상의 강한 충격을 받을 경우, 마나 실드 전
체가 깨어져 버린다.

반면 실드 제너레이터에 의해 만들어지는 마나 실드는
그와 다르다.

도시를 모두 덮을 수 있을 정도로 거대한 마나 실드. 그
런 엄청난 규모의 마나 실드가 한곳에 가해진 공격으로 전
부 깨어져 버린다면 그것만큼 불안한 보호 수단도 없을 것

이다.

물론 마나 실드를 깰 만한 에너지는 쉽게 얻을 수 있는 것이 아니다. 하지만 불가능한 것도 아니다.

예를 들어, 마스터의 경지에 오른 무인이 나이트암, 그것도 일반 베이스암이 아니라 마스터용으로 특별히 만들어진 마스터암에 탑승한 후 모든 힘을 단 한 번의 공격에 모아 행할 경우, 실드 제너레이터에 의해 만들어진 마나 실드도 깨어질 수 있다.

꼭 위의 방법이 아니라고 해도 일순간 한계 이상의 매우 강한 충격을 줄 경우, 마나 실드는 깨어지게 된다.

만약 마나 실드가 단 하나의 구조로 되어 있고 그래서 한 번에 모두 깨어져 버린다면, 전쟁의 양상은 서로 양쪽의 마나 실드를 깨는 것에 집중하는 방향으로 흘러갔을 것이다.

한쪽은 모든 공격을 막을 수 있는 절대의 보호 수단을 가진 반면, 반대쪽은 맨몸. 승패는 너무나 일방적으로 갈려 버리고 말 것이다.

이러한 일을 막기 위해 실드 제너레이터에 의해 만들어지는 마나 실드는 복합적인 구조를 가지게 된다.

마나 실드는 몇 개의 구역으로 나뉘어 있고, 한계 이상의 충격으로 마나 실드가 파괴될 경우 그 한 구역만 파괴되고, 나머지 부분의 마나 실드는 멀쩡하게 유지되는 것이다.

이러한 구조는 비록 실드 브레이커라는 사기적인 힘 앞

에서는 무력하지만, 일반적인 전투에서는 상당히 유용하게 작용한다.

오래전, 나이트암이 등장하기 이전의 공성전에서 성문의 역할을 깨어진 마나 실드가 하게 되는 것이다.

마나 실드의 깨어진 구역을 통칭 구멍이라 부른다.

공격 측은 구멍을 통해서만 병력을 투입시킬 수 있다. 그렇기에 방어하는 측은 반대로 구멍만 막으면 안전을 보장받을 수 있는 것이다.

고대의 공성전에서 성문을 뚫고 들어가기 위해 싸웠던 것처럼, 현대의 공성전은 구멍을 뚫고 들어가기 위해 싸운다.

마이든 백작이 A—4 구역으로 1대대 병력을 움직인 것은 이러한 이유 때문이다.

"결국 깨어지는가?"

"전투가 2주일이나 계속되었습니다. 충분히 오래 버텼습니다."

"저것만 아니었으면 그 두 배의 시간도 버틸 수 있었다."

마이든 백작은 씁쓸한 눈빛으로 한 곳을 바라보았다. 그 방향에 있는 것은 흰색과 푸른색이 섞인 매우 아름다운 나이트암이었다.

눈의 마녀.

블리자드 스톰이라는 광범위 마법을 마구 뿌려 대는 마력 증폭형 렐릭.

마력 증폭형 렐릭의 능력인지, 눈의 마녀는 블리자드 스톰을 끊임없이 시전할 수 있었다. 게다가 그 위력은 너무나 강력해 나이트암마저 얼어붙을 지경이었다.

　눈의 마녀는 멜테른의 진지에서 벗어나 이그랄 요새에 제법 가까이 다가와 있었다. 그 거리가 멜테른의 진지보다 오히려 이그랄 요새에 더 가까울 정도였다. 눈의 마녀의 뒤를 따르는 다른 나이트암의 모습은 보이지 않았다.

　가공할 위력의 병기에 대한 관리치고는 너무 미흡하다.

　"마치 나 잡아 보라고 유혹하는 것 같군."

　마이든 백작의 말에 알버트는 단호하게 말했다.

　"병력을 보내어선 안 됩니다."

　"나도 바보는 아니야. 잘 알고 있어. 저것의 악마 같은 위력은."

　어찌 된 일인지 알 수 없지만, 눈의 마녀는 멜테른군과 함께 움직이지 않았다. 지금 보이는 것처럼 멜테른군에서 떨어져 있을 때가 더욱 많았고, 지금보다 이그랄 요새에 더 가까이 다가온 적도 있었다.

　일주일 전, 눈의 마녀의 계속된 움직임에 2대대 소속 기사들이 일제히 주장했었다.

　"지금 눈의 마녀는 홀로 떨어져 있습니다. 비록 눈의 마녀의 능력이 무섭다고는 하나 숫자를 무시할 수는 없을 것입니다. 우리가 일제히 달려가 눈의 마녀를 공격한다면, 눈의 마녀를 해치울 수 있을 것입니다. 그러니까 출정시켜 주십시오!"

두려움을 잊게 하기 위해 공을 세워 준 것이 오히려 독이 되었다. 자신감이 넘쳐흘러 자만심으로 변질되어 버렸다. 공을 세우고 싶다는 욕심이 이성을 완전히 뭉개 버렸다.

마이든 백작은 내심 승낙하고 싶지 않았다. 하지만 현재 마이든 백작의 영향력은 바닥까지 떨어진 상태. 나가지 말라는 그의 말을 2대대의 기사들이 들을 리 없었다.

2대대 기사들은 이미 눈의 마녀를 잡으러 나가기로 자체적으로 결론을 내려놓은 상태였다. 마이든 백작에게 한 말은 이름뿐인 상급자에게 하는 요식행위에 불과했다.

"출정하라. 나가서 저 사악한 마녀를 물리쳐라."

마이든 백작은 허락할 수밖에 없었다.

그렇게 2대대 기사들을 보낸 후, 마이든 백작은 혹시나 하며 기대를 하기는 했다. 눈의 마녀가 뿌리는 블리자드 스톰은 매우 강력했지만, 현재 눈의 마녀는 호위 병력 없이 홀로 떨어져 있는 상태였다. 덕분에 자그마한 희망이나마 품어 볼 수 있었다.

그렇게 눈의 마녀를 잡기 위해 출정한 서른 기의 나이트암.

열 기도 아니고 스무 기도 아니고, 무려 서른 기였다. 아무리 눈의 마녀가 강하다고 해도 1대 30의 숫자 차이는 극복할 수 없을 거라 여겼다.

지독한 오산이었다. 눈의 마녀는 건드려서는 안 되는 존재였다.

서른 기의 나이트암은 서른 개의 거인 얼음상으로 변한 후 산산조각 났다.

그 이후 마이든 백작은 눈의 마녀에 대한 공격 명령을 내리지 않았다. 내린다고 해도 명령을 제대로 수행할 자는 최소한 2대대에는 남아 있지 않았다.

1대대라면 마이든 백작의 명령을 따르기는 하겠지만, 그건 결국 제 살 깎아먹기에 불과한 일. 덕분에 눈의 마녀는 지금처럼 아무런 방해도 받지 않고, 이그랄 요새 근처를 서성일 수 있게 되었다.

눈의 마녀는 눈에 가장 거슬리는 존재. 하지만 당장 이그랄 요새를 위협하는 존재는 아니었다. 현재의 가장 큰 위험은 A—4 구역을 집중 사격하는 멜테른의 마나 캐논.

알버트가 다급하게 소리쳤다.

"A—4 구역 마나 실드 한계. 곧 깨어집니다!

"1대대 방어 대형으로. 마나 캐논의 절반은 구멍을 지원 사격할 수 있도록 포구를 돌려라."

마이든 백작의 명령에 알버트가 세세한 지시를 내렸다.

"1대대 4열 밀집 방진으로 충격 대비! 마나 캐논 1번부터 22번까지 A—4 구역 지원 사격. 22번부터 43번까지는 변화 없음."

"1대대 4열 밀집 방진으로 충격 대비!"

"마나 캐논 1번부터 22번까지 A—4 구역 지원 사격. 22번부터 43번까지는 변화 없음."

척척척척척……

기이잉기이잉…….

1대대 나이트암 90여 기가 4열 횡대로 방진을 만들어 섰다. 그 상태로 왼팔에는 타워 실드를, 오른팔에는 장창을 들었다.

나이트암용으로 만들어진 타워 실드의 크기는 실로 어마어마했다. 그런 걸 들고 일렬로 서 있자, 마치 거대한 성벽이 새로 하나 생긴 것만 같았다.

쩌정.

마나 실드가 깨어졌다.

✢   ✢   ✢

쿵쿵쿵쿵쿵…….

이그랄 요새에서 10킬로밀쯤 떨어진 숲 속. 20기의 나이트암이 제법 빠른 속력으로 기동 중이었다.

나이트암에 탑승하고 있는 것은 루인과 아라사, 그리고 경비대원들이었다.

아라사가 시크릿 보이스를 이용해 루인에게 말을 걸었다.

"방향은 맞게 가고 있는 거야?"

루인 역시 전음을 이용해 아라사의 말에 대답해 주었다.

"지도가 틀린 게 아니라면 맞게 가고 있는 거예요."

아라사가 고개를 갸웃거렸다.

"이상한걸. 나도 지도를 봤었는데, 여기 숲이 이렇게 길었었나? 게다가 해의 방향도 미묘하게 다르고. 이렇게 움직이면 오히려 목표랑 멀어지는 거 아냐?"

"걱정하지 마요. 맞게 가고 있어요. 다만 목적지가 멜테른의 보급로가 아닐 뿐이죠."

"에에? 무슨 말이야? 분명 우리 특임대 임무는 적의 보급대를 치는 것이었잖아?"

루인과 경비대원들의 소속 부대는 특수임무 부대, 줄여서 특임대. 이름 그대로 특수한 임무를 수행하는 부대다.

그 이름에 걸맞게 이번에 맡겨진 임무는 멜테른군의 보급대를 공격하는 것.

이그랄 요새는 원래 최전방에 위치한 요새가 아니었다. 멜테른이 브란델의 영토를 침공하면서 후방에 있던 이그랄 요새가 최전방으로 바뀌었을 뿐이다.

반대로 브란델이 멜테른의 영토를 침공한 곳도 있었지만, 어쨌든 이곳에서 이그랄 요새는 방어·측이었고, 멜테른은 침략한 쪽이었다.

침략을 했기에 원래 브란델이었던 지역을 통과해 보급대

가 이동할 수밖에 없었고, 그들의 행동이 브란델 왕국의 정보망에 걸려들었다.

현재 이그랄 요새의 전황은 브란델이 절대적으로 불리한 상황이었다. 눈의 마녀라는 존재가 상주하는 이상, 공격하러 나간다는 건 자살행위나 마찬가지였다.

방어 역시 만만치 않았다. 눈의 마녀에 대한 대비를 해야 했기에 실드 제너레이터의 출력에 여력을 남겨 둬야 했고, 그건 멜테른군의 마나 실드를 막는 데 상당한 부담으로 작용했다.

방금 전 A—4 구역의 마나 실드가 깨어진 것도 이러한 부담 때문이다.

마이든 백작이 이런 불리한 상황을 역전시키기 위해 꺼내 든 비장의 카드가 바로 루인의 특임대였다.

사람은 밥 안 먹고 싸울 수는 없는 법이다. 굶주린 군대는 사기가 떨어지고, 그건 곧 전투력의 약화로 이어진다. 이러한 점을 생각해 보면, 보급대를 노리겠다는 마이든 백작의 판단 자체는 그리 나빠 보이지 않았다.

다만 루인이 마이든 백작의 의도대로 움직일 생각이 없다는 것이 문제였다.

아라사가 궁금하다는 듯 물었다.

"보급대의 이동로와 시간을 알고 있으니 그냥 가서 공격하면 되는 거 아냐? 한창 공격 중인 멜테른에서 보급대에

과도한 병력을 투입했을 리 없고, 그렇다고 우리 쪽이 약한 것도 아니고."

비록 나이트가 탑승하지 않아 온전한 위력을 내지 못한다고는 해도 나이트암은 나이트암. 그런 나이트암이 무려 20기나 된다. 게다가 그 20기의 나이트암은 거의 완벽에 가까운 호흡으로 합동 공격을 행할 수 있다.

이건 정상적인 나이트암 20기의 전투력과 거의 맞먹을 능력이다. 어떻게 보면 20기 이상 가는 전투력을 발휘할 수도 었다.

"설마…… 멜테른에서 상당한 수의 나이트암을 보급대에 투입했을 거라고 생각하는 거야?"

"그렇지는 않겠죠. 그쪽도 이그랄 요새를 공격하는 데 전력을 기울이고 있으니."

"그런데 어째서 원래 목적지랑 다른 곳으로 가는 거야? 설마 그걸 벌써 쓸 생각은 아니겠지?"

"일단 상황을 보고 결정할 거예요. 어쩌면 사용할 수도 있겠죠."

"공개하기에는 너무 빠른 거 아냐?"

"되도록이면 쓰지 않을 거예요. 그랬으면 좋겠네요."

"뭐…… 짚이는 거라도 있어?"

"요즘 마이든 백작의 입지가 상당히 좁아졌어요."

"왜? 딱히 마음에 드는 놈은 아니지만, 사령관으로서 특별한 잘못을 하지도 않았잖아."

실드 브레이커에 의한 마나 실드의 파괴. 눈의 마녀가 뿌린 블리자드 스톰.

두 가지 모두 돌발적인 변수라 할 수 있다. 엄밀히 말하면 잘못의 책임은 마이든 백작이 아니라 브란델 왕국의 정보부에 있다고 할 수 있겠다.

실드 브레이커와 눈의 마녀. 양쪽 모두 거의 전략무기라할 만큼 막대한 위력을 발휘하는 것으로, 그 이동은 브란델의 정보부에서 파악했어야 한다.

하지만 그러지 못했고, 결정적인 순간에 치명적인 피해를 입게 되었다. 단지 그 피해를 받은 곳이 이그랄 요새였을 뿐이다.

오히려 그런 피해를 받고도 무사히 이그랄 요새를 지킨마이든 백작의 공이 매우 크다 할 수 있겠다.

하지만 마이든 백작에게는 결정적인 약점이 있었다. 그건 바로 정치력의 부재.

마이든 백작은 요새 사령관으로 잔뼈가 굵은 인물이었다. 그만큼 병사들의 신망은 높았지만, 반대로 중앙 정계에서는거의 이름이 알려지지 않은 인물이었다.

그렇기 때문에 두 번의 막대한 피해에 대한 책임을 지기에 마이든 백작만큼 좋은 희생양도 없었다.

브란델 중앙 정계의 이러한 분위기는 이그랄 요새에까지

영향을 끼쳤다. 일주일 전에 2대대 소속 나이트암이 마이든 백작의 명령을 거부하고 눈의 마녀를 공격하러 나갔던 것도 이러한 이유였다.

결국 나갔던 나이트암이 박살 난 후 마이든 백작의 입지가 조금 나아지긴 했지만, 그것도 어느 순간뿐이었다.

다시 일주일이 지난 지금, 마이든 백작의 명령은 2대대에 거의 먹히지 않았다.

"하긴, 요즘 2대대 놈들, 자기들 멋대로 놀긴 하더라."

"조만간 사령관 자리에서 짤리고, 어쩌면 작위까지 하락할 수도 있다더군요."

"인간들은 이해할 수 없어. 잘못한 건 따로 있는데 왜 엄한 놈만 건드리는 거지?"

"힘이 없으니까요."

"마음에 들지 않아."

훈볼트 족인 아라사는 권력 다툼이 마음에 들지 않는다는 듯 얼굴을 찌푸렸다.

"마이든 백작의 선택은 두 가지예요. 이대로 당하느냐? 아니면 힘을 가지느냐?"

"이대로 당한다는 건 알겠고, 힘을 가진다는 건 무슨 말이야?"

"마이든 백작은 힘을 가질 수 있는 최고의 패를 가지고 있어요. 그리고 이번의 일로 마이든 백작이 그 패를 빼어

들었는지 아닌지 알 수 있게 되겠죠."

아라사가 고개를 갸웃거리고는 말했다.

"최고의 패? 설마 너?"

"예. 절 죽이고 싶어 하는 귀족은 중앙에 많으니까요."

✣   ✣   ✣

멜테른의 보급대는 한 기의 나이트암과 그를 보조하는 병사들이 호위하게 된다. 나이트암은 혹시나 있을지 모를 몬스터의 접근을 차단하기 위함이다.

브란델에게 공격받을 걸 가정한다면 단 한 기의 나이트 암은 무의미한 전력이다.

그렇기에 보급대의 이동은 기밀로 처리한다. 보급대를 순식간에 처리할 힘이 있다 해도 보급대를 찾을 수 없다면 무용하다.

괜히 여러 대의 나이트암을 움직이다가는 오히려 적에게 움직임을 들킬 위험마저 있었다. 그런데 이 보급대에는 무려 30기의 나이트암이 있었다.

단순한 보급대라고 생각하기에는 너무 과하다.

투둑.

숲에서 병사 한 명이 모습을 드러냈다. 가죽 갑옷을 입고, 등에는 활을, 허리에는 단검을 차고 있는 모습으로 보아 정찰병으로 짐작되었다.

나이트암에서 굵직한 목소리가 들려왔다.

"발견했나?"

"전방 3킬로밀 지점에서 다수의 적 접근을 발견했습니다."

"과연, 정확한 정보였군."

"그런데……"

정찰병이 말끝을 흐리자, 나이트암에 타고 있는 자가 다시 물었다.

"무슨 일인가?"

"적병은 분명 브란델군으로 확인했습니다. 그런데 나이트암은 다섯 기뿐이었고, 그 뒤를 다수의 보병이 따르고 있었습니다. 보병의 경우 장비가 모두 제각각이고, 행동에 규율이 보이지 않았습니다. 정규병이 아니라 마치 용병인 것만 같았습니다."

"그게 무슨 말인가? 나이트암이 다섯 기라니? 게다가 병사들은 또 뭐고."

추궁의 목소리에 정찰병의 얼굴이 긴장으로 물들었다.

다른 나이트암에서 달래는 목소리가 들려왔다.

"진정하게, 자이켈 남작. 정찰병이 무슨 죄가 있겠나? 오히려 자신의 임무를 훌륭히 수행했으니 상을 주어야지. 그런데 네가 본 것이 확실하느냐?"

달래는 목소리는 마지막에 정찰병을 향해 말했다.

귀족에게 평민 병사의 생명은 언제든지 취할 수 있는 가벼운 것. 말을 잘못하면 그대로 귀족능멸죄로 그대로 목이 날아갈 수 있는 상황이다. 반면 말을 잘하면 생각지도 못한 포상을 받을 수도 있다.

말을 건 자는 그런 상벌에 매우 명확한 자였다.

"제 목숨을 걸고 제가 본 것에 틀림이 없음을 맹세하겠습니다. 분명 나이트암 다섯 기와 다수의 용병들이었습니다."

정찰병의 확신에 자이켈 남작이 걱정스러운 목소리로 말했다.

"그럼 큰일 아닙니까? 아드리안 백작님, 분명 들려온 정보는 20기의 센티넬이 우리 보급대를 공격할 거라는 것 아니었습니까?"

"문제가 있기는 한데, 그렇게 큰일까지겠는가? 어쨌든 브란델의 병력이 이곳으로 오고 있지 않은가?"

"하지만 병력 구성이 완전히 다르지 않습니까? 나이트암 20기와 5기. 일반 병사야 별 의미가 없겠지만……."

"확실히 우리가 서른 기나 나올 필요는 없었겠지."

"혹시 그 정보도 브란델의 계략이 아니었을까요? 우리 측 전력을 이쪽으로 돌리기 위한."

"후후. 그게 말이 된다고 생각하는가? 나이트암 서른 기가 적은 전력은 아니지만, 그렇다고 결정적인 전력도 아닐세. 그런데 단 한 번의 전투에 참여시키지 않기 위해 나이트암을 다섯 기나 희생한다는 게 말이 되는가?"

아드리안 백작의 말에도 자이켈 남작은 여전히 미심쩍다는 표정을 짓고 있었다. 그런데 그때 정찰병이 입을 열었다.

"저……."

아드리안 백작이 정찰병에게 말했다.

"왜 그러나? 할 말이 있으면 해보게."

"사실은 숲 전방에서 다수의 나이트암이 기동한 흔적을 발견했습니다. 대략 스무기 정도로 예상되었습니다."

자이켈이 다급하게 소리쳤다.

"그런 말을 왜 이제야 하는 거냐! 자칫했으면 큰일 날 뻔하지 않았느냐!"

나이트암 스무 기라면 충분히 싸워 볼 만하다. 매복으로 기습을 하면 큰 피해를 입지 않고 쓰러뜨릴 수도 있을 것이다.

반면 나이트암 스물다섯 기에 병사들의 보조를 받는다면, 그 전력은 현재 이곳에 있는 멜테른군의 전력과 크게 차이 나지 않았다.

이쪽이 여전히 앞서고, 기습의 이점을 살릴 경우 이길 수는 있을 테지만, 아군의 피해 또한 커지게 될 것이다.

자이켈은 정찰병이 제대로 보고하지 않은 탓에 자칫 큰일 날 뻔했다고 생각했다. 하지만 정찰병의 이어지는 말은 그런 생각을 바꾸게 했다.

"그게…… 방향이 다른 곳이었습니다."

"……뭐? 다른 방향?"

"예. 그 스무 기 정도의 나이트암이 이동한 흔적은 이곳이 아니라 저쪽 산봉우리가 있는 곳을 향해 있었습니다."

"어처구니가 없군. 저 앞에서 다른 방향으로 이동했다고 해도 뒤에 방향을 바꾸어 이쪽으로 올 수도 있는 일이 아니냐? 그런 걸 보았으면 바로 보고해야지 무슨 생각으로 말하지 않았느냐?"

"저곳에는 바이튼 호수가 있습니다. 이곳으로 오기 위해서는 다시 처음의 자리로 돌아가든지, 아니면 호수를 빙 돌아가는 수밖에 없습니다."

자이켈 남작의 얼굴이 붉게 달아올랐다. 전쟁을 하러 나온 기사가 주변 지형도 파악하지 못한 건 매우 부끄러운 일이다.

실제로 그렇게 부지런히 움직이는 기사들은 몇 없지만, 최소한 인식 자체는 그러했다. 그런데 정찰병과의 대화로 자이켈 남작이 지형 숙지가 되지 않았음이 들통 난 것이었다.

당황한 자이켈 남작이 큰 목소리로 정찰병에게 소리쳤다.

"닥쳐라. 한 번만 더 허튼소리를 했다가는 네놈의 혀를 잘라 버리겠다."

"죄, 죄송합니다."

"그만하고 조용히 하게. 그런 기본적인 것도 모르다니, 자네에게 실망이야."

아드리안 백작의 호통에 자이켈 남작의 혈색이 하얗게 변했다. 멜테른 왕국의 실세라 할 수 있는 아드리안 백작에게 찍혔으니, 자이켈 남작의 앞날도 그리 밝진 않으리라.

아드리안 백작은 자이켈 남작에게 신경을 끄고 정찰병에게 다시 물었다.

"그것 외에 특별히 발견한 것은 또 없느냐?"

"없습니다."

"확실하지 않아도 좋다. 의심나는 것이 있으면 무엇이든 말하도록 해라."

잠시 고민하던 정찰병은 입을 열었다.

"사실 정확도가 너무 낮아 말씀드리지 않은 것이 하나 있긴 합니다."

"그게 무엇이냐?"

"산봉우리 쪽으로 향한 스무 기의 나이트암 중 한 기가 따로 대열을 이탈했을지도 모르겠습니다."

"대열을 이탈했다고?"

"확실하진 않습니다. 그런 흔적이 있기는 했지만, 나이트암이 움직였다고 보기에는 너무 미미한 흔적이라 확신할 순 없습니다. 다른 대형 몬스터가 이동한 흔적일 수도 있습니다."

나이트암은 크고 무겁다. 울창하게 자란 나무가 나이트암의 모습과 소리를 감춰 준다고 해도 움직인 흔적마저 지워 주진 않는다.

나이트암이 움직인 자리에는 필연적으로 발자국과 부러진 나뭇가지들이 남게 된다. 그런데 따로 떨어져 나온 한 기는 나이트암이 움직였다고 보기에는 너무 작은 흔적만 남겼다. 정찰병이 대형 몬스터를 언급한 것은 이러한 이유 때문이었다.

"대형 몬스터? 이 숲에는 코쿤이나 헬렉스 같은 중소형 몬스터만 서식하고 있는 것으로 조사되었다. 그리고 설혹 몬스터가 산다고 해도 지금처럼 나이트암 다수가 움직이는데, 모습을 드러내었을 리 없다."

"그래서 저도 나이트암의 흔적이 아닐까 생각했습니다. 하지만 나이트암이 움직였다고 보기에는 흔적이 너무 작고, 발자국도 제대로 찍히지 않아 확신할 순 없었습니다."

"그런가? 어쨌든 따로 빠진 것은 한 기. 그럼 이쪽으로 오는 건 최대 나이트암 여섯 기겠군. 그걸 알게 된 것만으로도 충분한 공을 세웠다. 너에게 상으로 금화를 내리겠다. 부관, 이 병사에게 금화를 내어 주도록."

"알겠습니다, 아드리안 백작님."

부관은 즉시 가죽 주머니에서 두툼한 금화 하나를 꺼내어 정찰병에게 내밀었다.

"감사합니다!"

정찰병은 감격스러운 표정으로 금화를 받았다. 일반 평

민은 평생 가야 금화 보기 힘들고, 그걸 소유하는 건 더욱
힘든 일이다.

아드리안 백작은 정찰병에게 신경을 끄곤 숲 쪽을 바라
보았다. 오고 있는 것이 나이트암 스무 기가 아니란 건 아
쉬웠지만, 여섯 기 정도만 해도 어느 정도 체면치레는 할
수 있을 것 같았다.

아드리안 백작은 야심이 큰 인물. 이번 전쟁에서 누구보
다 높은 공을 세우고, 그것으로 멜테른의 정계에 미치는 영
향력을 확대할 욕심을 품고 있었다.

아드리안 백작이 작게 중얼거렸다.

"어서 와라. 나의 제물아."

⚜   ⚜   ⚜

"이. 렇. 게. 마. 음. 대. 로. 움. 직. 여. 도. 되. 는. 거. 요?"
틸커는 큰 목소리로 외쳤다.

크랄이 다급하게 소리쳤다.

"목소리를 낮춰라! 들키고 싶은 생각이냐?"

틸커는 크랄의 말에 코웃음 쳤다.

"내 목소리가 무슨 상관이 있다는 거요? 이렇게 시끄럽
게 움직이는 중인데."

크랄과 틸커의 뒤로는 200여 명의 용병이 뒤를 따르고

있었다. 그 정도의 숫자라면 단순히 걸음을 옮기는 것만으로도 시끄러운 소리가 발생한다.

그런데 그들은 용병. 애초에 규율과는 매우 거리가 먼 자들이다. 크랄이 말하지 말고 이동하라는 명령을 내렸지만, 그런 명령을 곱게 따를 용병은 이곳에 없었다.

게다가 그런 용병들의 소란스러움도 크게 의미는 없었다. 왜냐하면 다섯 기의 나이트암이 움직이고 있었기 때문이다.

쿵쿵쿵쿵…….

나이트암이 한 걸음씩 걸음을 옮길 때마다 대지는 커다란 충돌음을 냈다. 수십 톤의 강철덩어리가 움직이는데, 조용하면 그게 더 이상한 일이다.

다섯 기의 나이트암과 50명의 용병들 덕분에 주변은 매우 시끄러웠다. 틸커가 처음에 크게 소리쳤던 것도 그냥 말로 해서는 크랄에게 목소리가 전달되지 않았기 때문이다.

하지만 크랄은 그런 당연한 사실을 생각하지 못했다. 그의 머릿속에는 오직 들키지 않고 가야 한다는 생각뿐이었고, 그러기 위해서는 최대한 말소리를 내지 않아야 한다고 믿고 있었다.

아무리 전멸기사인 크랄이라도 지금의 상태는 너무 심하다. 그건 크랄이 단 한 가지 생각으로 머릿속이 꽉 차 있기 때문이다.

'내 인생을 이 꼴로 만든 괘씸한 노예 연놈들. 이번에는 어떻게 해서든 그 연놈을 해치워 버리겠다. 사내놈은 사지를 찢어 죽이고, 계집은 제법 반반하니 팔다리 근육을 잘라버리고 성노로 사용해야겠어. 크크크큭.'

한참 크랄이 자신의 생각 속에 빠져 있는데, 몸에 갑작스러운 충격이 전해졌다. 크랄이 화들짝 놀라며 고개를 돌리자, 틸커의 나이트암이 옆에 바짝 다가온 것이 보였다.

방금의 충격은 나이트암끼리 어깨를 부딪쳐 생긴 듯했다. 조금 더 자세히 짐작하면, 틸커의 나이트암이 다가와 크랄이 탄 나이트암에게 충돌한 것으로 생각되었다.

크랄이 기분 나쁘다는 듯 말했다.

"네놈, 무슨 짓이냐?"

"화내지 말라고, 대장. 아무리 불러도 대답이 없어서 어쩔 수 없었어."

'죽여 버릴 놈.'

크랄은 틸커도 마음에 들지 않았다.

원래 있던 루스카가 나간 후 용병 부대의 신세는 처량해졌다. 그나마 용병들을 보호해 주던 루스카가 없으니 당연한 일이다. 게다가 나이트암마저 5기에서 1기로 줄어들었다.

비록 루스카와 세 용병의 나이트암이 센티넬이라고는 해도, 베이스암을 두 기까지는 상대할 수 있는 실력이 있었다.

그런 큰 전력이 빠져 버렸으니, 용병은 이제 나이트암 전투에 소모품으로 끌려가 언제 죽을지 모를 신세가 된 것이다. 용병들은 계약이 끝날 날만을 기다리고 있었다.

상황은 크랄이라고 해서 다르지 않았다. 그나마 루스카가 지휘하는 용병 부대의 대장이었기에 어느 정도의 대우는 받았었다.

뒤에서 신랄하게 씹을망정 앞에서 대놓고 욕하는 자는 얼마 없었다. 그런데 이제는 노골적으로 크랄을 무시했다.

크랄에게는 악몽과 같은 2주였다. 그런데 바로 어제 새로운 용병단이 합류한 것이다.

용병단 이름은 블랙 로터스. 인원수는 87명이고, 무려 4기의 나이트암을 보유한 최고의 용병단이었다.

대장인 틸커와 베론, 하이런, 라케인. 이렇게 4명이 나이트암의 조종자였다.

새로 온 용병에 대한 보고를 위해 마이든 백작을 찾았던 크랄은 우연히 특임대가 맡은 임무에 대해 알게 되었다. 그걸 알게 된 순간, 크랄은 이번의 일이 하늘이 자신에게 내려 준 기회라고 생각했다.

'하루만 흐르면, 새로 온 놈들은 내 명령을 듣지 않을 거야.'

이그랄 요새에서 전멸기사 크랄이라고 하면 모르는 자가 없다. 하지만 그건 이그랄 요새에서만 유명할 뿐이다. 다른 곳에 있던 자들은 당연히 크랄에 대해 알지 못했다. 당연히 새로 온 블랙 로터스 역시 전멸기사 크랄에 대해 모를 수밖에 없었다.

'하지만 지금은 다르다. 저들은 대장인 나의 명령에 따를 수밖에 없지.'

이름뿐이라고는 하지만, 크랄은 대장. 대장의 명령이니 블랙 로터스는 따를 수밖에 없으리라.

크랄은 블랙 로터스에 명령을 내렸고, 지금처럼 루인의 뒤를 쫓게 되었다.

상식적으로 생각할 때 다섯 기의 나이트암을 보유한 용병대가 스무 기의 나이트암을 보유한 특임대를 상대로 이기는 건 불가능한 일이다.

설혹 그 스무 기의 나이트암이 일반적인 나이트암보다 약하다고 해도, 4배에 달하는 숫자의 차이는 결코 무시할 수 있는 것이 아니다.

그럼에도 크랄이 뒤를 쫓을 결심을 할 수 있었던 건 다른 자들은 알지 못하는 정보 하나를 크랄이 우연히 알아냈기 때문이다.

'노예 연놈, 너희 놈들이 향하는 곳이 너희의 무덤이 될 곳이다. 네놈들을 공격하기 위해 멜테른의 나이트암이 매복하고 있는 곳이지. 크크크큭. 거기서 곱게 죽여 주면 좋겠지만, 나를 이렇게 만든 네놈들이 그리 허망하게 당할 리 없다. 분명 무슨 수를 쓰던 빠져나올 거야. 그때 내가 네놈들을 잡아 죽여 버리겠다.'

크랄은 자부심이 너무 강했다. 그 강도가 너무 강해 거의 정신병 수준이었다.

크랄의 생각에 자신의 인생은 완전히 망가진 것이었다. 그런 인생을 버티기 위해서는 스스로가 대단하다며 마음속으로 자위라도 해야 했다.

그러다 보니 크랄은 어느새 자신이 진짜 대단한 사람이라고 착각해 버렸다. 그리고 그런 대단한 자신의 인생을 망가뜨렸으니, 아라사는 매우 강하고 대단한 악당이어야 했다.

멜테른의 매복 공격에서 충분히 살아나올 수 있는 아주 질긴 악당.

크랄은 이런 어처구니없는 논리로 아라사와 루인들의 생존을 예상하고는 그들을 직접 죽이기 위해 용병단을 이끌고 나온 것이었다.

크랄은 몰랐다.

마이든 백작의 집무실에 들어갔을 때 루인의 임무를 들을 수 있었던 것이 단순히 우연이라고만 생각했다.

뒤늦게 마이든 백작의 호출을 받고 그를 찾았을 때, 멜테른군의 매복에 대한 마이든 백작의 독백을 들은 것 역시 우연이라 생각했다.

슬쩍 특임대에 대한 이야기를 꺼냈을 때, 특임대 나이트암이 공격력은 약하지만 방어력이 좋아서 웬만한 공격에서는 무사할 수 있다는 말을 들은 것도 순전히 자신이 운이 좋았을 뿐이라고 여겼다.

물론 그게 우연일 리 없었다.

마이든 백작은 두 번의 큰 피해를 입은 후 정치적인 입지가 매우 약해졌다. 조만간 사령관이 바뀐다는 소문이 돌았고, 실제로 그런 이야기가 오고 갔다.

지금의 자리에 올라서기까지 얼마나 고생을 했는가? 그런데 이렇게 허망하게 무너져 버릴 수는 없었다.

마이든 백작의 처지가 지금 이렇게 안 좋아진 근본적인 이유는 두 번의 큰 피해가 아니었다. 두 번의 피해는 마이든 백작이 아닌 다른 누가 사령관이었어도 받을 수밖에 없는 피해였다. 오히려 그런 엄청난 피해를 입고도 이그랄 요새를 지켜 냈으니 공이 매우 크다고 할 수도 있었다.

그럼에도 마이든 백작의 정치 생명이 위태롭게 된 것은 마이든 백작이 정계에 특별한 연줄을 가지고 있지 못했기 때문이다.

한마디로 쳐 내도 아무런 뒤탈이 없을 인물이라는 말이다.

두 번의 피해에 대한 책임을 질 사람이 필요했고, 뒤탈이 없을 마이든 백작이 재수 없게 희생양으로 걸려든 것뿐이었다.

마이든 백작이 할 수 있는 선택은 두 가지뿐이었다.

첫째는 피해의 책임을 지고 자리에서 물러나는 것.

불명예란 귀족에게 크나큰 낙인. 게다가 피해의 규모가

워낙 크기에 작위마저 내려갈 수도 있었다.

마이든 백작은 그렇게 물러나고 싶지 않았다. 자신은 할 만큼 했고, 아직 한참 더 활동할 수 있는 능력도 있었다. 이렇게 허망하게 무너지는 건 결단코 사양이었다.

그래서 두 번째 방법을 선택했다. 바로 중앙 정계의 연줄을 잡는 것.

이그랄 요새에는 그러기 위한 매우 적당한 제물이 존재했다. 그건 바로 루인.

글라세일 공작은 죽음을 바라고 루인을 전쟁에 참여시켰다. 그러기 위해 루인을 북부가 아니라 최접전지인 중남부 이그랄 요새로 보낸 것이었다.

한 가지 착오가 있다면 마이든 백작의 성격이 그리 순순하지 않았단 것.

마이든 백작은 굳이 이종족 노예 출신인 루인을 지켜 주고 싶은 생각은 없었다. 비록 중앙에 연줄이 없을 뿐, 마이든 백작은 골수까지 귀족이었다. 그런 마이든 백작의 눈에 루인은 매우 거슬리는 존재였다.

죽어서 사라져 버렸으면 좋겠다고 생각을 했고, 그래서 특임대라는 걸 만들었다.

특수임무 부대. 이름은 거창하지만, 실제로는 위험한 곳에 루인의 부대만 따로 보내기 위해 만든 것이었다.

하지만 마이든 백작은 골수까지 귀족이면서, 골수까지

군인이기도 했다. 군인인 마이든 백작은 부하인 루인의 특무대를 의미 없이 죽을 곳에 보낼 수 없었다.

그러다 보니 마음으로 루인의 죽음을 바라기는 했지만, 적극적으로 행동에 나서지는 않았다.

글라세일 공작이 루인의 죽음을 암시하는 내용의 편지를 몇 번 보내었지만, 무시했다. 오히려 그 편지 때문에 루인을 살려 두겠다는 반발심마저 생겼다.

하지만 이제는 상황이 달라졌다. 자신의 코가 석 자였다. 어떻게 해서든 중앙의 연줄을 잡아야 했고, 그 제물로 루인은 매우 충분했다.

루인을 죽이고 그것으로 글라세일 공작의 연줄을 잡을 수 있다면, 희생양으로 처리되는 일은 없을 것이다. 오히려 브란델의 최고 실세인 글라세일 공작의 연줄이니 지금보다 더욱 높이 올라갈 수도 있을 것이다.

마이든 백작은 루인을 죽이기 위해 특임대에게 멜테른군 보급대 공격 임무를 내렸다. 그리고 멜테른군에 그런 정보를 흘렸다.

마이든 백작은 결코 허술한 자가 아니다. 그는 루인의 나이트암을 본 후 따로 조사를 해 보았고, 덕분에 마나 라이플의 위력뿐 아니라 소형 실드 제너레이터에 대해서도 알게 되었다.

멜테른에서 어느 정도의 병력이 매복에 참여할지는 알

수 없었지만, 루인이 그 공격에서 살아 나올 수 있을 것 같았다. 그래서 크랄을 이용했다.

자신의 주제를 모르고 설치는 크랄이지만, 이용해 먹기에는 매우 좋은 대상이었다. 게다가 루인들에게 이해할 수 없는 분노까지 가지고 있으니 금상첨화.

몇 가지 정보를 슬쩍 흘리는 것만으로 크랄이 루인을 쫓게 유도했다. 그러기 위해 후방 정찰이라는 필요 없는 임무를 용병대에게 내리기도 했다.

마이든 백작은 루인의 특임대가 멜테른의 매복과 싸운 후 패해 도망 올 것이라 생각했다. 그래서 크랄이 특임대의 뒤를 따르도록 만들었다.

하지만 마이든 백작은 몰랐다. 애초에 특임대와 멜테른의 매복이 마주치지 않을 것이란 건 생각지도 못했다.

✤　　　✤　　　✤

빽빽이 자란 나무와 곳곳에 있는 구릉은 자연이 만든 은신처였다. 크기도 커서 거대한 나이트암도 충분히 모습을 감출 수 있었다.

멜테른의 나이트암 서른 기는 구릉과 나무를 이용해 모습을 감추고 있었다. 방향에 따라 모습이 보일 수도 있지만, 최소한 지금 접근하는 자들에게서 모습을 숨기기에는 충분했다.

"접근하고 있습니다."

"조용히 대기해라. 내가 명령을 내리기 전까지 움직이지 마라."

아드리안 백작은 작은 목소리로 명령했고, 그의 명령은 소리 없이 이동하는 전령들을 통해 모든 나이트암에 전달되었다.

쿵 쿵 쿵 쿵 쿵쿵……

다섯 기의 나이트암과 100여 명의 병사들이 점점 가까워졌다.

'왜 다섯 기지?'

아드리안 백작은 혹시 다른 방향에서 접근 중인 나이트암이 있는가 하여 주변을 살폈다. 하지만 애초에 용병단의 나이트암은 총 다섯 기. 당연히 다른 나이트암의 모습이 보일 리 만무했다.

'정찰병이 잘못 본 것인가? 믿을 수 있다는 감이 왔었는데.'

아드리안 백작은 자신의 감을 믿었다. 그 감으로 수없는 위기를 물리치고, 지금의 자리까지 올라왔다.

정찰병이 스무 기의 나이트암에서 따로 한 기의 나이트암이 빠져나왔다고 했을 때, 사실이라는 감이 왔다. 정작 정찰병은 확신하지 못했지만, 아드리안 백작은 확신하고 있었다. 그런데 드러난 사실은 반대였다.

'허허. 내 감이 틀린 건가?'

아무리 주변을 둘러봐도 나머지 한 기의 나이트암의 종적은 보이지 않았다.

'틀렸나 보군. 어쩔 수 없지.'

어느덧 용병대는 눈앞까지 다가와 있었다. 더 이상 시간을 끌 수는 없었다.

아드리안 백작이 탄 나이트암의 왼팔이 높이 들렸다. 그리고 앞으로 내리며 아드리안 백작이 소리쳤다.

"공격하라!"

"와아아아!"

"와아아아!"

아드리안 백작의 명령이 떨어지는 순간, 멜테른의 나이트암이 일제히 달려들었다.

"어엇. 멜테른군? 내, 내가 아냐! 당신들과 싸울 자는 내가 아냐!"

크랄의 당황한 목소리가 커다랗게 울렸다.

TITAN LORD

chapter 7

돌파

TITAN LORD

"와아아아아!"

"와아아아아!"

"브란델 놈들을 죽여라!"

"멜테른에 영광을!"

마나 실드가 파괴된 A—4 구역을 통해 멜테른의 나이트
암이 물밀듯이 밀고 들어왔다.

"충격 대비!"

"충격 대비!"

"절대 밀리지 마라!"

"멜테른 놈들을 밟아 버리자."

"브란델에 영광을!"

콰콰콰콰쾅!

돌격해 온 멜테른의 나이트암과 미리 방진을 짜고 있던 1
대대 나이트암이 거세게 충돌했다. 멜테른 나이트암의 돌격
력은 결코 작지 않았다.

폭음과 함께 1대대 나이트암의 몸이 뒤로 주르륵 밀렸다.
땅이 패이고, 먼지가 부옇게 피어올랐다. 1대대의 나이트
암이 만든 방진은 파도치듯 마구 출렁거렸다.

하지만 방진이 깨어지지는 않았다.

나이트암용 타워 실드는 그 크기만큼이나 방어력도 대단
했다.

수십 톤의 나이트암이 달려온 운동에너지는 결코 적지 않
았다. 몸체끼리 충돌했으면 둘 중 하나, 혹은 양쪽의 나이트
암이 모두 부서졌을지도 모를 정도로 엄청난 충격량이었다.

하지만 이 무식하게 큰 타워 실드는 결코 무식하게 만들
어진 것이 아니었다. 충격을 흡수하기 위한 세심한 설계가
되어 있었고, 덕분에 돌격 시의 충격량은 상당히 줄어들었
다. 방진이 버틸 수 있었던 것은 이 덕분이었다.

"개문!"

"개문!"

"찔러!"

"찔러!"

채채채채채챙⋯⋯.

1대대 나이트암은 마치 잘 훈련된 보병처럼 하나 된 움

직임을 보였다. 이들이 나이트의 경지에 오른 기사이고, 그런 기사들의 자존심이 매우 강하다는 걸 생각하면 지금의 움직임은 정말 놀라운 것이라 할 수 있었다.

따닥따닥 붙어서 마치 성벽 같은 모습을 만들었던 타워 실드. '개문' 이라는 외침과 동시에 타워 실드가 옆으로 슬쩍 돌아가며 성벽에 균열이 생겼다. 그리고 '찔러' 라는 외침에 나이트암용의 거대한 장창이 멜테른군 나이트암을 일제히 공격했다.

"당겨!"

"당겨!"

"폐문!"

"폐문!"

'당겨' 라는 외침과 동시에 찔렀던 창이 일제히 회수되었다. 뒤이어 '폐문' 이라는 외침과 동시에 타워 실드는 다시 성벽으로 변했고, 균열은 사라졌다.

뒤늦게 타워 실드의 틈으로 공격하려던 멜테른 나이트암은 타워 실드를 때릴 수밖에 없었다.

같은 일이 반복되었다.

개문, 찔러, 당겨, 폐문.

단 4개의 동작으로 이루어지는 매우 간단한 사이클. 하지만 그 단순한 동작이 오와 열을 맞추어 일제히 이루어지자, 그것만큼 위력적인 것도 없었다.

나이트암에 탑승하는 것은 기사. 그렇기에 지금까지 나이트암은 기사로 생각되고, 운용되어 왔다. 그런데 놀랍게도 마이든 백작이 이런 고정관념을 깬 것이었다.

'두꺼운 장갑과 강한 공격력, 마치 중장보병 같지 않은가?'

나이트암의 등장 이후 중장보병이란 존재는 더 이상 전장에 등장하지 않았다. 이동속도가 느린 중장보병은 그저 나이트암의 밥일 뿐이다.

하지만 작은 영지에서 몬스터와 싸울 때는 이야기가 달라진다. 나이트암이 아예 없거나 있어도 한두 기가 고작인 작은 영지. 그런 곳에서 몬스터의 공격을 방어하는 데 중장보병은 매우 큰 역할을 담당한다.

마이든 백작은 이런 중장보병의 개념을 나이트암에 도입해 훈련시켰고, 그 성과는 지금 잘 나타나고 있었다.

'저 정도면 충분히 막을 수 있다. 만족스럽구나.'

마이든 백작은 자랑스럽다는 듯 1대대 나이트암을 바라보았다.

반면 멜테른의 기사들은 경악한 표정으로 1대대 나이트암을 보았다.

"이 자식들 도대체 뭐야?"

"젠장, 너무 튼튼해. 안 뚫려."

"치사하게 벽 쌓지 말고 당당하게 붙자!"

"니들이 병사냐? 기사면 기사답게 싸워!"

멜테른 기사들의 도발에도 1대대 기사들은 넘어가지 않았다. 여전히 개문, 찔러, 당겨, 폐문, 이 4가지 동작을 반복해서 수행했다. 결과는 매우 좋았다.

멜테른 나이트암의 공격은 번번이 타워 실드에 막혔다. 간혹 눈치 빠른 기사가 개문의 타이밍에 맞춰 공격을 시도하기는 했지만, 이내 창에 찔려 전투 불능 상태에 빠져 버리고 말았다.

1대대 나이트암은 4열 횡대로 서 있다.

제일 앞에 있는 나이트암은 양손으로 타워 실드를 받친다. 나이트암용 거검이 허리춤에 걸려 있지만, 사용하지 않고 오직 방어에 집중한다.

뒤의 세 나이트암의 허리에도 나이트암용 거검은 들려 있다. 하지만 마찬가지로 사용하지 않는다. 대신 나이트암용 거대한 장창을 들고 공격한다.

장창을 든 것이 세 기. 그렇기에 하나의 틈에서 나오는 공격도 세 개다. 반면 멜테른군의 나이트암의 주력 병기는 거검.

가장 친숙하며 잘 사용할 수 있는 무기이지만, 결정적으로 길이가 짧다. 최선두의 1열을 제외하고는 공격에 참여할 수 없다. 죽여 버리겠다며 고래고래 고함을 지르고는 있지만, 정작 나이트암은 놀고 있다.

그 외중에 최선두의 나이트암은 타워 실드에 공격이 막히고, 3개의 창에 동시에 공격받아 쓰러져 간다.

순식간에 십여 기의 멜테른군 나이트암이 반파 또는 완파되어 쓰러졌다. 반면 1대대 나이트암의 피해는 아직까지 없었다.

아무것도 못한 채 동료의 나이트암이 쓰러지는 것을 보던 멜테른의 기사들이 답답함에 소리쳤다.

"지휘부는 뭐하는 거야?"

"당장 여기를 돌파할 작전을 내놓아야 할 거 아냐."

"하여간 책상물림 하는 놈들이 문제야. 그런 놈들은 당장…… 마, 막아!"

마지막 기사의 말은 이상하게 끝이 났다. 옆에 있던 기사가 의문을 담아 말했다.

"무슨 말을 이상하게……."

"닥치고 방패 들어서 막아!"

사아아사아아사아아사아아…….

엎친 데 덮친 격. 멜테른군 나이트암의 머리 위로 브란델 마나 캐논의 빛이 떨어져 내리기 시작했다.

현재 양국 나이트암의 충돌이 일어나는 곳은 브란델 마나 실드에 발생한 구멍이다. 바꾸어 말하면 브란델의 진영에서 가까운 곳이고, 반대로 멜테른의 진형에서는 먼 곳이라 할 수 있다.

가까운 거리. 명중률은 매우 높다. 그냥 대놓고 쏘기만 하면 된다.

이그랄 요새의 마나 캐논이 무자비하게 멜테른군 나이트 암의 머리 위를 유린했다.

반면 멜테른군 마나 캐논은 함부로 1대대 나이트암을 공격할 수 없었다. 나이트암의 전투가 벌어지는 곳은 멜테른 진영에서 멀었다. 덕분에 마나 캐논을 쏘려고 해도 각도가 매우 낮아지게 된다.

무턱 대고 쏘았다가는 1대대 나이트암의 머리 위를 공격하는 것이 아니라, 아군 나이트암의 뒤통수를 공격할 위험이 있었다.

멜테른 나이트암 부대는 정신이 없었다. 앞에는 철벽 방어와 3기 합동 공격. 위에서는 마나 캐논의 일제사격.

마나 캐논의 사격은 예상했기에 방패는 챙겨 왔다. 하지만 입구에서 이렇게 오랫동안 막힐 거라는 생각은 못했기에 방패의 크기는 그리 크지 않았고, 오랫동안 마나 캐논 공격을 막기에는 역부족이었다.

반대로 1대대 나이트암은 대단히 안정적이었다. 정면만 막으면 되는데, 그 정면에 막강한 타워 실드가 존재하기 때문이었다.

"이길 수 있다. 막을 수 있다."

"못 뚫어. 이러다 죽을 거야."

1대대의 사기는 상승했고, 멜테른군 기사들의 사기는 추락했다.

그때, 상황이 갑자기 변했다.

쿵쿵쿵쿵…….

유독 큰 발걸음 소리와 함께 나이트암 한 기가 등장했다. 일반적인 나이트암보다 머리 하나는 더 큰 대형 나이트암이었다.

전신이 검은색인 그 나이트암의 신장은 6밀 정도였다.

특이한 건 몸의 크기뿐만이 아니었다. 검은색 나이트암의 양팔은 기이할 정도로 크고, 굵었다. 양팔의 크기에 비하면 조금 큰 신장 정도는 문제가 되지 않을 정도였다.

양팔이 얼마나 큰지 일반적인 나이트암이라면 상체가 팔하나로 전부 가려질 정도였다.

나이트암은 생물이 아니다. 크기가 커진다고 해서 힘이세지거나 하지는 않는다. 오히려 한정된 동력으로 힘을 내니, 커다란 몸을 움직이는 데 낭비가 발생해 힘이 더욱 약해질 수 있었다.

나이트암의 기본 신장은 5밀. 형태는 균형 잡힌 인간의 체형. 그 크기와 형태가 최고의 힘과 스피드를 동시에 낼수 있는 이상적인 형태였다.

그렇게 따지면 지금 등장한 검은 나이트암은 모습만 그럴듯하고, 실효는 없는 속 빈 강정일 확률이 높았다.

하지만.

"블랙 베어다!"

"부룬 백작님이 나오셨다!"

"이제 이깟 방패벽도 금세 깨어지고 말 것이다."

"부룬 백작님, 만세!"

"블랙 베어, 만세!"

멜테른군 기사들의 반응은 놀라웠다. 블랙 베어라는 이름의 검은 나이트암이 단순히 모습만 그럴 듯한 것이 아니라는 증거였다.

마이든 백작이 놀라 소리쳤다.

"마나 캐논은 당장 저 나이트암을 집중 공격해라!"

기이이이잉.

마이든 백작의 명령에 따라 마나 캐논의 포신이 부룬 백작의 나이트암을 향했다.

사아아사아아사아아……

아름다운 파괴의 빛이 일제히 부룬 백작의 나이트암을 향해 뻗어 나갔다. 하지만 멜테른군도 놀고 있지는 않았다.

"마나 캐논을 막아라!"

"블랙 베어를 보호해라!"

"부룬 백작님을 지켜라!"

블랙 베어 주위에 서 있던 나이트암들이 일제히 방패를 들어 올렸다. 그리고 부룬 백작의 머리 위로 뻗어 마나 캐논을 막았다.

그사이 블랙 베어는 허리를 숙여 손으로 땅을 짚었다. 왼쪽 다리는 가슴 앞으로 보내 몸을 받치고, 오른 다리는 뒤로 가볍게 뻗은 채였다.

블랙 베어의 발뒤꿈치를 주위에 있던 나이트암들이 자신의 발로 받쳐 주었다.

블랙 베어가 취한 자세는 마치 육상의 단거리 스타팅 자세와 흡사했다.

부룬 백작 정면에 있던 나이트암들이 양쪽으로 갈라졌다.

뻥 뚫린 전방. 양쪽에 생긴 나이트암의 벽.

그건 나이트암으로 만들어진 통로였다. 그리고 그 통로의 끝에 존재하는 건 1대대의 타워 실드.

쾅!

커다란 소리를 내며 블랙 베어가 튀어 나갔다. 땅을 박찬 힘이 어찌나 강한지 블랙 베어의 발뒤꿈치를 받치던 나이트암들이 뒤로 튕겨나갈 정도였다.

그렇게 강한 각력을 발휘한 보람이 있는지, 블랙 베어는 순식간에 가속되었다. 눈 깜짝할 시간에 타워 실드의 벽 앞까지 도착했다.

경악한 1대대의 나이트암이 다급하게 대처했다.

"찌, 쩔러!"

"막아라!"

"무조건 버텨!"

나이트암용 거대 장창이 블랙 베어를 찔렀다. 3개가 아니라 무려 9개의 장창이었다.

블랙 베어의 돌격 방향 정면에 있는 나이트암 세 기뿐 아니라 양옆의 나이트암 여섯 기까지 블랙 베어를 공격한 것이었다.

9개의 창이 점한 공간은 결코 만만치 않았다. 창을 피해 앞으로 나가는 건 불가능한 일이었다.

블랙 베어는 피하지 않았다.

철컥철컥철컥철컥…….

다른 나이트암에 비해 기이하게 크고 굵은 블랙 베어의 양팔. 그 큰 양팔이 기계음을 내며 더욱 커졌다. 마치 풍선 부풀듯 부풀어 올랐다. 블랙 베어의 전신을 모두 가릴 수 있을 정도로.

실제로는 블랙 베어의 팔이 커진 것이 아니었다. 블랙 베어의 팔은 여러 개의 방패가 겹쳐져 있었고, 그래서 커 보였던 것이다.

겹쳐져 있던 방패가 일제히 펼쳐지자, 정면에 있던 1대대의 눈에는 블랙 베어의 팔이 부푼 것처럼 보인 것이었다.

그 과정이야 어찌 됐건 블랙 베어는 자신의 몸을 지킬 방패를 얻었다. 게다가 그 방패는 단순히 두껍기만 한 것은 아니었다.

방패는 철저하게 계산된 각도로 만들어진 것이었다. 그 효과는 눈으로 드러났다.

블랙 베어를 찌른 아홉 개의 장창.

전신을 가리는 방패가 나타났기에 실제적인 피해를 입히기는 힘들 거라 예상되었다. 하지만 최소한 블랙 베어의 돌진을 막을 수는 있을 거라 생각했다.

아무리 블랙 베어의 돌격이 강하다고 해도 무려 아홉 기의 나이트암이었다. 그들의 힘이 고스란히 담긴 장창이었으니, 블랙 베어의 돌격도 막힐 거라 생각했다.

오산이었다.

기기긱기기긱기기긱……

아홉 자루의 장창은 블랙 베어의 방패를 타고 미끄러졌다.

철저하게 계산된 방패의 각도. 그건 정면에서 가해져 오는 힘을 대부분 흘릴 수 있도록 되어 있었다.

그 때문에 창에 실려 있던 힘은 블랙 베어를 향하지 못하고 허공중에 흩어져 허무하게 사라져 버렸다.

블랙 베어는 별 방해를 받지 않고 타워 실드의 벽에 도착할 수 있었다.

블랙 베어는 달려오던 기세 그대로 타워 실드의 벽에 충돌했다.

콰과과광!

폭음이 터져 나왔다.

출렁.

1대대의 진형이 거칠게 요동쳤다. 이전과는 비교할 수 없을 정도의 규모였다.

이전에는 여러 기의 나이트암이 동시에 충돌했던 것. 하지만 이번에는 단 한 기의 나이트암이었다.

돌격에 담긴 전체적인 힘 자체는 지금이 작을지 몰라도, 힘의 집중도만 보면 지금이 비약적으로 높았다.

블랙 베어 단 한 기의 돌격이었으니 힘이 집중된 건 당연했다. 그 위력은 어마어마했다. 버티는 건 불가능했다.

블랙 베어의 정면을 막았던 나이트암 4기. 그리고 그 양쪽에서 힘을 보냈던 각각 4기씩 해서 나이트암 총 12기.

무려 12기의 나이트암이 블랙 베어와의 충돌로 튕겨 나갔다.

수십 톤의 강철 거인 12기가 동시에 튕겨 나가는 건 경이로울 정도의 일. 말로만 들었으면 절대 믿지 못했을 일이 눈앞에서 펼쳐졌다.

블랙 베어의 힘은 실로 놀라웠다.

사실 블랙 베어에 타고 있던 부룬 백작도 자신이 해낸 일에 놀라워하고 있었다.

"블랙 베어의 방패에 이런 기능이 있었을 줄이야. 단순히 모양만 좋은 것이 아니었군."

부룬 백작의 중얼거림으로 보아 힘을 흘리는 방패의 기

능을 지금 알아낸 듯했다.

"역시 놀랍군. 1퍼센트 렐릭의 능력은."

그랬다. 블랙 베어가 다른 나이트암과 다른 체형을 지니고도 놀랍도록 강력한 힘을 발휘한 것은 렐릭이기 때문이다.

블랙 베어는 극단적으로 한 방의 파괴력에 집중한 나이트암이었다. 그 덕분에 지금과 같은 경이로운 위력을 발휘할 수 있었지만, 대신 효율은 매우 낮았다.

치이이이익.

블랙 베어의 몸체에서 뜨거운 김이 거세게 피어올랐다.

막대한 위력을 발휘하기 위해 블랙 베어는 상당한 무리를 했고, 덕분에 몸체는 잔뜩 가열된 상태였다.

정속 기동으로는 일주일, 전투 기동으로는 하루를 버틸 수 있는 에테르기움이 단 한 순간에 대부분 소모되었다. 멀쩡하면 그게 이상한 일이다.

천천히 움직이는 것은 할 수 있지만, 더 이상 블랙 베어가 전투에 참여하는 건 불가능했다. 하지만 상관없었다. 이미 목표는 충분히 달성한 상태였다.

"대열이 뚫렸다."

"파고 들어가라!"

"브란델 놈들 옆구리를 쳐라!"

블랙 베어에 의해 튕겨 나간 12기의 나이트암. 그 공백으로 생긴 방진의 구멍을 통해 멜테른군 나이트암이 물밀듯이 밀려 들어왔다.

1대대의 진형은 순식간에 양분되었다. 게다가 중앙으로 들어온 멜테른 나이트암이 1대대의 배후로 이동했기에 더 이상 타워 실드로 정면을 막는 건 무의미했다.

1대대의 단단하던 방진이 순식간에 허물어졌다.

✤   ✤   ✤

"공격하라!"

"브란델을 물리쳐라!"

"와아아아아"

"와아아아아"

매복하고 있던 브란델군 나이트암 30기가 일제히 공격을 실시했다. 당황한 크랄이 다급하게 소리쳤다.

"어엇. 멜테른군? 내, 내가 아냐! 당신들과 싸울 자는 내가 아냐!"

크랄의 나이트암을 공격한 건 자이켈 남작이 탑승한 나이트암. 자이켈 남작은 크랄의 말에 코웃음 치며 공격을 계속했다.

"헛소리하지 마라. 네놈들이 브란델 놈들이란 건 이미 확인했다."

"브란델군인 건 맞는데, 당신들과 싸우러 온 건 아니다!"

"그렇겠지. 우리랑 싸우러 온 게 아니라 우리 보급대를 공격하러 온 거겠지."

"그, 그게 아니고……."

"닥치고 죽어라!"

자이켈은 크랄의 말에 신경 쓰지 않았다. 어차피 상대는 브란델군. 죽여야 할 적에 불과할 뿐이다.

챙챙챙챙챙…….

나이트암의 거검과 거검이 부딪히며 거친 금속음이 울렸다.

자이켈의 실력은 결코 약하지 않았다. 그런데 그런 자이켈의 공격을 크랄은 막아 내고 있었다. 겨우겨우 막아 내기는 했지만, 어쨌든 공격을 허용하지는 않았다.

원래 크랄의 실력은 나이트 중급. 그런데 방탕한 생활을 하고 수련은 등한시해 실력이 확 줄어 있었다. 심지어 나이트의 경지에 오르지 못한 자와 겨루어 질 정도였다.

그렇다고 해서 크랄의 실력 자체가 줄어든 것은 아니었다. 원래 몸으로 익힌 것은 웬만해서는 잊지 않는 법이다. 다만 스스로 워낙 자신 없는 마음을 품었기에 제대로 된 실력을 발휘하지 못한 것이다.

그런데 지금 자이켈이 크랄을 죽이려 하고 있었다. 실력도 충분했다.

크랄에게는 그야말로 생명의 위기!

급박한 상황이 닥치자, 크랄은 이것저것 생각하지 못했

다. 두려움 같은 것도 떠올리지 못했다. 그저 필사적으로 자이켈의 공격을 막겠다는 생각뿐이었다.

그런 마음 상태는 크랄에게 매우 유익한 것이었다. 지금까지의 부정적인 마음을 떠올리지 못하자, 크랄의 신체는 가장 편하게 움직였다.

수천수만 번 반복해 몸에 완전히 새겨진 움직임. 그 움직임이 나이트암의 몸을 빌려 발현되었다.

약해진 크랄의 몸이었다면 상황이 달라졌을지 모르겠지만, 현재 크랄이 움직이는 건 자신의 몸이 아니라 나이트암. 나이트암이 방탕한 생활을 할 리 없으니 약해질 리도 없었다.

나이트암은 아무런 불편 없이 크랄의 생각대로 움직였다.

자이켈의 경지는 나이트 중급. 하지만 크랄보다는 약한 편이다. 다만 크랄이 그동안 제대로 된 수련을 하지 않았기에 대등하게 싸우고 있는 것이었다.

하지만 크랄이 전투에 익숙해지자, 조금씩 자이켈이 밀리기 시작했다.

크랄이 잘 싸우고 있는 것처럼 새로 온 네 용병의 나이트암도 충분한 힘을 내고 있었다.

그들의 나이트암은 베이스암이 아닌 센티넬. 베이스암과 1대 1로 싸워 승리하는 것은 매우 힘든 일이었다. 기본적인 힘과 속도에서 베이스암과 센티넬은 큰 차이가 있었다.

네 용병의 나이트암을 공격하는 것은 네 기의 나이트암. 네 기 모두 베이스암이었다. 순식간에 네 용병이 밀려 버려야 정상적인 상황이었다.

그런데 놀랍게도 네 기의 센티넬은 네 기의 베이스암의 공격에 무사히 버티고 있었다. 그뿐 아니라 간간이 반격을 가해 베이스암에 제법 피해를 주기까지 했다.

이런 일이 가능한 것은 네 기의 센티넬이 이루는 독특한 대형에 그 원인이 있었다.

네 기의 센티넬은 단순히 모여 있는 것이 아니었다. 그들은 특별한 대형을 유지하며 유기적으로 움직이고 있었다.

싸우는 건 한 기의 센티넬과 한 기의 베이스암이다. 하지만 베이스암에 탄 기사는 한 기의 센티넬과 싸우는 것이 아니라 양쪽에 있는 다른 두 기의 나이트암이 함께 협공하고 있는 듯한 기분이 들었다.

3대 1로 싸우는 기분.

그건 다른 3기의 나이트암도 마찬가지였다. 착각인가 싶어 양쪽의 나이트암을 무시했다가 피해를 입기까지 했다.

"제법이구나."

멜테른 기사의 말에 틸커가 예의 그 입심을 발휘했다.

"내가 원래 좀 세. 그런데 너희는 그거밖에 못하니? 한심하다, 한심해."

"으으으. 이 개자식, 죽여 버린다!"

"말만 하지 말고 죽여 보라니까."

"아아아아악!"

분노로 잔뜩 흥분한 기사가 틸커의 나이트암을 향해 공격을 시도했다. 분노는 검에 이전과는 다른 위력을 깃들게 해 주었다. 하지만 커다란 빈틈 또한 만들었다.

용병들은 기회를 놓치지 않았다. 틸커의 나이트암이 방어를 하는 사이, 다른 세 기의 나이트암이 일제히 베이스암을 공격했다.

가가각 가가각 가가각.

세 개의 검이 베이스암의 가슴팍을 스쳤다. 가슴 장갑이 순식간에 걸레처럼 변해 버렸다. 비록 치명적인 피해를 입힌 건 아니었지만, 상체의 장갑에 충분한 구멍을 만들어 주었다.

공격을 위해 뒤로 물러났던 틸커의 센티넬이 갑자기 앞으로 짓쳐 들어갔다. 센티넬의 손에 들려 있던 검은 정확하게 아래쪽에서 나이트의 탑승석을 찌르는 궤도로 움직였다.

탑승석을 보호해야 할 장갑은 이전 세 센티넬의 공격으로 구멍이 뻥 뚫린 상태였다. 게다가 베이스암에 타고 있던 기사는 틸커의 공격을 발견하지 못했다.

완벽한 무방비!

나이트암에 탑승한 자를 이번의 공격에 죽일 수 있으리라.

하지만,

챙!

거침없이 뻗어 가던 틸커의 공격이 옆에서 들어온 할버드에 막혔다.

틸커의 고개가 할버드를 따라 옆으로 돌았다. 그의 시선에 들어온 것은 전신이 붉은 나이트암.

"소문이 자자한 레드 문이군요. 만나 뵙게 되어 영광입니다, 아드리안 백작님."

"그런가? 다행이군. 영광을 느끼면서 죽는 것도 행운이지."

레드 문의 손에 들린 할버드가 아무런 망설임 없이 휘둘러졌다. 틸커는 다급하게 몸을 뒤로 뺐다.

"으악. 그 영감님, 성질 참 급하시네."

"잘 아는군."

"부정하지 않습니까?"

"부정을 해서 뭐하겠는가? 자네 말이 맞네. 난 급한 성격이야."

"이제부터 차분해지시죠."

"생각 없네."

붕붕 부웅붕…….

할버드가 매서운 바람 소리를 내며 휘둘러졌다. 할버드는 기본적으로 중병기. 게다가 길이가 기니, 원심력을 충분히 받을 수 있어 원래보다 훨씬 강한 위력을 발휘할 수 있다.

센티넬로서는 그런 강한 힘을 버텨 낼 재간이 없다. 섣불리 막았다가 자칫 잘못하면 팔이 고장 날 위험이 있었다.

틸커는 어쩔 수 없이 몸을 뺐고, 그 결과 용병들의 독특한 대형도 깨어졌다.

조금 전까지 전투에 참여하던 멜테른의 나이트암은 단 다섯 기. 나머지 25기의 나이트암은 뒷짐 지고 구경만 하고 있었다. 하지만 지휘관인 아드리안 백작의 참여를 신호로 나머지 나이트암들도 일제히 전투에 참여했다.

다섯 기 대 서른 기.

상대가 될 리 없다. 서른 기 다 필요도 없었다. 용병대의 두 배인 10기만으로도 충분히 쉽고 안전하게 승리를 이뤄 낼 수 있었다. 그런데 무려 1대 6의 상황이었다.

나이트암 간의 전투에서 일반 병사들의 보조가 상당한 영향력을 발휘한다고는 하지만, 지금 같은 일방적인 전력 차이라면 병사의 보조는 무의미했다.

다른 변수가 없는 한 용병대의 몰살은 확실.

크랄이 자이켈과 다른 한 명의 공격을 막아 내며 억울하다는 듯 고래고래 소리쳤다.

"내가 아냐. 당신들과 싸울 건 내가 아니고 다른 놈이란 말이야!"

"브란델 놈의 사정 따윈 관심 없다. 숫자를 조금이라도 줄일 수 있다면 그것으로 만족한다."

"난 너무 억울하다. 이렇게 허망하게 죽을 순 없다!"

"있어! 원래 인생이 그런 거야."

자이켈이 탄 나이트암의 검이 크랄이 있는 탑승석을 향해 거침없이 떨어져 내렸다.

✤　　　✤　　　✤

블랙 베어가 만든 경이적인 광경. 그 모습에 브란델군은 말단 병사부터 최고 지휘관인 마이든 백작까지 모두 넋을 잃고 있었다.

뒤늦게 마이든 백작이 정신을 차리고는 소리쳤다.

"뭐하는 거냐? 당장 정신 차리고 멜테른 놈들을 해치워라!"

1대대 기사단장이 화들짝 놀라며 명령을 내렸다.

"개, 개진!"

"개진!"

"각개전투 난전!"

"각개전투 난전!"

조금 당황하긴 했지만, 1대대 나이트암의 반응은 빨랐다. 구멍 난 진형을 버리고 순식간에 난전에 돌입했다. 얼마나 훈련도가 높은지를 여실히 보여 주는 모습이었다.

전황이 난전으로 흐르면 아군, 적군 할 것 없이 피해가 커지게 된다. 하지만 그건 수동적으로 난전이 되었을 때의 경우. 능동적으로 만든 난전 상황은 다른 결과로 나타났다. 특히 지금처럼 싸우는 자가 나이트일 경우에는 더욱 그랬다.

나이트.

마나를 이용해 신체를 강화, 인간의 한계를 벗어난 힘과 속도를 낼 수 있는 자를 일컫는 말이다.

베이디안 대륙에 나이트의 경지에 오른 자는 무수히 많다. 너무나 많아서 그 숫자를 도저히 헤아릴 수 없을 정도다.

하지만 그 수백 배의 사람들이 나이트의 문턱은 밟아 보지도 못하고 생을 마감한다.

평범한 사람이 보기에 나이트는 초인이다. 인간의 한계를 뛰어넘는 힘을 발휘하고, 인간의 한계를 뛰어넘는 속도로 움직인다.

선택받은 극소수의 인간. 1퍼센트보다 더욱 낮은 확률로 존재하는 것이 나이트다.

상황이 그렇다 보니 나이트의 자부심은 어지간히 높을 수밖에 없다.

기습이란 치사한 일, 적을 상대할 때는 정면에서 행한다. 무기 한 자루를 믿고 적을 상대한다. 치졸한 수단을 동원하는 건 약한 자의 행동일 뿐이다.

나이트에 오른 자들의 인식이 그러했다. 전투에서의 행동 양식 또한 이 틀을 벗어나지 않는다.

그러니 좋게 말하면 정정당당, 노골적으로 표현하면 무식하게 들이박는 것이 나이트의 전투법이다.

하지만 1대대의 나이트들은 달랐다. 그들이 탑승한 나이트암은 세간에서 비겁하다고 하는 행위를 거침없이 행했다.

전투 중인 적의 뒤를 망설임 없이 공격한다. 바닥의 흙을 주워 탑승구를 향해 뿌리는 일을 서슴치 않는다. 한 기의 나이트암을 향해 두세 기의 나이트암이 달라붙는 건 기본이다.

"이 치사한 놈들."

"네놈들은 나이트도 아니다."

"약한 놈들이 더러운 수단만 쓰는구나."

멜테른의 나이트들은 쓰러지면서도 악담을 퍼부었다. 하지만 1대대의 나이트들은 신경 쓰지 않았다.

'떳떳하게 뒈지느니, 치사하게 오래 살겠다.'

이것이 1대대 나이트들의 공통된 생각이었다.

사실 1대대 소속 나이트의 대부분은 몰락 귀족이거나 평민 출신이었다. 그들에게 중요한 것은 뜬구름 같은 명예가 아니라 확실히 보이는 실리였다.

명예롭게 죽어 보았자 자신만 손해고, 남겨진 자신의 가족에게는 불행일 뿐이다. 쓸데없이 그런 행동을 할 자는 최소한 1대대에는 없었다. 마이든 백작이 그렇게 교육하기도 했고, 뜻이 통하지 않는 자들은 이미 1대대에서 방출되기도 했다.

난전 상황에서 1대대 나이트암의 위력은 무시무시했다. 기본이 합공에, 뒤에서 행하는 기습이다. 심지어 바닥을 구르며 멜테른 나이트암의 다리만 전문적으로 공격하는 나이트암까지 존재했다.

멜테른 나이트암들은 아까 방진이 있을 때보다 더욱 빠른 속도로 전투 불능 상태가 되어 갔다. 그렇다고 1대대의 상황이 마냥 좋기만 한 것은 아니었다.

타워 실드로 철벽을 쌓고 있던 아까 전과는 달리, 지금은 서로 뒤섞여 싸우고 있는 상황. 의도하지 않아도 합공을 하게 되고, 뒤를 찌르게도 된다. 균형을 잃고 넘어져 굴렀을 뿐인데, 적군 나이트암이 우수수 쓰러져 있기도 했다.

그야말로 난전.

이런 상황이니 아무리 1대대 나이트암이라고 해도 피해가 없을 수 없었다. 멜테른군보다는 훨씬 적었지만, 1대대 나이트암도 바닥에 쓰러져 갔다.

마이든 백작은 A—4 구역의 전투에만 모든 신경을 쏟을 수 없었다. 비록 멜테른이 주력이라 할 나이트암을 A—4 구역의 구멍으로 밀어 넣었지만, 다른 곳을 향한 공격도 계속되고 있었다.

A—4 구역의 마나 실드가 깨어진 덕분에(?), A—4 구역에 소모되던 마나가 다른 구역에 사용되어졌다. 그러다 보니 마나 실드가 더욱 단단해졌고, 마나 캐논의 공격에도 더 잘 버틸 수 있게 되었다.

그렇다고 해도 안심할 수 있는 상황은 아니었다. 멜테른의 마나 캐논이 집중 사격하는 곳을 빠르게 확인해 다른 곳의 마나 소모량을 줄이고, 마나 캐논이 공격하는 곳의 마나량은 늘려야 했다.

마나 캐논의 사격 지점이 계속해서 바뀌었기에 이러한 일은 지속적으로 행해져야 했다. 상황은 멜테른도 비슷했지만, 이그랄 요새의 마나 캐논 절반은 적 진지가 아닌 돌입하려는 나이트암을 향해 있었다.

멜테른은 나이트암의 위험이 상승한 반면, 진지의 안전도는 올라간 것이다.

그렇다고 해도 A—4 구역에 마나를 보내지 않아 얻은 이익은 제법 컸다. 멜테른의 마나 캐논이 계속해서 사격을 가했지만, 한동안은 무리 없이 버틸 수 있을 것으로 예상되었다.

하지만 마이든 백작은 안심하지 않았다. 절대 마음 놓을 수 없는 존재가 서성이고 있는데, 그럴 수는 없었다.

마이든 백작은 전황을 살피고 명령을 내리는 와중에도 눈의 마녀를 경계하는 것을 잊지 않았다.

눈의 마녀는 이그랄 요새에서 300밀쯤 떨어진 곳에서 서성이고 있었다. 무슨 생각인지 전투에는 참여하고 있지 않지만, 신경 쓰이는 건 어쩔 수 없었다.

그렇게 계속해서 보고 있었기에 가장 먼저 발견한 것도

마이든 백작이었다.

눈의 마녀가 팔을 들어 올렸다. 예술품처럼 아름다운 팔
에는 하얀 기운이 맴돌고 있었다. 그건 지독히 차가운 냉기.

눈의 마녀는 빙계 마법을 사용하려는 것이었다.

눈의 마녀의 손이 아래로 내려와 한 방향을 가리켰다. 마
이든 백작의 눈이 터질 듯 튀어나왔다.

눈의 마녀의 손이 가리킨 곳은 현재 멜테른군 마나 캐논
의 사격이 집중되고 있는 곳이었다.

마이든 백작이 다급하게 명령을 내렸다.

"B—2 구역 마나 실드 최대 출력으로!"

"B—2 구역 마나 실드 최대 출력으로!"

복창은 바로 이어졌지만, 출력 변화는 바로 되지 않았다.
원래 실드 제너레이터의 출력 변화에는 약간의 시간이 걸리
게 된다.

그리고 그 약간의 시간은 눈의 마녀의 마법이 발현되기
에는 충분한 시간이었다.

리버스 엔트로피(Reverse Entropy).

잊혀진 고대의 마법이 눈의 마녀의 손에서 부활했다.

열은 높은 곳에서 낮은 곳으로 흐른다. 뜨거운 물이 든
컵과 차가운 물이 든 컵을 같이 붙여 두었을 때, 뜨거운 물
의 열은 차가운 물로 흘러간다. 그래서 뜨거운 물은 식고,
차가운 물은 데워진다.

그 반대의 현상은 일어나지 않는다. 차가운 물에 있던 열이 뜨거운 물로 흘러가 뜨거운 물이 더 뜨거워지고, 차가운 물이 더 차가워지는 일은 발생하지 않는다.

하지만 눈의 마녀에 의해 발현된 마법은 그런 자연현상을 뒤집었다.

눈의 마녀의 손에서 뻗어 나온 빛이 닿은 곳은 B—2 구역의 마나 실드.

B—2 구역이 차갑게 냉각되어 갔다. 반대로 다른 곳은 조금 더 더워졌다. B—2 구역의 열이 다른 곳으로 이동한 것이었다.

열의 이동이 가속화되었다. B—2 구역의 온도는 순식간에 영하로 떨어졌다. 그러고도 계속해서 온도가 내려갔다.

놀랍게도 지독한 한기는 마나 실드마저 얼려 버렸다. 물질이 아니라 에너지인 마나 실드가 얼어붙는다는 건 너무나 신기한 일. 단순히 온도만 낮추어서는 일어날 수 없는 일이다. 하지만 그러한 일이 지금 벌어졌다.

리버스 엔트로피는 단순히 열의 이동 방향을 반대로 바꾸는 마법이 아니었다. 반대로 바꾼 건 에너지의 이동 방향. '열'은 '에너지'의 한 형태일 뿐이었다.

에너지에는 여러 형태가 있었다. 열에너지, 빛 에너지, 운동에너지…… 등등. 그리고 마나 또한 일종의 에너지라 할 수 있었다.

마나 실드를 이루는 '마나' 라는 '에너지' 가 주변으로 퍼
져 나갔다.

얼어붙고 약해진 마나 실드에 멜테른 마나 캐논의 공격
이 가해졌다.

사아아아아.

쩡.

날카로운 소리를 내며 마나 실드가 깨어졌다.

멜테른 나이트암이 새로운 구멍을 통해 돌격해 오기 시
작했다.

"2대대 나이트암은 B—2 구역을 막아라!"

1대대 나이트암은 A—4 구역의 구멍을 막고 있는 상황.
공간의 한계 때문에 전투에 참여하지 못하고 뒤에 물러나
있던 2대대에 명령이 하달되었다.

2대대의 나이트암은 B—1 구역에서 대기 중이었다. 덕
분에 B—2 구역으로 이동하는 데에는 큰 문제가 없었다.
하지만 문제는 그 뒤에 발생했다.

1대대는 밀집 방진과 타워 실드로 멜테른 돌격의 기세를
죽였다. 원래 돌격과 동시에 행하는 최초의 공격이 가장 강
한 법인데, 1대대는 그걸 무난하게 막아 냈다.

2대대는 1대대와 상황이 달랐다. 명령 체계가 어수선했
고, 서로 간에 협력도 이루어지지 못했다.

공을 세울 욕심은 많았지만, 앞서 싸워 피해를 볼 생각은

눈곱만큼도 없었다.

"브란델을 쳐라!"

"멜테른에 영광을!"

"와아아아아!"

"와아아아아!"

매서운 기세로 돌격해 온 멜테른군의 나이트암. 2대대 나이트암은 멜테른의 나이트암과 맞붙어 싸우는 대신 재빨리 몸을 피했다. 첫 돌격의 기세를 받지 않기 위함인데, 그런 나이트암이 한두 기가 아니라는 게 문제였다.

마치 일부로 그런 것처럼 2대대의 진형이 쩍 갈라졌다. 그 갈라진 틈으로 멜테른 나이트암들이 거침없이 진격해 왔다.

2대대 소속 기사 중 한 명이 그 모습을 보며 소리쳤다.

"걸렸구나! 멜테른군이 우리 진형 한가운데 포위되었다!"

"공을 세울 기회다. 죽어라!"

"와아아아아!"

"와아아아아!"

적을 포위했다는 생각이 2대대 소속 기사들에게 사기를 불러일으켰다. 더 이상 피하는 것이 아니라 멜테른의 나이트암과 맞서 싸우는 것으로 태도가 변화했다.

얼핏 보면 특별히 나쁠 것 없어 보이는 변화다. 하지만 나타난 결과는 매우 좋지 못했다.

2대대 나이트암은 멜테른의 돌격을 피하고 있었다. 원래 제대로 된 진형이 없었지만, 피하느라 완전히 무질서해져 버렸다.

반면 멜테른의 돌파력은 아무런 방해도 받지 않았기에 고스란히 남아 있었다. 게다가 그 힘은 한데 뭉쳐 집중되어 있었다.

2대대의 방어선은 멜테른과 충돌하는 순간 모래성 무너지듯 무너져 내렸다.

"멜테른 놈들아, 천공의 기사 드세인이 너희들을 막…… 으악!"

"간악한 침략자들, 정의의 이름으로 모린 크리들이 너희…… 아악!"

"나 철벽의 기사 듀펄의 뒤로는 단 한 걸음…… 크아악!"

"……."

한곳에 집중된 멜테른 나이트암과 뿔뿔이 흩어진 2대대 나이트암. 양측의 전력 차이는 너무나 명백했다.

팔이 끊어지고 다리가 박살 났다. 다른 곳보다 단단한 탑승석의 장갑 덕분에 타고 있는 기사의 생명은 건졌다. 하지만 나이트암은 복구 불능의 고철이 되어 버리고 말았다.

차라리 계속 피했다면 전력이라도 보존할 수 있었을 텐데, 어설프게 대항을 하려다 보니 진형은 진형대로 나뉘고, 피해는 피해대로 보고 말았다.

멜테른군은 양분한 진영 중 오른쪽은 그냥 두고, 왼쪽을 집중 공격했다.

B—2 구역 구멍을 통해 돌입한 멜테른 나이트암의 수는 2대대 나이트암에 비해 적었다. 하지만 멜테른 나이트암은 한데 뭉쳐 있었고, 2대대 나이트암은 둘로 양분되어 있었다.

그중 한곳을 집중적으로 공격하자, 2대대 나이트암은 제대로 버티지 못했다.

쿠광 쾅쾅쾅……

순식간에 고철로 변해 버린 2대대 나이트암이 바닥에 쓰러졌다. 같은 꼴로 같은 행동을 하는 2대대 나이트암은 제법 많았다.

뒤늦게 남겨진 2대대 나이트암이 멜테른군을 공격했지만, 별 효과는 거두지 못했다. 처음부터 이럴 생각이었는지 2대대를 막은 나이트암들의 방어는 매우 튼튼했다.

타워 실드를 든 1대대 나이트암의 방어력에 비해서는 약했지만, 뚫리지 않고 시간을 끌고 있는 것만으로 충분히 제역할을 다하고 있었다.

그사이 공격받는 2대대의 나이트암이 빠른 속도로 쓰러져 갔다.

멜테른의 진형에서 보기에 B—2 구역은 A—4 구역에서 왼쪽에 위치하고 있다.

"왼쪽은 방어가 약하다."

"거의 다 뚫렸다."

"왼쪽으로 가라."

"멜테른에 영광을."

"와아아아아아!"

멜테른의 나이트암이 B—2 구역에 난 구멍을 향해 몰려들어왔다.

1대대가 막고 있는 A—4 구역은 아직 뚫리지 않았다. 비록 부룬 백작의 블랙 베어에 의해 방진은 깨어졌지만, 자신들의 특징을 살려 난전을 유도하는 것으로 굳건히 지켜내고 있었다.

반면 2대대는 제대로 된 저항조차 하지 못하고 멜테른군에게 유린당했다.

멜테른군이 조직적인 움직임을 보이는 데 반해, 2대대는 무질서하게 움직이고 있었기 때문이었다.

한쪽은 질서 있게 공방을 행해는 데 반해, 다른 쪽은 난전인 듯 이리저리 혼란스럽게 헤매고 있는 상황. 그러니 상대가 될 리 만무했다.

결국 B—2 구역은 완전히 뚫려 버렸다.

"왼쪽이 뚫렸다."

"돌격하라!"

"실드 제너레이터를 파괴해라!"

전장에서 가장 강한 것은 나이트암이다. 하지만 가장 중요한 것은 실드 제너레이터이다. 체스로 비교를 하면 나이트암을 퀸, 실드 제너레이터를 킹이라고 할 수 있었다.

킹이 당하는 순간 체스의 승패는 결정된다.

실드 제너레이터가 당하는 순간 전투의 승패는 결정된다.

퀸에 비유되는 막강한 힘을 가진 나이트암들이 실드 제너레이터가 있는 요새 중앙을 향해 빠르게 달렸다.

"우리의 승리다! 나 코트린가의 제이든이 이그랄 요새의 실드 제너레이터를 박살 내 버리겠다!"

멜테른군의 최선두에서 달리던 자가 기쁨의 함성을 터뜨렸다. 실드 제너레이터까지의 거리는 채 100밀도 남지 않았다.

멜테른군의 돌격을 막을 수단이 이그랄 요새에는 없었다.

대신 다른 곳에는 존재했다.

펑…… 펑…… 펑.

멜테른 진형의 상공에서 세 발의 폭죽이 터졌다. 그중 두 발은 붉은색, 한 발은 노란색이었다.

멜테른에서 사용하는 폭죽 신호였다. 그 의미는 긴급 후퇴!

TITAN LORD

chapter 8

자주마도포

TITAN LORD

사아아아아.

낮게 깔리는 소리. 동시에 자이켈이 탄 나이트암의 탑승구에서 빛이 번쩍하고 빛났다.

갑작스런 광량의 증가에 따른 순간적인 시력 상실. 전투 중에 발생한 이런 일은 치명적인 빈틈이 될 수 있다. 하지만 자이켈은 당황하지 않고 침착하게 대처했다.

빠르게 검을 휘둘러 적의 접근을 차단하며 시력이 돌아오길 기다렸다. 그리고 입으로는 갑작스러운 빛의 원인을 향해 외쳤다.

"웬 놈이냐?"

"그냥 지나가던 사람……."

그랑데일에 탑승한 루인의 모습이 드러났다. 워낙 교묘

한 위치에 서 있었기에 멜테른과 용병대 양쪽 모두에 걸리지 않을 수 있었다.

순간적인 시력 상실은 빠르게 회복되었다. 자이켈은 루인을 노려보며 말했다.

"요즘에는 그냥 지나가던 사람이 나이트암을 타고 다니나? 언제부터 나이트암이 그렇게 흔해졌지?"

"……이라고 하면 안 되겠지? 일단은 너희들의 목표라고나 할까."

루인의 말을 먼저 이해한 것은 자이켈이 아니라 크랄이었다.

"노예 놈, 어째서 그쪽에서 나타나는 거냐? 그년은? 네 놈 부하들은 모두 어디로 갔느냐?"

"지금 그런 소리나 하고 있을 때가 아닐 텐데?"

"크윽. 건방진 놈, 죽여 버리겠다!"

크랄은 이성을 잃고 루인을 향해 달려들려고 했다. 하지만 그런 크랄의 행동은 아이러니하게도 자이켈에게 막혔다.

자이켈이 탄 나이트암의 검이 크랄의 진행 방향을 가로막았다. 계속 전진했다가는 제법 큰 피해를 입을 뻔했다. 탑승석은 단단하니 크랄의 몸은 멀쩡했겠지만, 대신 그가 탄 나이트암의 팔 하나 정도는 날아갔을 것이다.

"왜 막는 거냐! 저 자식을 보호하려는 속셈이냐?"

당연히 자이켈이 루인을 보호하기 위해 크랄을 막은 것

은 아니다.

"무슨 헛소리냐? 그런 말로 나를 속일 생각은 마라. 둘이 힘을 합치는 일은 절대 없을 것이다. 내가 반드시 막겠다."

크랄도, 루인도 모두 브란델군이다. 그러니 자이켈에게는 크랄과 루인이 같은 편으로 보일 수밖에 없다.

자이켈은 루인을 죽이려 하는 크랄의 지금의 모습을 연기라 생각했다. 그런 식으로 자신의 주의를 낮추고, 루인과 힘을 합쳐 무언가를 하려 한다는 생각이었다.

'나는 그런 어설픈 속임수에 속을 정도로 어리숙하지 않다.'

자이켈은 자신의 생각에 확신을 가지고 있었다. 단순한 짐작이 아니라 근거까지 존재했다.

'연기를 하려면 좀 확실하게 할 것이지. 혼자서 열 올리면 뭐해? 동료랑 호흡이 전혀 안 맞잖아.'

크랄은 루인을 적대시하는 연기(?)를 리얼하게 하고 있었다. 깜박 속아 넘어갈 뻔했다. 하지만 용병 4명의 반응은 크랄과 전혀 달랐다.

용병들은 조금 전 허둥대던 것과는 달리 지금은 침착하게 방어를 해내고 있었다. 같은 편의 지원에 마음이 안정되었기에 가능한 행동이었다.

그리고 그 무엇보다 결정적인 건,

"당신 특임대죠? 정말 반가워요. 어서 빨리 이놈들 좀 처리해 줘요."

용병들 중 한 명이 그렇게 외치며 루인을 향해 손을 흔들고 있었다. 그 용병의 정체는 바로 틸커.

자이켈이 오해하게 된 가장 결정적인 원인이 틸커의 이러한 행동 때문이었다.

자이켈은 방심하지 않고 크랄을 공격했다. 멜테른의 다른 기사들 역시 마찬가지의 태도였다.

멜테른의 나이트암은 무려 서른 기. 숫자가 워낙 차이 나다 보니 전투에 참여하지 않고 뒤에서 놀고 있는 나이트암만 여섯 기에 달했다.

그 여섯 기의 나이트암이 방향을 바꾸어 루인을 향해 이동했다.

"하하. 이거 도와주려고 했는데, 오히려 저도 위험하게 되어 버렸네요."

루인의 곤란한 기색이 가득한 말에 틸커가 호들갑 떨며 말했다.

"우악. 그런 소리 마요. 당신, 특임대잖아요. 특별한 부대잖아요."

"이름만 그런 겁니다. 전혀 특별하지 않아요."

"아닙니다. 저는 분명이 당신이 우리를 도울 수 있을 거라고 믿습니다."

"언제 봤다고 날 믿는다는 겁니까?"

"이제 당신을 믿는 것 말고 이곳을 벗어날 다른 방법은 없어요! 그러니 제발 기적을 일으켜 주세요!"

"하아. 그렇게까지 믿는다고 하시니 어쩔 수 없죠. 그럼 제 명령에 따라서 움직이겠나요?"

"크아아악. 감히 네놈이 내게 명령을 하겠단 말이냐? 노예 놈이 건방지구나!"

크랄이 발악하듯 소리쳤다. 하지만 그에 상관하지 않고 틸커가 루인의 말을 승낙했다.

"블랙 로터스 틸커 외 207명. 이 시간부터 한시적으로 특임대 대장 루인 에데라 준남작의 명령에 따르겠습니다!"

"당신의 뜻, 잘 알겠습니다. 그럼 첫 번째 명령을 내리겠다."

"무슨 개수작이냐?"

"놀러 나온 거냐?"

"우리가 우습게 보이는 거냐?"

다가오던 멜테른의 나이트암들에서 노한 음성이 들려왔다.

"감히 네깟 놈이 네게 명령을 하겠다는 거냐!"

크랄의 흥분한 목소리도 크게 울려 퍼졌다.

하지만 루인은 신경 쓰지 않고 명령했다.

"전원, 엎드려라."

직후,

콰콰콰콰…… 쾅!

천지가 울렸다.

✛   ✛   ✛

콰콰콰콰…… 쾅!

천지가 울렸다.

"이, 이게 도대체 무슨 소리냐?"

안전한 장소에서 전황을 살피던 멜테른의 사령관 데리언 후작이 당황해 소리쳤다.

데리언 후작의 말을 들은 사람은 모두 데리언 후작과 함께 있던 자들. 당연히 어떻게 된 일인지 알 수 없었다.

수석 참모이지만, 자작이라 힘이 없는 리빌 자작이 상황을 알아보기 위해 소리가 들려온 곳을 향해 달려갔다.

잠시 후 돌아온 리빌 자작이 급박한 목소리로 보고했다.

"후방에 적의 기습입니다. 수십 명의 병사가 죽거나 다쳤고, 나이트암도 한 기 피해를 입었습니다."

멜테른은 대부분의 나이트암을 이그랄 요새의 구멍에 투입하고 있는 상황이었다. 그리고 나머지 나이트암 중 대부분인 서른 기는 적 나이트암 특무대를 요격하기 위해 매복 작전에 나가 있는 상태였다.

결과 현재 진지에 남아 있는 나이트암은 11기뿐이었다. 지휘부를 지킬 최소한의 나이트암만 남겨 둔 것이었다.

그런데 그 11기 중 한 기가 피해를 입은 것이었다.

"무엇들 하고 있는 거냐? 당장 나가서 이곳을 공격한 놈들을 처리해라!"

"적의 의도를 알 수 없습니다. 섣불리 움직였다가는 이곳이 위험해질 수도 있습니다."

"그럼 이렇게 당한 채 가만히 있겠다는 말이냐?"

"반격을 하려고 해도 적의 모습조차 확인할 수 없습니다."

리빌 자작의 반대에 데리언 후작의 얼굴이 와락 일그러졌다.

"한심하긴. 어떻게 된 일인지 알아보러 나갔으면 적의 규모 같은 것도 파악했어야지. 딱 피해 상황만 보고 돌아오다니. 쯔쯧."

"어쩔 수 없었습니다. 적의 모습은 전혀 보이지 않았습니다."

"그걸 지금 변명이라고 하는 건가? 후방을 공격당했으니 당연히 적은 후방에 있겠지. 그런 기본적인 것도 모르나?"

"살펴보았습니다. 하지만……."

"그만하게. 내가 직접 살펴봐야지, 원. 쯔쯧."

데리언 후작은 혀를 차며 진지 후방을 향해 걸음을 옮겼다. 그리고 직후, 다시 천둥 치는 소리가 울려 퍼졌다.

콰콰콰콰…… 쾅!

"끄아악."

데리언 후작은 숨 막히는 신음성을 내뱉으며 바닥에 주저앉았다. 그는 어째서 리빌 자작이 적의 모습을 보지 못했는지 그제야 알 수 있었다.

공격은 강력한 폭발이었다. 중심이라면 나이트암도 무사하기 힘들어 보일 정도로 강한 위력의 폭발이었다. 범위도 제법 넓어 한 번에 수십 명의 병사에게 피해를 입혔다.

그런 폭발이 데리언 후작에게서 채 10밀도 떨어지지 않은 가까운 곳에서 일어났다. 자칫 잘못했으면 데리언 후작도 폭발에 휘말려 생을 마감할 뻔했던 순간이었다.

데리언 후작은 자신이 공격받을 거란 생각은 전혀 하지 못했다. 지휘부 막사가 있는 곳은 멜테른 진영은 한가운데였다.

멜테른의 진영은 매우 넓게 펼쳐져 있는 상태였다. 그런 넓은 범위를 숨어 들어와 데리언 후작을 공격할 수 있는 자는 거의 없었다.

이름난 암살자라고 해도 결코 쉬운 일은 아니었다. 그런데 지휘부 막사의 불과 10밀 옆에서 적의 공격이 일어난 것이다.

리빌 자작이 적의 모습을 보지 못한 건 당연했다. 진지

한가운데까지 들어와 공격을 하면서 흔적을 남기지 않는 놈을 무슨 수로 발견할 수 있다는 말인가?

데리언 후작은 두려움에 물들었다.

"이렇게 허망하게 죽을 순 없다. 내가 이 자리까지 어떻게 올라왔는데, 이렇게 허탈하게 끝낼 수는 없다."

데리언 후작이 다급한 목소리로 명령했다.

"당장 긴급 후퇴 신호를 올려라!"

리빌 자작이 눈을 동그랗게 뜨더니 잘못 들었다는 듯 반문했다.

"예? 뭐라고 하신 겁니까?"

"긴급 후퇴 명령을 내리라고. 긴. 급. 후. 퇴!"

리빌 자작이 다시 한 번 반문했다.

"후퇴 명령을 내리시는 겁니까?"

"후퇴 말고 긴급 후퇴!"

후퇴 명령이 내려지면 전투 중이던 멜테른군은 전투를 멈추고, 조심스럽게 진지로 물러난다. 반면 긴급 후퇴는 후퇴와는 달리 무조건 진지를 향해 달려오는 것이다.

진지가 기습당했을 때에 대한 대비로 있는 것이 바로 긴급 후퇴였다. 때문에 긴급 후퇴 명령이 내려지면 무슨 일을 하고 있던 중이든 무조건 멈추고 진지로 달려와야 했다.

그게 설사 전쟁에 결정적인 영향을 미칠 행동이라고 해도 긴급 후퇴 명령이 내려진 이상 멈추어야 했다.

'방금 전 나이트암 방어선을 돌파했다는 보고를 받았는데……'

이미 전쟁은 끝난 거나 마찬가지의 상황이었다. 마나 실드에 난 구멍이 한 개라면 남아 있던 예비 나이트암이 막아 낼 수도 있는 일이다.

하지만 이그랄 요새의 마나 실드에 난 구멍은 두 개였다. 양쪽에 나이트암 방어선을 펼쳤으니, 남는 나이트암이 있을 리 만무했다.

설사 남아 있는 나이트암이 있다고 해도 그 숫자가 얼마 되지 않을 것은 자명한 일. 남은 건 돌격해 들어간 아군 나이트암이 이그랄 요새의 실드 제너레이터를 파괴하는 걸 기다리기만 하면 되는 상황이었다.

그런데 지금 긴급 후퇴 명령이 내려진 것이었다. 긴급 후퇴 신호가 올라가게 되면 설사 실드 제너레이터를 부수기 위해 무기를 휘두르던 중이었다고 해도 멈추어야 했다.

그렇지 않고 공격을 감행해 실드 제너레이터를 부술 경우, 공을 세우고도 명령 불복종으로 처벌받게 되어 있었다.

리빌 자작은 내키지 않아 망설였다. 그 모습을 본 데리언 후작이 버럭 소리쳤다.

"뭐하는 거야? 당장 긴급 후퇴 신호 올리라니까!"

"……알겠습니다. 긴급 후퇴 신호를 올려라!"

부대 사령관과 수석 참모의 명령이 내려졌다. 병사가 신호기에 불을 붙였다.

펑. 펑. 펑.

푸른 하늘에 붉은색과 노란색의 불꽃이 피어올랐다.

멜테른군이 급속히 회군했다.

"제기랄. 젠장."

제일 앞에서 달렸던 코트린가의 제이든 역시 입으로는
욕설을 내뱉으면서도 진지로 돌아왔다.

✤   ✤   ✤

아라사와 경비대원들. 루인을 뺀 특임대원들은 전장에서
제법 떨어진 평원에 자리를 잡고 있었다.

단순히 모여 있는 것이 아니라 듬성듬성 간격을 두고 나
뉘어 있다는 것이 더욱 특이했다. 이상한 건 단지 그것뿐만
이 아니었다.

이곳에 이동한 나이트암은 루인이 탄 그랑데일을 제외한
19기. 그중 7기는 외곽 지역에 넓게 서서 바깥을 경계했
다.

여기까지는 이상할 것이 없다. 이상한 것은 남은 12기의
나이트암.

12기의 나이트암은 2기씩 6개의 그룹으로 나뉘어 서로
일정 간격을 두고 위치해 있었다. 그 12기의 나이트암은

이해할 수 없는 자세를 하고 있었다.

타인과 등을 맞대고 앉아 있었던 경험이 있는가? 서로가 서로의 무게를 받치고, 서로 간의 체온을 교환한다. 매우 따뜻하면서 친밀감 넘치는 행위로, 친한 사이이거나 연인끼리 행하는 행위 중의 하나이다.

그런데 나이트암들이 그런 행동을 하고 있었다.

6개의 그룹으로 나뉜 각각 2기씩의 나이트암. 그들은 모두 서로서로 등을 맞대고 바닥에 앉아 있었다.

설마 나이트암들끼리 교감을 나누기라도 하는 것일까? 금속 몸체에서 느껴질 리 없는 따뜻한 체온을 갈구하기라도 하는 것일까?

그럴 리 없다. 애초에 자아 자체가 매우 약한 나이트암이다. 그런 그들이 무언가를 위해 능동적인 행위를 하는 일은 거의 없다고 할 수 있었다.

설사 나이트암들끼리 정이 생겨 서로 간의 친목을 나눌 일이 생긴다고 해도 지금처럼 등을 맞대는 일은 없을 것이다.

나이트암은 병기. 전투를 통해 적을 물리치는 것이 그들의 존재 의의다.

전투. 그것은 나이트암의 인식 가장 깊은 곳에 깔려 있는 근본적인 명제.

그렇기에 만약 서로 간의 정을 느끼고 싶었다면, 지금처럼 등을 맞대는 것이 아니라 결투를 벌였을 것이다. 무기와 무기를 나누고, 힘과 힘을 겨루며 정신적인 교감을 할 수 있을 것이다.

실제 나이트암들 중 가장 자아가 강한 박살, 헬리온, 그랑데일은 심심치 않게 대련을 행했다. 리스토레이션 인챈트를 통해 부서진 몸체를 고칠 수 있으니 부담도 없었다.

그럼 어째서 나이트암들이 등을 맞대고 있는 요상한 행동을 하고 있는 것인가? 그 이유는 나이트암들의 등 사이에 끼어 있는 하나의 물체에 있었다.

마도 대포. 루인이 만들어 낸 장거리 타격 병기이다. 월인챈트가 걸린 포탄을 날려 비행 중에 허공의 마나를 과흡수, 목표 지점에서 폭발하도록 만든 것이 바로 마도 대포다.

그 사거리는 무려 4킬로밀에 가까웠다. 그리고 파괴력은 마나 캐논에 맞먹으면서 타격 범위는 오히려 더욱 넓었다.

긴 사거리와 파괴력, 그리고 넓은 타격 범위. 이것이야말로 마도 대포만이 가진 장점이다. 또한 유일한 장점이다.

마도 대포는 마나 캐논과는 다르다.

마나 캐논은 에테르기움에서 뽑아낸 마나를 응축, 폭발시켜 포신을 통해 발사한다. 그렇게 마나 캐논에서 발사된 빛에 담긴 에너지는 매우 막대한 양이지만, 그건 물리적인 에너지는 아니다.

물리적인 에너지가 아니기에 아무리 강력한 위력의 마나 캐논을 발사한다고 해도 그 여파로 마나 캐논이 흔들릴 일은 없다.

반면 마도 대포가 포탄을 발사하는 것은 물리적인 힘을 이용한 것이다. 마나를 응축, 폭발시키는 것까지는 같지만, 그 폭발력을 밖으로 뿜어내는 것이 아니라 포탄을 날리는 데 사용하는 것이 마나 캐논과는 다른 점이다.

힘은 포탄에만 가해지는 것이 아니다. 포탄에 가해지는 것보다 더욱 강한 힘이 포신에 가해지게 된다. 포탄을 빠르게 날리는 만큼, 마도 대포는 강한 반발을 받게 된다.

그 힘은 폭발의 순간 일어나게 된다. 포탄이 포신을 떠나기 전에 포신은 발사의 반동으로 흔들려 버리고, 그 결과 포탄은 목표 지점이 아니라 엉뚱한 곳을 향하게 되어 버린다.

그런 일을 막기 위해서는 마도 대포를 단단히 고정시킬 필요가 있었다. 그건 상당한 수고와 시간을 필요로 하는 일이다.

또한 사격이 끝난 후 마도 대포를 이동시키려 할 때에도 그 고정시킨 것을 해제해야 했다. 해제 시간 역시 고정시키는 데 드는 시간만큼 필요했다.

한마디로 마도 대포는 극도로 기동성이 약했다. 이동하고 준비하는 데 한참이 걸리고, 사격이 끝나고 다시 이동하는 데에도 한참의 시간이 필요했다.

그렇게 극악한 기동성을 지닌데다가 마도 대포의 위력은 가까운 적에 대해서는 완전히 무력했다.

적의 접근을 허용할 경우 막을 방법이 없게 되는 것이었다.

이러한 부족한 기동성과 근거리 방어력 부재는 에데라 황무지에서는 큰 문제가 되지 않았다. 에데라 황무지는 고물상이 있는 지역이었고, 덕분에 지형을 잘 알고 있었다.

미리 접근성이 어려운 지역에 사격 준비를 하는 것으로 단점은 없애고, 장점은 충분히 활용할 수 있었다.

반면 이곳은 전혀 모르는 지역이다. 안전한 장소를 찾기는 힘들었다. 더구나 전쟁을 이끄는 것은 루인이 아니라 마이든 백작이다. 상황이 어떻게 흘러갈지 알 수 없으니 미리 사격 준비를 하는 것도 불가능했다.

기동성과 근거리 방어력을 갖추지 않고서는 마도 대포를 활용하는 건 불가능한 일이었다.

루인은 마도 대포의 활용을 포기하는 대신 기동성을 향상시켰다. 그래서 등장한 것이 바로 나이트암들이 등을 맞대고 있는 모습이었다.

등을 맞대고 있는 나이트암들의 사이에는 긴 원통이 끼어 있었다. 그건 마도 대포의 포신이었다.

마도 대포를 고정시키기 위해 많은 시간을 허비하는 대

신, 아예 나이트암을 마도 대포의 지지대로 만들어 버린 것이었다.

나이트암의 무게는 수십 톤이다. 가벼운 센티넬도 20톤은 넘고, 무거운 나이트암의 경우 40톤을 넘어가는 것도 있었다.

아무리 포격의 반동이 강하다고 해도 그 무거운 나이트암 두 기가 단단히 고정하고 있는 이상 흔들릴 일은 없었다.

사격이 끝난 후 이동하는 것도 간단했다. 나이트암들의 등을 뗀 후 끼어 있던 마도 대포를 두 부분으로 분리해 각각 등에 짊어지는 것으로 이동 준비는 끝이 난다.

이그랄 요새로 이동하며 나이트암들이 등에 지고 있던 상자. 그 상자의 정체가 바로 분리된 마도 대포였던 것이다.

나이트암을 병기가 아니라 병기의 받침대로 사용한다는 생각은 아무나 할 수 없는 것이었다.

나이트암이 최강의 병기라는 건 모든 사람들의 머릿속에 깊숙이 박힌 인식이었다. 그런 최강의 병기를 병기가 아니라 다른 용도로 사용한다는 건 일반적인 사람들이 할 수 있는 생각이 아니었다.

노가다 나이트암 부대라 불릴 만큼, 나이트암을 병기가 아닌 다른 목적으로 사용하는 루인이기에 떠올릴 수 있는 방법이었다.

기동력을 확보하기 위한 이러한 방법은 마도 대포 부대의 방어력 또한 비약적으로 향상시켜 주었다.

마도 대포 한 문에 나이트암 2기가 달라붙어 있었다. 마도 대포 부대가 여섯 문의 마도 대포로 이루어지니 나이트암은 총 12기가 된다.

12기의 나이트암은 결코 약한 전력이 아니다. 오히려 시골의 작은 영지 정도는 이들만으로도 휩쓸어 버릴 수 있을 정도로 강한 힘이었다.

이러한 일은 단순히 나이트암의 사이에 마도 대포를 끼운다고 되는 일이 아니었다. 마도 대포와 나이트암이 제대로 고정되도록 하기 위해, 그리고 이동에 편하도록 하기 위해 마도 대포는 물론 나이트암도 상당한 개량을 해야 했다.

그 결과 나이트암의 본래 전력은 조금 떨어졌지만, 마도 대포를 고정시키는 데 최적화된 나이트암이 탄생하게 되었다.

마도 대포 역시 나이트암과 결합하기 용이하고, 두 부분으로 나뉘어 이동에 편리하도록 개조되었다.

그러다 보니 개조된 마도 대포, 나이트암은 기존의 마도 대포, 나이트암과는 상당히 달라지게 되었다.

그래서 루인은 이 개조된 마도 대포, 나이트암 2기에게 새로운 이름을 붙여 주었다. 셋이 별개가 아니라 하나라고 여겼기에 합쳐서 부르는 이름이었다.

자주마도포.

스스로 이동할 수 있는 마도 대포라는 의미에서 붙인 이름이었다.

자주마도포는 이전의 마도 대포와는 차원이 다른 능력을 발휘했다. 의지를 가진 나이트암이 두 기나 포함되어 있기에 어느 정도 자체적인 판단도 가능했다.

하지만 그런 판단은 매우 간단하거나 기본적인 것에 국한된 일. 자주마도포를 움직이는 데에는 경비대원들이 필요했다.

각각 세 명의 경비대원이 하나의 자주마도포에 달라붙어 있었다.

한 명은 편각을, 다른 한 명은 사각을 장입했다. 나머지 한 명은 포탄을 장착하고, 방아쇠를 당기는 역할이었다.

자주마도포와 세 명의 대원을 합쳐서 포반이라 불렀다.

한 부대의 자주마도포는 부대에는 여섯의 포반과 하나의 지휘반으로 나뉘어졌다.

아라사와 앤더슨, 남은 경비대원 두 명이 지휘반이었다.

지휘반은 자주마도포에서 좀 떨어진 곳에 위치하고 있었다. 그들의 앞에는 마도영상통신장치가 있었고, 그것은 한 장소를 비추고 있었다.

그 장소는 바로 원래 특임대가 멜테른의 보급대를 공격

하기로 했던 장소.

그 장소를 공격하기 위한 사격 제원은 이미 산출되었고, 포신의 위치도 모두 그곳을 향한 뒤였다. 사격 명령을 내린다면 언제든지 그곳을 향해 포탄이 발사될 수 있는 상태였다.

기다리는 건 루인의 명령.

잠시 후, 마도영상통신장치 옆에 설치된 마도통신장치에서 루인의 목소리가 들려왔다.

—사격 실시.

그 말소리가 들리는 순간, 앤더슨이 몸을 벌떡 일으켰다.

이곳에서 가장 강한 건 아라사. 어쩌면 루인에게 가장 가까운 사람도 아라사일 수 있었다.

하지만 현재의 아라사는 어디까지나 외인. 비록 루인과 가장 가까이에 있으며 경비대원을 훈련시키는 교관이기도 했지만, 그건 어디까지나 객원 신분으로 한 일이었다.

엄밀히 말해 아라사는 루인 고물상 소속이라 할 수 없었고, 당연히 경비대원에 대한 명령권도 가지지 못했다.

아라사가 이곳에 있는 건 혹시 있을지 모를 위험에 대한 보험이었다. 아라사의 무력이라면 웬만한 위험쯤은 충분히 물리칠 수 있었다.

자주마도포 부대의 지휘관은 앤더슨이었다.

앤더슨이 붉은색 수기를 하늘 높이 들어 올렸다. 그러자

각 포반에서도 한 명씩의 경비대원이 붉은색 수기를 들어 올렸다. 편각을 장입했던 대원이었다.

앤더슨이 커다란 목소리로 외쳤다.

"전포, 쏴!"

쏴, 소리와 동시에 앤더슨은 수기를 내렸다. 그와 거의 같은 시간에 각 포반의 여섯 개 수기도 모두 아래로 내려갔다.

"하나 포 쏴!"

"둘 포 쏴!"

……

"여섯 포 쏴!"

콰콰콰콰콰쾅!

연속된 폭음과 함께 여섯 개의 포탄이 일제히 하늘로 날아갔다. 포탄은 순식간에 구름 위로 올라가 모습을 감추었다.

그 결과는 잠시 후 마도영상통신장치에서 표시되었다.

❖   ❖   ❖

콰콰콰콰…… 쾅!

천지가 울렸다.

마도 대포의 포탄은 마나를 과도하게 응집시켜 폭발시킨

것. 그때 발생하는 파괴력은 매우 강력하다.

마나 캐논처럼 한 방향으로 집중시키지 않았기에 관통력은 조금 부족했지만, 사람을 죽이고 주변을 초토화시키기에는 충분한 위력이 있었다.

설사 나이트암이라고 해도 직격당할 경우는 무사함을 장담할 수 없는 것이 마도 대포의 위력이었다.

포탄이 떨어진 곳은 루인과 용병대, 멜테른의 나이트암이 모여 있는 곳과 조금 떨어진 장소였다. 덕분에 나이트암들은 심각한 피해를 받지 않을 수 있었다. 주변에 우거진 나무가 공격을 막는 역할을 했기에 피해가 줄어든 점도 있었다.

그렇다고 완전히 무사할 수는 없었다.

포탄이 무서운 건 폭발의 위력에도 있지만, 그보다는 사방으로 터져 나가는 포탄의 금속조각이 단순한 폭발을 능가하는 살상력을 발휘하기 때문이다.

잘게 깨어진 금속 파편이 폭발력이란 추진력을 받자 무시무시한 위력을 발휘했다. 나무마저도 관통하며 금속 파편은 사방으로 날렸다.

멜테른군 나이트암의 대부분이 그 금속 파편으로 인해 외부 장갑에 심각한 손상을 입어야 했다. 그건 루인의 말에 따르지 않고 서 있던 크랄의 나이트암 역시 마찬가지였다.

반면 루인의 명령에 따라 엎드렸던 용병대의 나이트암 4

기와 용병들은 무사했다.

마도 대포의 포탄은 마나를 폭주시키는 것이기에 임의적으로 폭발 시간을 맞추는 건 힘들었다. 그러다 보니 포탄은 땅에 부딪히고 나서야 폭발했다.

이렇게 폭발할 경우 폭발 에너지는 위쪽을 향하게 된다. 아래쪽을 향하는 폭발 에너지는 땅이 대신 흡수하는 것이다.

그렇기에 바닥에 납작 엎드리면 폭발에 의한 피해에서 벗어날 수 있는 것이다.

루인은 그랑데일의 몸을 일으켰다. 멜테른의 나이트암이 멀쩡하니 마냥 누워 있을 수는 없었다.

그랑데일이 일어서자, 틸커의 나이트암을 비롯한 다른 세 기의 나이트암도 몸을 일으켰다. 다른 용병들 역시 마찬가지였다.

틸커가 짐짓 놀랐다는 듯 말했다.

"정말 놀랍네요. 이 정도의 파괴력이라니. 대단해요."

"그래도 멜테른에 별다른 피해를 입히지는 못했지."

"그렇긴 하군요. 멜테른 나이트암들은 외장갑이 좀 찢어진 것 말고는 피해가 없으니. 이제 어쩌실 생각이죠?"

"어쩔 생각? 이미 상황은 내가 원하는 대로 모두 흘러갔는걸. 남은 건 이그랄 요새로 돌아가는 일뿐이지."

"멀쩡한 적 나이트암이 서른 기나 있는데 우리가 이곳을 무사히 벗어날 수 있을까요?"

"물론. 연기가 우리 모습을 가려 줄 테니까."

포탄의 폭발력은 나이트암을 쓰러뜨리지는 못했다. 하지만 주변에 널린 나무들을 꺾고 쓰러뜨리고 발화시키기에는 충분했다.

화르륵 화륵 화르륵……

곳곳에서 불길이 솟아올랐다.

"당신은 당신 대장 챙겨서 얼른 빠져나가도록."

"어째 같이 가지 않겠다는 말처럼 들립니다?"

"굳이 같이 가야 할 필요가 있을까?"

"같이 가면 더 좋지 않겠습니까?"

"나는 혼자가 편해. 그럼 조심하라고."

루인은 그랑데일을 움직여 숲 속으로 모습을 감추었다.

틸커는 어깨를 한 번 으쓱하고는 용병대에 명령을 내렸다.

"용병 놈들아, 우리는 이 시간부로 이곳에서 후퇴한다. 타 죽기 싫으면 좆 빠지게 뛰어라!"

명령이 내려지자 용병들은 망설이지 않고 이동했다. 불타는 숲 속에 있고 싶은 자는 아무도 없었다.

용병들을 이동시킨 후, 틸커는 뒤쪽을 슬쩍 바라보았다. 그곳에서는 크랄의 나이트암이 여전히 자이켈 남작의 나이트암과 드잡이질을 벌이고 있었다.

"자이켈 남작, 이만 후퇴하자. 후방에 적이 나타난 것 같은데, 자칫하다가는 포위될 위험이 있다."

아드리안 백작은 뒤에서 적이 나타났다고 생각했다. 장거리에서 포격을 하는 자주마도포의 존재를 모르니 그렇게 생각하는 건 당연했다.

그리고 아드리안 백작의 이러한 생각은 처음부터 루인이 노린 것이기도 했다.

자주마도포의 포격으로 멜테른의 나이트암을 무력화시킬 수 있을까?

포탄의 파괴력은 분명 강력하다. 하지만 그 이상으로 나이트암의 방어력은 탄탄하다.

자주마도포의 포격으로 나이트암에 피해를 입히기 위해서는 거의 정확하게 명중시켜야 한다. 가까운 곳에서 포탄이 터져야 나이트암은 강한 폭발력에 휩싸일 테고, 해치울 수도 있다. 반면 거리가 떨어지면 폭발력은 줄어들고 나이트암의 방어를 뚫을 수 없다.

그런데 멀리서 행하는 자주마도포의 포격을 정확하게 명중시키는 건 매우 힘든 일이다.

설사 직격시키는 데 성공한다고 해도 문제가 없는 것은 아니다. 현재 루인과 용병대는 멜테른 나이트암과 매우 가깝게 위치해 있다. 멜테른 나이트암에 포격이 직격할 경우, 루인과 용병대가 피해를 입을 위험마저 있었다.

자칫 잘못하면 멜테른 나이트암이 아니라 루인이나 용병대에 직격할 수도 있는 일이다.

자주마도포로 멜테른 나이트암을 노리는 건 현실적이지 못한 판단이다. 그럼 어떻게 해야 할까?

루인의 임무는 멜테른의 보급대를 공격하는 것. 멜테른은 확실히 하기 위해 실제 보급대를 끌고 온 상태였다. 나이트암이 서른 기나 있으니 자신들이 당할 거란 생각은 전혀 하지 않았다.

현재 멜테른 나이트암은 용병대를 상대하기 위해 모두 전진한 상황. 이때 보급대가 공격받으면 어떻게 생각을 할까?

신기한 무기로 멀리서 공격했다고 생각을 할까? 아니면 후방에서 몰래 기습을 했다고 할까?

당연히 후자다. 자주마도포의 존재를 모르는 이상 그렇게 생각할 수밖에 없다.

루인은 마도영상통신장치를 통해 보급대에 포격을 가하라고 시킨 것이었다. 보급대와 멜테른 나이트암의 거리가 가까웠기에 멜테른 나이트암이 피해를 입은 것이었다.

루인의 예상은 맞아들었다.

아드리안 백작은 보급대를 향한 공격에, 후방에 적이 있다고 판단했다. 그래서 물러나겠다는 판단을 내렸다.

울창한 나무, 화재로 인한 시계의 불량. 그런 곳에서 적에게 포위당한다면 위험할 수 있었다. 넓은 곳으로 나가는 것이 안전했다. 나이트암이 서른 기나 되니 정상적으로 붙어서 질 리는 없다고 생각했다.

아드리안 백작은 단 하나만 제외하고는 모두 바른 판단을 했다. 그리고 그 단 하나의 예외 때문에 모두 틀린 판단이 되고 말았다.

아드리안 백작의 후퇴 명령에 자이켈 남작이 반대했다.

"잠시면 됩니다. 이 자식만 잡고 물러나겠습니다."

말은 그렇게 했지만, 당장 자이켈 남작이 크랄을 해치우는 건 힘들어 보였다. 둘의 실력은 거의 비슷했고, 그것이 승부가 나지 않게 만들었다.

"그만하고 어서 물러나게!"

아드리안 백작의 역정 어린 음성에 자이켈의 마음이 슬쩍 바뀌었다.

"······알겠습니다."

남으려 했던 것은 아드리안 백작의 판단에 의문을 느꼈기 때문이 아니었다. 단지 크랄을 쓰러뜨리겠다는 오기였다. 그런 오기도 아드리안 백작의 호통을 듣자 금세 사그라들었다.

자이켈 남작은 마음을 바꾸어 물러나려 했다. 하지만 쉽지 않은 일이었다.

"감히 이대로 도망치려 하다니. 꿈도 크구나."

"누가 도망친다는 거냐! 후퇴다!"

"크큭. 핑계도 좋군."

"이이익!"

크랄은 자이켈 남작을 잡고 놓아주지 않았다. 자이켈 남작이 뒤로 물러나려고 하면, 크랄이 맹렬한 기세로 공격을 해 왔다. 어설프게 피하려다간 되레 당하고 말 공격이었다. 결국 자이켈 남작은 크랄과 계속해서 전투를 벌일 수밖에 없었다.

주변의 나무들이 화르륵거리며 불타올랐다.

나이트암에 타고 있는 이상 불에 화상을 입을 염려는 없었다. 하지만 질식은 다르다. 자칫하다가는 나이트암에 탑승한 채 상처 하나 없이 질식으로 죽어 버릴 수도 있었다.

"그만 좀 떨어져라."

자이켈은 이제 더 이상 크랄과 싸우고 싶지 않았다. 어서 빨리 이곳을 벗어나고 싶었다. 하지만 크랄이 그럴 기회를 주지 않아 자리를 벗어나지 못하고 있었다.

눈을 돌려 사방을 살피니, 어느새 멜테른군 나이트암의 모습이 보이지 않았다. 모두 물러난 것이었다. 있는 것이라고는 자신의 나이트암과 크랄의 나이트암, 그리고 브란델 소속의 또 다른 나이트암 한 기.

'또 다른 나이트암이라고? 2대 1. 당한다!'

자이켈은 갑자기 등장한 브란델 나이트암의 모습에 잔뜩

긴장했다. 그때 나이트암에서 쾌활한 목소리가 들려나왔다.

"경계하지 마시죠. 그쪽을 해칠 생각은 없으니까. 저는 단지 여기 있는 바보 같은 대장을 데리러 왔을 뿐입니다."

틸커였다.

크랄이 와락 얼굴을 일그러뜨리며 외쳤다.

"무슨 일이냐? 난 이놈을 반드시 해치우고 말겠다. 네놈이 참견하지 마라."

"그러고 싶으면 그러시죠. 대신 확인증은 하나 써 주시죠. 당신의 죽음은 오롯이 당신의 판단에 의한 일이고, 나에게는 아무런 책임이 없다고."

"뭐라고!"

"이런 곳에서 길길이 날뛰다가는 나이트가 아니라 마스터라도 질식으로 죽을 겁니다. 당신이 그렇게 죽겠다는 걸 말릴 생각은 없지만, 최소한 그게 제 잘못은 아니라는 확인증 정도는 써 주시죠. 나중에 추궁을 받지 않게."

"이이익……. 네놈은 또 어디 가는 거냐!"

틸커에게 화를 내리던 크랄은 멀어지는 자이켈을 보며 외쳤다.

"나는 여기서 개죽음할 생각 없다."

자이켈은 그렇게 외친 후, 나이트암을 최고 속력으로 움직였다. 거리는 순식간에 벌어졌다. 이제는 따라잡기도 힘든 상황이었다.

"그만 돌아가죠."

크랄은 이를 갈며 틸커를 쏘아 본 후 나이트암을 움직였다.

✛   ✛   ✛

틸커와 크랄이 있던 곳에서 500밀쯤 떨어진 곳.

[움직였습니다, 주인님.]

"지금 움직이는 기감 두 개가 틸커랑 크랄이 탄 나이트암이란 말이지?"

[예, 확실합니다.]

루인의 기감은 매우 뛰어나다. 기감만은 마스터와 맞먹을 지경이다. 마나로 세상을 인지하는 나이트암들조차 루인만큼 넓은 범위를 감지할 수는 없다.

대신 그들은 기감 하나하나를 세세하게 구분할 수 있었다. 지금처럼 틸커와 크랄이 탄 나이트암을 500밀이나 떨어진 이곳에서 구분할 수 있는 것이다.

루인이 이곳에서 이동하지 않고 있는 것은 틸커 때문이었다.

'틸커라? 분명 마도 대포에 대해서 알고 있는 눈치였어.'

루인이 모습을 드러내었을 때, 루인이 가진 힘이라고는

그랑데일이 전부였다. 서른 기 대 다섯 기에서 서른 기 대 여섯 기로 바뀌었을 뿐, 전력 차이는 여전했다.

아니, 루인을 공격한 것은 뒤에 빠져 있던 나이트암들이 었으니, 루인의 등장에 전력비의 변동이 없다고 보아도 무방했다.

그런데 어째서인지 틸커는 루인에게 도움을 요청했다.

'분명 알고 있었어. 내가 당연히 그들을 처리할 수 있을 거라고 생각하고 있었어. 알버트의 말대로 틸커는 요르문간 드에서 나온 자인가?'

루인은 틸커가 있는 방향을 가만히 노려보았다.

글라스트 제국.

베이디안 대륙의 3분의 1에 달하는 영토를 차지하는 거대한 제국이다. 명실공히 베이디안 대륙의 최강국인 루드란 제국에 비해 한 수 처지는 평가를 받기는 하지만, 글라스트 제국이 가진 힘은 결코 적지 않다.

브란델 왕국 같은 평범한 왕국에게 글라스트 제국이란 도저히 항거할 수 없는 막강한 힘을 가진 거인이나 마찬가지였다.

그런 글라스트 제국이니만큼 제국의 중심이라 할 수 있는 수도, 그리고 그 수도에서도 중심에 위치한 황성의 화려함은 말로 설명할 수 없을 정도였다.

황성의 크기만 해도 웬만한 도시 하나의 크기를 넘을 정도였고, 그 안에 지어진 수많은 건축물들은 모두 최고급 자재만을 이용해 지어져 있었다.

화려함의 정점이라 할 수 있는 황성에서도 그 최고의 중심, 바로 그곳에 글라스트 제국 황제의 침실이 위치해 있었다.

글라스트 제국의 황제 카이렌스 3세는 올해 나이 62세로, 제법 늙은 편이었다. 몸에 좋다는 음식은 다 먹고, 마법적인 조치까지 받았지만, 흘러가는 나이를 막을 수는 없었다.

근육은 물렁살이 되어 힘이 없고, 뼈는 노골노골해져 언제 부러질지 몰랐다. 국정 회의 때는 눈감고 졸기 일쑤였다.

그런 카이렌스 3세였지만, 하루 중 유일하게 힘을 발휘할 때가 있었다. 그건 바로 밤! 그것도 자신의 침실에서!

카이렌스 3세는 젊어서부터 상당한 호색한이었다. 여색을 밝히는 버릇은 나이를 먹고도 고쳐지지 않았다. 육신이 쇠약해진 지금까지도 젊은 여자 없이는 잠들지 않았다.

그렇기에 지금 카이렌스 3세의 모습은 매우 놀라운 것이었다.

지금의 시간은 한밤중. 평소의 카이렌스 3세였다면 한창 궁녀와 열락에 빠져 있을 시간이었다. 그런데 놀랍게도 카이렌스 3세는 여자를 안고 있지 않았다.

아마 이러한 사실을 궁인들이 알았다면 당장 소문이 퍼져 한동안 황성 내에서 떠돌 것이다.

하지만 카이렌스 3세가 지금 하는 행동에 비하면, 그가 여자를 안지 않는 것 정도는 놀랍지도 않은 수준이었다.

베이디안 대륙의 3분의 1을 차지한 대제국. 베이디안 대륙에서 루드란 제국 다음으로 강한 힘을 가지고 있는 글라스트 제국의 지배자가 무릎을 꿇고 절을 했다! 그것도 그냥 절이 아니라 이마를 땅에 대는 극공경의 예를 표했다.

"비천한 노예가 주인님을 뵙습니다."

심지어 카이렌스 3세는 이런 말까지 내뱉었다.

그런데 카이렌스 3세의 앞에는 아무도 없었다. 카이렌스 3세는 허공을 향해 절을 한 것이다.

설마 카이렌스 3세의 정신에 문제라도 있는 것일까?

그런 것은 아니었다. 분명 카이렌스 3세의 앞에는 아무도 없었다. 하지만 아무것도 없는 것은 아니었다.

한밤중. 비록 촛불을 켜 놓았다고는 하나 대낮에 비하면 한참 어두울 수밖에 없다. 그 때문인지 자세히 살피지 않으면 제대로 보이지 않는다.

카이렌스 3세의 정면에는 기이한 연기 같은 것이 맴돌고 있었다. 검은색의 그 연기는 허공중에 흩어지는 것이 아니라 그 자리에서 계속 존재하고 있었다. 그러며 연기는 특정

한 형태를 취했는데, 그 모습은 마치 사람의 얼굴인 것만
같았다.

연기로 만들어진 얼굴이 말을 했다.

"일어나거라. 그동안 잘해 주었구나."

"감사합니다, 주인님."

고개를 든 카이렌스 3세의 얼굴에는 진정 감격했다는 표
정이 머물러 있었다. 마치 실제 충성스러운 노예가 주인에
게 칭찬을 들은 것만 같은 모습이었다.

"이제 기다림의 시간은 끝이 났다."

"설마……."

"그래, 때가 되었다."

"오오오!"

"계획을 실행하라. 일백주여."

"천주의 뜻을 받들겠습니다."

글라스트 제국이 전쟁을 선포했다.

TITAN LORD

chapter 9

아르엘리온

TITAN LORD

마이든 백작이 루인을 노리는 함정을 판 지도 어느덧 한 달이라는 시간이 흘렀다. 이그랄 요새의 전투는 다시 이전처럼 지루하게 이어졌다.

마나 캐논의 집중 사격. 마나 실드가 깨어진 구멍을 통한 나이트암의 투입, 방어. 시간이 흐르고 마나 실드가 복구되며 전투의 중단.

저번 공격에 참여한 뒤로 눈의 마녀는 전투에 나서지 않았다. 종종 모습이 보이기는 했지만, 공격을 하는 일은 없었다.

눈의 마녀의 공격을 받지 않았기에 이그랄 요새의 실드 제너레이터는 모든 힘을 멜테른의 마나 캐논을 막는 것에 집중할 수 있었다.

고정형 실드 제너레이터의 안정성을 바탕으로 이그랄 요새를 충분히 지켜 낼 수 있었다.

"벌써 한 달인가?"

"슬슬 지긋지긋하군. 저번 전투는 진짜 화끈했었는데."

"예끼. 그런 소리는 하지 말게. 아무리 그래도 지금이 낫지."

"그건 그렇지. 하하하."

워낙 방어가 탄탄하다 보니 병사들 사이에 이런 이야기까지 오고 갈 정도였다.

하지만 이그랄 요새의 전체적인 분위기와는 반대로 매우 바쁘게 움직이는 자들도 있었다. 바로 루인의 특임대였다.

막사 안으로 들어온 앤더슨이 질렸다는 표정으로 말했다.

"대장, 호출입니다."

루인의 얼굴도 와락 일그러졌다.

"설마……."

"그 자식 말고 누가 있겠습니까?"

"으드득. 아주 사람을 말려 죽일 작정이군."

루인은 이를 갈았다. 다른 특임대원들 역시 마찬가지였다. 심지어 훈볼트 족이며 마스터이기도 한 아라사마저 얼굴에 피곤한 기색이 엿보였다.

"더 이상 못 참아. 가서 따지고 말겠다."

루인의 외침에 특임대원들이 우르르 앞을 가로막았다.

"참아요, 대장."

"지금까지 한 게 아깝잖아요."

"마이든 백작이 들먹일 핑계도 이제 거의 남지 않았어
요."

"조금만 참으면 돼요."

루인은 크게 숨을 들이쉬고 내쉬며 마음을 안정시켰다.

"후우우우. 걱정들 마요. 저도 그렇게 멍청하지는 않으
니까. 지금까지 고생을 물거품으로 만들 수는 없는 노릇이
죠. 호출받았으니, 일단 가 보고는 올게요."

루인의 부대는 특수임무 부대다. 이름처럼 특수한 임무
를 수행하는 부대인데, 여기서 특수한 임무라는 것이 코에
걸면 코걸이, 귀에 걸면 귀걸이가 된다.

보급대 공격 임무 이후 마이든 백작은 끊임없이 특임대
에 임무를 하달했다.

이미 루인을 함정에 빠뜨린 걸 걸렸으니 더 이상 속일 생
각도 없는지, 대놓고 위험한 임무는 모조리 루인과 특임대
에 내렸다.

마이든 백작이 자신의 속내를 굳이 숨기진 않았지만, 그
렇다고 그 과정까지 허술하게 처리한 것은 아니었다.

루인의 특임대에 내려진 임무는 분명 타당한 것이었다.
그래서 루인은 자신을 죽이려 한다는 걸 알면서도 마이든
백작의 명령에 따를 수밖에 없었다.

거의 이틀에 한 번꼴로 루인의 부대는 출동해야 했다. 그것도 쉬운 임무가 아니라, 자칫 잘못하면 생명의 위기를 겪을 수 있는 매우 위험한 임무가 대다수였다.

하지만 루인과 특무대는 그런 임무를 무사히 수행해 왔다. 나이트암의 유기적인 움직임과 자주마도포라는 장거리 공격 수단이 그러한 일을 가능케 해 주었다.

위험은 그렇게 벗어날 수 있었지만, 피로까지 처리 가능한 것은 아니었다. 이틀에 한 번꼴로 출동하는데, 몸이 남아날 리 없었다.

아라사의 얼굴에 피곤한 기색이 보일 정도였으니, 특임대원들의 피로도가 얼마나 심할지는 굳이 말로 할 필요도 없을 정도였다.

어제도 위험한 임무 하나를 처리했었다. 이틀에 한 번꼴로 명령이 내려오니, 오늘은 아무 말 없고 내일 새로운 임무가 내려올 거라 생각했다. 그런데 생각지도 않게 오늘 호출이 온 것이었다.

'설마 앞으로 매일 출동하라는 헛소리를 하는 건 아니겠지.'

루인은 설마 하는 걱정을 하며 마이든 백작의 집무실을 찾았다.

집무실 문을 두드리려는데, 안에서 고함 소리가 들려왔다.

"납득할 수 없습니다!"

"지휘관은 자네가 아니라 나야. 자네의 동의를 바라지는 않겠네. 이만 나가 보게."

"그럴 수 없습니다. 마이든 백작님께서 계속 이런 식으로 행동하시겠다면, 앞으론 저도 가만히 있지 않겠습니다."

"네, 네놈이 감히! 알버트 네놈마저 날 우습게 여기는 것이냐!"

"죄송합니다, 마이든 백작님. 그러니 이제 그만하십시오. 부하를 위험으로 내모는 것 마이든 백작님답지 않습니다."

"다, 닥쳐라. 네놈이 뭘 안다고 그딴 소리를 하는 거냐?"

'이거 뭐야? 불러 놓고 왜 쌈박질이야? 들어가야 돼, 말아야 돼?'

루인은 문 밖에서 어떻게 행동해야 할지 잠시 망설였다. 지금처럼 분위기가 좋지 않을 때 들어갔다가는 괜한 화풀이까지 당할 위험이 있었다.

'여기서 더 나빠질 건 없겠지. 그리고 싸우는 이유가 아무래도 나 때문인 거 같기도 하고.'

루인은 문을 두드렸다.

똑똑.

제법 크게 두드린 보람이 있었을까? 안쪽에서 들려오던 싸움 소리가 뚝 그쳤다. 이어 마이든 백작의 목소리가 들려왔다.

"들어와라."

딸깍.

문을 열고 들어선 루인은 마이든 백작과 눈이 마주쳤다. 마이든 백작은 잠시 원망스러운 눈빛으로 루인을 바라보았다.

'그냥 좀 죽어 줘라. 네놈은 왜 이렇게 질긴 거냐?'

'벽에 똥칠할 때까지 살 거니까 허튼 꿈은 꾸지 마시죠.'

루인과 마이든 백작의 시선이 겹치며 스파크가 빠지직하고 튀는 듯했다.

잠시 후 마이든 백작이 슬쩍 시선을 돌렸다.

루인이야 꿀릴 것이 없었지만, 마이든 백작은 속으로 찜찜함을 느끼고 있었다. 비록 자신이 살기 위해 루인을 함정으로 내몰았지만, 마냥 편하지만은 않았던 것이다.

"어, 루인."

인사하는 알버트. 그의 눈가에는 루인을 향한 염려가 담겨 있었다.

"반갑습니다, 알버트 남작님."

"호출받고 온 거지?"

"예."

알버트는 시선을 돌려 마이든 백작을 바라보며 말했다.

"설마 그 허무맹랑한 명령을 정말로 내리실 생각이십니까?"

"알버트 남작, 나는 아직 이 이그랄 요새의 사령관이고, 특임대 대장인 루인 에데라 준남작에게 명령을 내릴 권한을 가지고 있다네."

"그러시겠죠. 하지만 저를 포함, 모든 부대의 대장들이 만장일치로 동의할 경우 사령관을 탄핵할 수도 있음을 알고 계십시오. 대장들은 루인 에데라 준남작에게 고마움을 느끼고 있습니다. 또한 이번 한 달간 특임대의 비상식적인 임무에 대해 의문을 가지고 있습니다."

"감히 나를 협박하는 것이냐?"

"그렇게 들렸다면 어쩔 수 없군요. 하지만 저도 더 이상은 물러날 수 없습니다. 특히 이번의 말도 안 되는 임무는 절대 용납할 수 없습니다."

루인의 특임대가 위험한 임무를 끊임없이 떠맡게 되자, 가장 크게 반발한 것이 알버트였다. 그때마다 마이든 백작은 그럴듯한 이유로 포장을 하여 알버트의 반발을 무마해 왔다.

하지만 그것도 한계에 달한 상태다. 더 이상 핑계 댈 거리도 남아 있지 않을 것이다.

한두 번 정도 더 임무를 내릴 수는 있겠지만, 그 이후로는 지금처럼 위험한 임무를 무리하게 떠맡기지 못할 것이다.

루인과 알버트 모두 그렇게 예측하고 있었다. 명령을 내리는 마이든 백작마저 어느 정도는 인정한 사실이다.

'그런데 어째서 저렇게 강하게 반발하고 있는 거지?'

물론 위험한 임무를 막기 위해서일 것이다. 하지만 루인의 특임대가 위험한 임무를 맡은 게 한두 번이 아니다. 한 번쯤 더 맡게 되는 건 그리 큰일이 아니다.

루인은 알버트가 지금 같은 모습을 보이는 이유가 궁금해졌다.

"이번에는 무슨 임무입니까?"

마이든 백작은 입을 다문 채 루인과 알버트를 노려보기만 했다. 알버트가 루인의 의문에 답해 주었다.

"메라딘 공격이다."

"메라딘? 어디인지 모르겠군요."

루인은 메라딘이라는 지명이 문득 귀에 익다는 느낌을 받았다. 하지만 그곳이 어디인지는 떠오르지 않았다. 어쩌면 떠올리고 싶지 않은 것이었을지도 모른다.

"당연히 그렇겠지. 메라딘은 우리 브란델 왕국의 영지가 아니니까?"

"예?"

"메라딘은 멜테른의 영지다."

루인은 어이가 없어서 잠시 멍하니 있다가 소리쳤다.

"……예에? 저희 특임대보고 지금 멜테른을 침공하라는 소립니까? 고작 20기의 나이트암으로?"

루인은 어처구니없다는 표정으로 마이든 백작을 바라보았다. 마이든 백작은 스스로 생각해도 부끄러운지 슬쩍 시선을 창밖으로 옮겼다.

하지만 알버트의 말은 끝난 것이 아니었다.

"어이, 그 정도로 놀라면 안 되지. 진짜 놀랄 건 아직 남아 있는데."

"멜테른을 침공하라는 것이 놀라운 게 아닐 정도면 진짜는 어떻다는 거죠?"

"메라딘의 영주."

"메라딘의 영주요?"

"그래. 너도 알고 있는 자다."

루인은 자신이 아는 멜테른의 사람을 떠올려 보았다. 전투를 하며 먼발치에서 본 사람은 있었지만, 실제로 이야기를 나누거나 한 적은 없었다.

있다면 예전 보급대 습격 때 마주쳤던 아드리안 백작이나 자이켈 남작 정도뿐이리라. 자이켈 남작이야 크게 신경 쓸 것 없는 인물이다. 하지만 아드리안 백작은 멜테른에서도 실세에 속하는 인물. 괜히 건드렸다가는 큰 피해를 입을 수도 있다.

'설마 아드리안 백작은 아니겠지?'

루인이 그렇게 생각하고 있을 때, 알버트가 말했다. 그런데 그의 입에서 나온 말은 전혀 예상치 못했던 이름이었다.

"메라딘의 영주는 케이트리샤 폰 메라딘."

"처음 듣는 이름인데요?"

"전장에서 그녀의 별명은……."

알버트는 두려운 듯 살짝 몸을 떤 후 말했다.

"……눈의 마녀."

루인은 자기도 모르게 소리쳤다.

"미쳤구나!"

쾅.

마이든 백작이 주먹으로 책상을 꽝 하고 치며 일어섰다.

"네놈이 감히 나에게 미쳤다고 한 것이냐?"

평소의 루인이었다면, 당장 무릎을 꿇거나 하며 사과를 했을 것이다. 하지만 상황이 바뀌었다.

눈의 마녀가 전장에서 벗어나 자신의 영지로 돌아간 건 공공연한 비밀이었다. 그러니 눈의 마녀의 영지를 치게 되면 눈의 마녀와 싸울 수밖에 없다.

그건 100퍼센트 죽음을 향해 달려가는 길이다.

"감히? 미쳐? 마이든 백작님이 제게 그런 말을 할 자격이 있으십니까? 만약 제가 마이든 백작님의 명령을 거부한다면, 어떻게 하시겠습니까?"

"전장에서 명령 불복종이 얼마나 큰 죄인지 잘 알 텐데?"

"어쩔 수 없죠. 확실하게 죽는 것보다는 나을 테니까요. 게다가 제가 명령을 거부할 경우 백작님은 다른 부대에 같은 명령을 내려야 할 텐데, 과연 그 명령을 따를 부대가 있을지 의심스럽군요."

마이든 백작의 영향력이 예전 같았다면 상황이 달랐을

것이다. 하지만 정치적 희생양이 된 마이든 백작의 영향력은 매우 축소된 상황이었다. 심지어 마이든 백작의 직속 수하인 1대대마저 지난 한 달간 있었던 특임대의 무리한 임무에 의문을 가질 정도였다.

만약 눈의 마녀를 공격하라고 한 명령이 알려질 경우, 그나마 남아 있는 쥐꼬리만 한 영향력마저 모조리 사라져 버릴 것이다.

"저는 그 명령 수행할 수 없습니다."

"나는 사령관이고, 너는 부하다. 너는 내 명령에 따라야 한다."

"그게 억지란 건 마이든 백작님도 잘 아실 테죠."

"감히 네까짓 놈이……."

"감행하시겠다면, 저는 이번 명령을 알리겠습니다. 그렇게 되면 마이든 백작님도 무사하시지는 못하실 겁니다."

"그렇겠지. 클클클. 하지만 네놈도 무사하지는 못할 것이다. 아니, 네놈은 무사할지도 모르지. 하지만 네놈을 따르는 네놈 부대원들은 결코 무사하지 못할 것이다. 네놈 부하만큼은 내가 반드시…… 커헉!"

순식간에 다가온 루인이 마이든 백작의 멱살을 잡아챘다. 루인의 인내심도 한계에 달해 결국 한순간 이성을 잃어버린 것이었다.

"마이든 백작, 내가 몰랐을 것 같아? 당신이 날 죽이려 한다는 건 잘 알고 있었어. 그렇게 중앙 귀족들에게 꼬리를 흔들어서 살려고 발악하는 것도 알고 있었어. 그래도 문제를 일으키기 싫어서 참았다. 하지만 당신은 하지 말아야 할 말을 했어. 날 건드려도 좋아. 이용해 먹어도 좋아. 하지만 내 사람만은 건드리면 안 돼. 만약 그랬다가는 죽음조차 편안한 안식에 불과하단 걸 깨닫게 해 주겠다."

루인의 붉은 눈동자가 섬뜩하게 빛났다.

마이든 백작이 흠칫하며 몸을 떨었다.

예전의 마이든 백작이라면 이러지 않았을 것이다. 애초에 루인에게 멱살이 잡히지도 않았을 것이다. 그는 나이트 상급에 달하는 무인. 루인과는 비교할 수 없는 고수였다.

하지만 두 번의 큰 피해와 그로 인한 정치적인 압박으로 마이든 백작은 정신적으로 매우 피폐해진 상태였다. 살아남기 위해 글라세일 공작의 말에 따라 루인을 함정에 빠뜨렸지만, 그건 마이든 백작을 더 한층 약하게 만들었을 뿐이다.

살기 위해 정치적인 야합을 했다는 부끄러움. 부하를 사지로 밀어 넣었다는 죄책감이 마이든 백작의 정신을 끊임없이 갉아먹었다.

결국 마이든 백작은 강한 힘을 가지고 있으면서도 지금처럼 쇠약해지고 말았다. 크랄과 비슷한 경우라 할 수 있겠다.

루인은 마이든 백작의 멱살을 놓았다. 마이든 백작이 힘없이 자리에 앉았다.

아무리 상황이 그러했다고는 하지만, 상급자의 멱살을 잡은 것은 분명 잘못한 일. 루인은 더 이상 말하지 않고 입을 다물었다.

마이든 백작은 피폐해질 대로 피폐해진 상태였다. 그는 멍하니 앉아 있을 뿐이었다.

알버트는 그저 조용히 앉아서 루인과 마이든 백작의 분위기를 살폈다.

방 안이 침묵 속으로 빠져들었다.

침묵은 외부적 요인으로 인해 깨어졌다.

쾅.

집무실의 문이 거칠게 열리며 병사가 안으로 들어왔다.

노크도 없이 들어온 것은 분명 무리한 행동. 그런 무리한 행동을 했다면 분명 무슨 이유가 있을 것이다.

방의 주인인 마이든 백작이 멍하니 있었기에 알버트가 대신 물었다.

"무슨 일이냐?"

"수도에서 급보입니다."

"급보?"

"글라스트 제국이 전쟁을 선포했습니다."

마이든 백작의 집무실에서 나온 루인은 당장 자신이 가지고 있던 마도통신장치로 고물상에 연락을 취했다.

루인 고물상이 있는 에데라 황무지는 브란델의 북부에 위치하고 있다. 글라스트 제국은 강국. 비록 루드란 제국에 뒤처진다고는 하나 브란델 왕국에 비하면 어마어마한 국력을 지니고 있다.

마음먹고 글라스트 제국이 침공을 한다면, 브란델 왕국으로서는 잠시 버티기도 힘겨울 것이다. 그리고 그렇게 되면 북부에 위치한 루인 고물상도 안전할 수 없었다.

하지만 통신을 통해 알게 된 사실은 더욱 절망적인 내용을 내포하고 있었다.

북부 귀족 연합의 움직임 수상하다. 병력을 모으고 있는데, 그 배치가 글라스트 제국이 있는 북쪽을 막는 것이 아니라 남쪽을 경계하는 배치다.

'설마…… 아니겠지?'

루인은 다급하게 알버트에게 달려갔다. 그리고 물었다.

"저번에 일백주가 글라스트 제국의 황제라고 했었죠?"

"그래."

"혹시 다른 백주에 대해서는 모르십니까?"

"지난번에 말했다시피 나는 구흑주였다. 흑주인 나로서는 백주에 대해 자세히 알 수 없었어."

"사소한 거라도 상관없습니다. 브란델에 있다는 십구 백주에 대해 조금이라도 아는 걸 이야기해 주십시오."

"으음. 그러고 보니 다른 백주들에게 노골적으로 무시를 당했었어."

"예에?"

"노예 장사를 한다던가?"

그 말을 듣는 순간, 루인의 머릿속에 드레이크 백작의 모습이 떠올랐다. 영지 전체가 노예시장이라고 해도 무방할 베네토의 영주 드레이크 폰 베네토. 그는 또한 북부 귀족 연합의 맹주이기도 했다.

'만약 드레이크 백작이 정말 십구 백주라면 고물상이 위험하다. 돌아가야 해.'

하지만 돌아가고 싶다고 해서 무작정 움직일 수는 없다. 아예 에데라 영지에 위험이 닥쳤다면 차라리 괜찮을 것이다. 위험에 처한 자신의 영지를 지키기 위해 회군하는 건 충분한 명분이 있다.

하지만 지금 루인이 느끼는 위험은 짐작에 불과했다. 다른 사람에게 백주에 대해 설명할 수도 없었고, 루인의 짐작이 틀렸을 수도 있었다.

루인을 죽이려 하는 마이든 백작이 루인의 이탈을 받아들일 리도 없다.

"어쩔 수 없지. 협상을 하는 수밖에."

루인은 마이든 백작을 찾았다.

"마이든 백작님께서는 제가 메라딘을 공격하기를 바라시 겠죠?"

"물론이네."

마이든 백작은 못마땅한 표정으로 루인을 바라보았다.

'조금 전에 절대 못한다고 협박까지 하고 사라졌던 놈이 무슨 생각으로 이런 이야기를 꺼내는 거지?'

"하겠습니다. 그 임무."

"물론 하지 않겠…… 뭐, 하겠다고?"

"예, 하겠습니다. 대신 조건이 있습니다."

"무슨 조건인가?"

"이번 임무를 마지막으로 저는 제 영지로 돌아가고 싶군 요."

"아직 멜테른과의 전쟁이 끝나지 않았네."

"하지만 글라스트 제국이 전쟁을 선포했죠."

"내가 알기로 자네의 영지는 북부에 있기는 하지만 국경 선에 근접하지는 않았고, 특별한 전략적 요충지도 아니야. 당장 위험해질 일은 없을 텐데?"

"저에게도 개인적인 사정이 있습니다. 게다가 그동안 충 분하고도 남을 정도의 임무를 완수했으니 전역하는 것에 큰 문제는 없을 텐데요?"

루인이 이그랄 요새에 와서 한 일들은 결코 적지 않았다. 요새 보수공사만 해도 충분히 제 역할을 했다 할 수 있었다. 게다가 최근에는 마이든 백작의 음모로 힘든 임무도 많이 완수하지 않았는가?

그 정도면 루인은 충분히 제 할 일을 한 것이었다. 하지만 문제가 없는 것은 아니었다.

"크흐흐흠."

사령관인 마이든 백작의 의지. 그게 가장 큰 걸림돌이다.

"만약 운이 좋아 제가 메라딘을 점령하고 살아온다고 해도 사령관님의 연줄에 문제가 생기지는 않을 것입니다."

"무슨 말인가?"

"눈의 마녀에게 넘겼다. 글라세일 공작의 비위를 맞추기에 그 정도면 충분하지 않겠습니까? 눈의 마녀에게서 살아온 저를 어쩌지 못한다고 해서 뭐라고 할 사람은 없을 것입니다."

"크흠."

"승낙하시겠습니까?"

"조, 좋네."

마이든 백작에게는 나쁠 것 없는 조건이다.

루인이 종이를 내밀었다.

"계약서입니다. 혹시나 나중에 발생할 불상사를 막기 위함이죠."

"철저하군. 이렇게까지 해야겠나?"

"걱정 마십시오. 제가 전역 증명서를 받는 순간 계약서는 사라질 것입니다."

"크흠. 알았네."

그날 특임대는 국경선을 넘었다.

✛　　　✛　　　✛

타국을 침공하는 일. 게다가 단 20기의 나이트암과 특임
대원들이 전력의 전부인 상황이었다. 자칫 발각된다면, 순
식간에 죽임당할 수 있었다.

특임대는 산을 이용해 이동했다. 최대한 나이트암의 이
동을 숨기기 위해서였다. 하지만 나이트암이 이동한 흔적을
숨기기는 힘들었다. 그래서 조심스럽게 움직이면서도 최대
한 신속하게 이동을 했다.

다행히 루인과 특임대는 메라딘 영지까지 무사히 도착할
수 있었다. 남은 일은 영지를 점령하는 일.

고작 20명의 인원으로 영지를 제대로 점령할 수 있을
까? 불가능한 일이다. 영지 전체를 파괴하는 일이라면 몰
라도 점령하는 건 힘들다.

'알버트 남작이 군대를 끌고 오기로 했다. 제대로 된 점
령은 그때부터이지. 내가 할 일은 영지 내 귀족들을 처리하
는 것. 그러기 위해 가장 먼저 해야 할 일은 영주인 눈의
마녀의 처리.'

메라딘으로 들어서는 일 자체는 그리 어렵지 않았다. 하지만 영주성으로 들어가는 건 그와 달랐다. 경비 태세가 철저해 눈에 띄지 않고 들어가기는 힘들었다.

'몰래 들어가기 힘들다면 대놓고 들어갈 수밖에. 대신 수비 병력을 다른 곳으로 유인하고 최대한 신속하게 영주가 있는 곳까지 도착해야겠지.'

메라딘에서 조금 떨어진 산 중턱.

"하르실리온!"

우우우우웅.

루인의 외침에 공간의 문이 열리며 하르실리온이 나타났다. 흰색과 녹색이 섞인 예술품같이 아름다운 모습이었다.

[히잉. 요즘 너무 안 부르는 거 아냐?]

"미안해, 하르. 이그랄 요새에 있었기 때문에 사람들의 눈을 피하려면 어쩔 수 없었어."

[칫치칫칫칫!]

모습을 나타내자마자 하르실리온은 칭얼거렸다. 루인은 하르실리온을 달래어 준 후 심퍼사이즈했다.

하르실리온의 몸속 아공간으로 들어오자, 예쁘게 생긴 소녀의 모습이 들어왔다. 이곳 아공간에서만 볼 수 있는 하르실리온의 또 다른 모습이었다.

루인의 모습이 나타나는 순간, 하르실리온이 폴짝 뛰더니 루인의 품에 안겼다.

"하, 하르?"

"흥. 안 떨어질 거야. 얼마 만에 만난 건데."

"그, 그래도 그렇게 세게 껴안으면 말…… 윽…… 하기가 힘들어."

"쳇. 그럼 업어 줘."

"뭐?"

하르실리온은 루인의 대답을 기다리지 않고 바로 가서 업혔다. 하지만 자세가 불안정하다 보니, 하르실리온의 양팔이 루인의 목을 조르게 되었다.

루인은 어쩔 수 없이 하르실리온을 제대로 업고는 말했다.

"이번에 싸워야 할 상대가 꽤 강해."

"걱정 마. 난 타이탄이니까. 허접한 나이트암 따위는 내 상대가 아냐. 뭐, 물론 루인이 내 힘을 제대로 사용할 수 없긴 하지만…… 그 정도로도 충분해."

"내 잘못이냐?"

"당연하지!"

"미안하다. 그보다 이번 상대는 그렇게 쉽게 생각할 수 없어. 1퍼센트 렐릭이라고 해. 빙계 마법을 사용하는데, 나이트암마저 얼려 버릴 정도야."

"나이트암이 언다고? 나보다 조잡하긴 하지만, 나이트암에도 안티 매직의 능력이 있는 것으로 알고 있는데?"

"그만큼 놀라운 마법이라는 거지. 실제로 나이트암이 얼어서 깨어지는 것도 확인했고."

"쉽지 않겠네?"

"미안해. 이런 일로만 찾아서."

"아니야, 루인. 루인은 나의 주인인걸. 얼마든지 찾아 줘. 좀 자주 찾아 주면 더 좋고."

루인은 하르실리온에게 미안함을 느꼈다. 하르실리온이 바라는 건 루인이 함께 있어 주는 것. 하지만 바쁘다는 핑계로 하르실리온을 소환한 시간은 그리 많지 않았다.

반면 위험한 전투가 있을 때에는 매번 하르실리온의 도움을 받았다.

'앞으로는 자주자주 하르실리온을 불러야겠다.'

루인은 속으로 그렇게 다짐한 후 말했다.

"일단 아공간에 들어가 있어 줘. 그러다 내가 소환하면 라사와 함께 나와 줘."

하르실리온의 눈매가 찡긋하고 올라갔다.

"라사라니? 설마 그 여자도 함께하는 거야?"

"아라사?"

"난 그 여자 마음에 안 들어. 흥! 그래도 루인의 부탁이니 들어주기는 할게."

하르실리온은 툴툴거리긴 했지만, 루인의 말을 승낙했다.

하르실리온과 라사를 아공간으로 돌려보낸 후, 루인은 아라사와 함께 메라딘을 찾았다.

콰콰콰콰쾅!

갑작스레 울린 폭음. 메라딘은 금세 소란스럽게 변했다.

"서쪽이다!"

"서문에 적의 공격이다!"

메라딘의 병사와 기사 나이트암이 서문을 향해 달려갔다. 그사이 루인과 아라사는 동쪽 성벽을 뛰어넘었다.

서문을 공격한 것은 자주마도포의 포격이었다. 자주마도 포의 사거리는 서쪽에서 적이 침입했다는 착각을 불러일으 켰다.

루인의 계책이 맞아 들어가 동쪽 성벽은 텅 비어 있었다.

아라사가 어이없다는 듯 중얼거렸다.

"통했네?"

"그, 그러게요?"

아라사는 처음에 루인의 계획에 반대했었다. 너무 허술 하다는 것이 그 이유.

아무리 서쪽에서 공격을 받아 병력이 서쪽으로 이동한다 고 해도 일정한 병력은 남아 있을 것이고, 그렇다면 결국 침입한 루인과 아라사의 모습도 들킬 거라는 것이 아라사의 생각이었다.

루인도 이러한 점은 인정했다. 하지만 다른 특별한 방법 이 없었기에 이 방법을 사용했다. 설사 병력이 남아 있다고 해도 그 숫자는 적을 테고, 그럼 루인과 아라사의 진격을 막을 수 없을 거라는 자신도 있었다.

그런데 전혀 예상치도 못했던 일이 펼쳐져 있었다. 병력이 모조리 서쪽으로 달려간 것이었다. 공만 보고 달려가는 동네 축구도 아니고, 제대로 된 군대라면 절대 이럴 리 없다.

눈의 마녀가 보여 주던 끔찍한 능력을 떠올리면 도저히 이해할 수 없는 광경이었다.

'아니, 그런 강함을 가졌기에 영지에는 신경을 쓰지 않는 건가?'

그게 아니라면 설명할 수 없는 모습. 루인과 아라사는 고개를 절레절레 저으며 영주가 있을 곳으로 짐작되는 집무실로 향했다.

집무실의 위치는 이미 알아 둔 상태. 뒤늦게 루인과 아라사의 침입을 눈치챘지만, 이미 충분히 깊숙이 들어온 상태였다. 조금만 더 가면 영주의 집무실이었다.

루인과 아라사는 전속력으로 달렸다. 그런 두 사람의 앞을 막을 수 있는 자는 존재하지 않았다. 정확하게는 아라사의 앞을 막아 낼 수 있는 자가 없었다.

등장하는 순간, 아라사의 도끼에 얻어맞고 날아가 버렸다.

마침내 집무실 안에 들어설 수 있었다.

집무실 안에는 아름다운 여인이 있었다.

푸른색과 녹색의 오드 아이.

루스카가 이야기해 주었던 눈의 마녀의 모습과 동일했다.
또한 루인은 어째서 루스카가 절대 훈볼트 족이 아닐 거라
고 했는지 알 수 있었다.

훈볼트 족은 전사의 종족이라 불린다. 뛰어난 전투 능력
을 가져서이기도 했지만, 훈볼트 족의 분위기 자체가 전사
였다.

하지만 눈앞의 여인은 달랐다. 마치 인형 같은 모습이었
다. 가만히 있다면 모형이 아닐까 하는 착각이 들 정도였다.

여인은 자신이 인형이 아니란 걸 증명했다. 말을 한 것이
다.

"당신들은 누구죠?"

"이그랄 요새의 특임대입니다. 사정이 있어 당신의 신병
을 구속하겠습니다."

"제가 누구인지 알고 찾아온 듯한데, 그게 가능할 거라
생각하시나요?"

"이곳은 실내고, 저에겐 아라사가 있으니까요."

루인은 하르실리온을 이용해 전투를 벌일 생각도 했다.
하지만 그건 최후의 수단. 실내에서 눈의 마녀를 맞닥뜨리게
된다면 생각보다 쉽게 임무를 완수할 수 있을 거라 여겼다.

눈의 마녀가 아무리 강력한 위력을 발휘한다고 해도 나
이트암인 이상 어딘가에 보관을 해야 한다. 만약 눈의 마녀
에 탑승하는 걸 막을 수 있다면 무시무시한 눈의 마녀가 아

니라 그저 조금 실력 좋은 마법사와 싸우게 되는 셈이다.

마법사는 대인전에 취약하다. 반면 아라사는 물론이고 루인도 대인전에는 상당한 실력을 발휘한다.

눈의 마녀에 탑승하기 전에 싸우게 된다면 필승. 루인은 그렇게 생각했다.

루인의 생각은 빗나갔다.

여인의 몸에서 눈부신 빛이 뿜어져 나왔다. 도저히 쳐다볼 수 없을 정도로 밝은 빛이었기에 루인은 어쩔 수없이 고개를 돌렸다.

잠시 후, 빛이 사라지고 나타난 것은 눈의 마녀였다.

분명 주위에 나이트암이라고는 없었는데, 어느새 등장한 것이었다. 하지만 루인은 그보다 다른 것에 더욱 경악했다.

구구구구궁.

이곳은 실내였다. 그런 곳에서 거대한 나이트암을 꺼내들었다. 좁은 방이 거대한 나이트암을 수용하는 건 불가능한 일이다.

집무실이 무너졌다. 그뿐 아니라 영주성의 상단부가 날아가 버렸다. 집무실 아래쪽이라고 해서 상황이 나은 것은 아니었다.

수십 톤에 달하는 나이트암. 아무리 건축술이 좋아도 그 정도 무게를 버티게 만드는 일은 불가능에 가까운 일이다.

눈의 마녀가 딛고 있던 바닥이 무너져 내렸다. 거기에 그치지 않고 아예 영주성 자체가 무너져 버렸다.

영주성 안에는 수많은 사람이 있었다. 그보다 더 많은 사람들이 영주성 바깥에 몰려 있었다. 그 수많은 사람들이 무너지는 영주성에 깔려 죽거나 불구가 되었다. 비명 소리가 메라딘 전체에 울려 퍼졌다.

"무슨 짓이냐? 네 부하잖아! 네 영지민이잖아! 그런 자들을 죽게 만들다니. 도대체 무슨 생각을 하고 있는 거냐!"

눈의 마녀에게서 매우 차가운 목소리가 흘러나왔다.

"인간 몇 마리 죽은 것이 뭐 어쨌다는 거지?"

"당신은 용서할 수 없어. 따라와라. 이곳에서 싸울 수는 없으니."

"어째서 싸울 수 없다는 거지?"

눈의 마녀의 손에서 냉기가 뿜어져 나왔다. 옆으로 날아간 냉기는 뭉쳐 있던 사람들의 머리 위로 떨어져 내렸다.

쩡.

순식간에 얼어붙은 수십 명의 사람들.

그리고 잠시 후,

쩍쩌저적쩌적

얼음이 갈라지며 사람들의 몸은 산산조각 났다.

눈의 마녀에서 무심한 목소리가 흘러나왔다.

"충분히 싸울 수 있잖아?"

그 모습을 본 루인이 이를 꽉 깨물었다. 자신이 메라딘을 공격하면, 영지민 중에 죽는 자가 나올 거란 것 정도는 루인도 충분히 예상했다. 최대한 피해를 줄이겠지만, 한 명도 죽이지 않는 건 불가능에 가까운 일이란 것 정도는 잘 알고 있었다.

하지만 이런 식은 아니었다. 이렇게 자기 영주에게 개죽음당하는 결말은 없었다.

루인은 윌포스를 모았다. 뒤를 생각하지 않고 자신이 가진 모든 힘을 대거에 모았다.

윌포스를 담은 대거를 눈의 마녀를 향해 던졌다.

눈의 마녀는 당연히 대거를 피하지 않았다. 인간의 무기, 그중에서도 크기가 작은 대거가 자신의 몸에 상처를 낼 리 없다고 생각했을 것이다.

하지만 윌포스의 파괴력은 결코 만만치 않았다.

비틀.

눈의 마녀의 몸은 순간 비틀거렸다. 루인이 던진 윌포스가 눈의 마녀의 다리에 상당히 큰 충격을 주었기 때문이다.

"제법이군."

"말했다. 따라오라고."

루인은 뒤로 돌아 그대로 달려갔다. 만약 눈의 마녀가 쫓아오지 않는다면, 루인은 다시 돌아가 메라딘 안에서 눈의 마녀와 전투를 벌여야 한다. 그렇게 되면, 메라딘의 영지민들은 영문도 모른 채 죽어 갈 것이다. 루인이 아니라 자신의 영주에게 죽을 테니까.

다행히 눈의 마녀는 루인을 따라왔다. 처음에는 절룩거리더니, 시간이 지나자 제대로 움직였다.

'설마 리스토레이션을 사용한 건가?'

리스토레이션 인챈트는 베이스암 이상급이라면 대부분 새겨져 있는 인챈트였다. 다만 발동 시, 에테르기움의 소모가 워낙 막심하기에 잘 사용하지 않을 뿐이다. 그렇기에 대부분은 최후의 일격을 위해 리스토레이션 인챈트를 사용한다.

'무슨 속셈으로 리스토레이션 인챈트를 사용한 거지? 전투 전 최상의 몸 상태를 만들기 위해서였다고 보기에는 리스토레이션의 에테르기움 소모가 너무 많아. 게다가 눈의 마녀는 마법 증폭형 렐릭. 재빠른 움직임을 필요로 하지 않아.'

루인은 눈의 마녀의 행동에 의문을 품었다. 하지만 의문을 계속 파고들 여유는 없었다.

쩌저정.

루인의 앞으로 날아든 냉기가 땅을 순식간에 얼려 버렸다. 뒤이어 눈의 마녀의 냉랭한 음성이 들려왔다.

"어디까지 갈 생각이지? 이 정도면 충분하지 않나?"

상당히 넓은 공터였다. 메라딘과는 제법 거리가 있었다.

"적당하군. 이제 본격적으로 시작하지."

"그런데 어떻게 날 상대할 생각이지? 저 여자가 제법 강한 것 같기는 하지만, 나이트암 없이 날 이길 수는 없어."

"누가 나이트암이 없다고 했지? 나와라, 하르실리온!"

공간의 문이 열리고 하르실리온과 라사의 모습이 드러났다. 루인은 하르실리온과 싱퍼사이즈했고, 아라사는 라사의 탑승석에 올라탔다.

루인은 하르실리온에게 말했다.

"이번에 상대해야 할 적이 바로 저 나이트암이야. 조심해서 가자."

평소라면 무언가 발랄하게 대답을 했을 하르실리온이었다. 하지만 어째서인지 하르실리온에게서는 아무런 말도 들려오지 않았다.

루인은 시선을 돌려 하르의 모습을 보았다. 하르는 눈을 동그랗게 뜨고 정면을 보고 있었다.

"하르, 왜 그래?"

하르실리온은 루인의 말을 듣지 못한 듯 혼자 중얼거렸다.

"설마…… 아르엘리온?"

〈『타이탄 로드』 제8권에서 계속〉

타이탄 로드

1판 1쇄 찍음 2011년 4월 26일
1판 1쇄 펴냄 2011년 4월 28일

지은이 | 묵 해
펴낸이 | 정 필
펴낸곳 | 도서출판 **뿔미디어**

기획 | 이주현, 문정흠, 손수화
편집책임 | 주종숙
편집 | 장상수, 이재권, 심재영, 조주영, 이진선
관리, 영업 | 김기환, 김미영

출판등록 | 2002년 9월 11일 (제1081-1-132호)
주소 | 부천시 원미구 상3동 533-3 아트프라자 503호 (우)420-861
전화 | 032)651-6513 / 팩스 032)651-6094
E-mail | BBULMEDIA@paran.com
홈페이지 | www.bbulmedia.com

값 8,000원

ISBN 978-89-6639-022-9 04810
ISBN 978-89-6359-552-8 04810 (세트)